U0450627

那年，海风吹过厦大
我们的1985

王宝庆 王子阳 著

人民日报出版社
北京

图书在版编目（CIP）数据

那年，海风吹过厦大：我们的1985 / 王宝庆，王子阳著.—北京：人民日报出版社，2021.3
　　ISBN 978-7-5115-6967-7

　　Ⅰ.①那… Ⅱ.①王…②王… Ⅲ.①随笔—作品集—中国—当代 Ⅳ.①I267.1

中国版本图书馆CIP数据核字（2021）第045488号

书　　　名：	那年，海风吹过厦大——我们的1985
	NANIAN HAIFENG CHUIGUO XIADA
	——WOMEN DE 1985
著　　　者：	王宝庆　王子阳
出 版 人：	刘华新
责任编辑：	林　薇
封面设计：	观止堂_未氓
版式设计：	格律图文
出版发行：	人民日报出版社
社　　　址：	北京金台西路2号
邮政编码：	100733
发行热线：	（010）65369527　65369846　65369509　65369510
邮购热线：	（010）65369530　65363527
编辑热线：	（010）65369526
网　　　址：	www.peopledailypress.com
经　　　销：	新华书店
印　　　刷：	大厂回族自治县彩虹印刷有限公司
开　　　本：	710mm×1000mm　1/16
字　　　数：	297千
印　　　张：	20.75
版次印次：	2021年4月第1版　2021年4月第1次印刷
书　　　号：	ISBN 978-7-5115-6967-7
定　　　价：	72.00元

序

朱崇实

千校一面，鲜有特色。这是当下中国社会对中国大学的诟病之一。应当坦率地承认，这一诟病不无道理，中国的大学确实普遍缺乏自己的个性和特色。但让我感到骄傲与自豪的是，即将迎来百年华诞的厦门大学，是中国为数不多，人们谈论起来觉得有个性、有特色的大学之一。从尊称创办人陈嘉庚为"校主"，到建校之初就立有校训、校徽、校歌；从百年校名保持不变，到百年坚持"研究高深学问，养成专门人才，阐扬世界文化"；从奋力"与世界各大学相颉颃"，到始终不忘"为吾国放一异彩"；从校园有山有海，到建筑中西合璧；从从不跟风，到敢于特立独行——个性与特色太鲜明了！在谈论厦大的特色时，不论是厦大校友，抑或非厦大校友，都认为厦大校友特别爱自己的母校，这也是厦大的特色之一。我完全赞成这一看法。

我遇到过很多人，都曾经问我一个问题：厦大校友为什么会这么热爱自己的母校？说实在的，这是一个大问题，不是三言两语可以说清楚的。因此，我常常只能从校主陈嘉庚秉持"教育救国"的宏愿，倾资创办厦门大学，并独力支撑16年；从萨本栋校长为了厦大，鞠躬尽瘁，把健康和生命都献给了厦大；从厦大的四种精神到厦大的办学宗旨；从厦大的家国情怀到厦大的爱生如子等，来说明为什么厦大校友会如此热爱母校。但是，我总感觉我的这些说明或解读，听者并不完全满意，或者说并没有完全回答他们的问题。

适逢厦大上下喜迎百年校庆。厦大即将到来的百年华诞勾起了校友们心中无时不在的对母校的深深眷念。85级校友宝庆同学把自己心中留存了30多年的记忆以随笔的形式写了出来，发在85级校友微信群里。

他的随笔一出，众多校友竞相叫好，喝彩点赞；近一年来，阅读随笔成为很多校友每周五晚上的必修课，没有看完当日随笔绝不入睡；更有众多的校友，不仅仅是85级的，也有其他年级的，主动加入随笔的行列，为宝庆同学提供素材，帮助回忆，使得宝庆的记忆成为整个85级或超出85级的记忆！为什么宝庆校友的随笔会在校友中引起如此之大的反响？我想只有一个原因：厦门大学在每个校友心中的分量太重了！而且这个分量是随着岁月一点一点地流逝，而一分一分地加重。每个校友无论在厦大的时间多长，毫无例外，他（她）最宝贵的青春岁月有一段是在厦大度过的，很多校友的成年礼是在厦大完成的。厦大留给了他（她）最值得回忆的一段时光。

承蒙宝庆及85级校友们的信赖，请我为将要结集出版的随笔作序。为此，我认真地从头至尾读了一遍已发布的随笔的所有篇章，有些篇章还读了不止一遍。边读，边感慨：如果不是一个对母校有着至深至爱情感的人，不可能对自己30多年前的大学生活有如此清晰而又动人的回忆。感慨之余是油然的感恩，跟作者一样，感恩自己有幸在这样的一所大学度过了自己人生中最美好的一段时光。边读，我也边追随着作者回忆，回忆学生年代在厦大的点点滴滴，回忆过往这几十年的点点滴滴，回忆我们的母校、我们的国家、我们的社会这几十年里发生的巨大变化……亦是百感交集，思绪万千。因而，在品味一个又一个故事时，我跟许多校友一样，时而默然，时而激动；时而哈哈大笑，时而潸然泪下。但正是在这欢笑与垂泪、默然与激动之中，我们对母校的伟大、母校的品格与情怀，有了更深的认识：厦大确实是中国最开放、最包容、最有家国情怀、最具人文精神的大学之一；她让学生的知识与本领既来自书本，又来自实践；既来自学校，又来自社会；她最关爱学生——但爱而不溺，最放纵学生——但纵而有度。总之，她是一所让她的学生觉得这就是他们自己的家的大学。家，肯定有甜酸苦辣；家，肯定有喜怒哀乐。随笔中有一个小故事，说的是一位大二的同学，当年年少气盛，叛逆过度，某日竟敢挥舞啤酒瓶在众人集会的灯光球场闹事，结果被判了个"炼狱级处分——开除"。这个同学被开除后回到家乡，沉寂了好几年，萎靡不振，一度丧失了对生活的热爱。后经校友们的开导和帮助，又重新燃起了生活激情。"那两年，他的自信心又恢复了，脸上放着光，还几次提到要给母校捐款。他怀念厦门，更怀念厦大。"我读到这里，忍不住眼眶含泪。多好的厦大学生！多好的厦大校友啊！他为自己当年的荒唐和鲁莽而付出的代价实在是太大了，万念俱灰，几近崩溃，心中的痛苦可以想象。但他一经醒悟，丝毫没有怨恨自己的母校，想到的却是有朝一日如有能力，要给母校捐款。读到这里，我就在想，什么是家？这就是家，不论甜酸苦辣、喜怒哀乐，永远不离不弃的地方。厦大校友、厦大学生就是把母校当作自己的家。读到这里，我还在想，不知道哪一天，中国的大学能否有一个制度让任何犯错被开除的学生，只要在后来的若干年认真改过，没有再犯错误，可以申请重新回母校就读？我希望有这样的一天。

这只是作者讲述的一个小故事，随笔中还有许许多多、各色各样的感人故事，构成了85级校友对母校的集体回忆。这些随笔处处留下了同学、校友对母校的怀念、感恩与祝福，留下了对我们这个时代的怀念、感恩与祝福。

可以说，摆在我们面前的这本随笔，道出了厦大校友如此热爱母校的原因或理由。所以，关注厦大的朋友们，如果你们想了解为什么厦大校友会那么爱自己的母校，就请您打开这本书，读一读书中记载的每一个小故事。

再过两个多月，我们将迎来厦门大学的百年华诞。85级校友们要把这本随笔作为他们献给母校的一个礼物，我觉得这是一份特殊而有意义的礼物。这份礼物用真实而质朴的情感，生动而直白的语言，乐观但又有些许伤感的笔触，回忆了 30 多年前的厦大生活，讲述了离校 30 多年来对母校的丝丝牵挂和无论身在何处的思念，也表达了对母校的美好祝愿：祝愿母校越办越好，早日实现校主当年立下的建成"世界之大学"的宏伟目标！有人说过，一所伟大的大学肯定有自己的故事，一所伟大的大学是由一串串的故事组成的。厦大的历史印证了这一说法，厦大的伟大就是由百年来一个又一个感人的故事组成的。我由衷地期望这样的故事延绵不断、一代又一代地述说下去。

谨为序。

2021 年 1 月 18 日于厦大

（作者系厦门大学原校长、厦门大学校友总会理事长）

写在前面的话

1985年我考入厦门大学新闻传播系，从此开始了在厦门长达五年的学习生活。

少年到青年这段岁月，是在厦大和厦门度过的，厦大和厦门可说是我的第二故乡。这不仅是我个人的感受，也是来自五湖四海的所有厦大学子的共同感受。

我们这些厦大人，对厦大和厦门的怀念与感恩是发自内心、情真意切的。

1987年五一假期，厦大同班同学带我们去了他的家乡福建永定。在那里，我们受到了同学父亲卢老爹真挚热情的款待。恰在2020年五一节，当年的同学告诉我，他父亲卢老爹因病去世了，而此时的我们，已进入五十而知天命的年龄，比当年的卢老爹还要大几岁。感伤之余，挥笔写下《回忆卢老爹》一文，缅怀当年的福建父老对我们厦大学子的关爱和照顾。

此文发出后，立即引起上自1978级、下至2015级厦大学子的强烈共鸣。大家被情真意切的文字和熟悉的闽南山水所感动、所吸引，纷纷要求我续写当年的厦大学习生活。

思绪一开，在厦大的一切，如激流浪涛般涌进脑海、涌向笔端。

随笔以回忆上世纪 80 年代中期厦大学子的学习和生活为主题，本着"烟火气平民学子，葱姜蒜柴米油盐"的"接地气"宗旨，跨越岁月的年轮和沧桑，委婉道来。

歌颂青春的灿烂和师生间的真情，描绘美丽的厦大校园和厦门风景，讲述人生的第一次远途，描述厦大学子在"南方之强"的学习生活……岁月留痕，美好如初。

系列随笔共计 30 余篇，在网络上以每周一篇的频率发出后，引发海内外各地厦大学子的热烈反响，短短几周，点击量迅速飙升至数十万人次。校友纷纷表示，那些逝去的美好回忆瞬间被勾起，仿佛又回到了芙蓉湖畔，感受到了青涩的时光。质朴的文字，带来感人的回忆和同窗之谊，厦大仿佛就在昨天和身边。母校的一草一木，历历在目。

回忆当年厦大和父母对我们的培养，我曾写过一副对联：

明月以万里为怀，悬天济地，于黑暗处展光明，普天之下悠悠古今；父母爱子女为念，从小到大，在苦劳中最慈悲，皆为观音乃真菩萨。

陈嘉庚先生曾说过，他建立大学的初衷，是厦大而不是大厦。大学的底蕴在于文化传承，大学的口碑在于心心相印和口口相传。

把这些接地气的平凡故事，写下去并传播开，让更多的读者了解厦大时代和我们心目中最神圣美丽的厦大，也从另一个普通的视角，了解祖国 30 多年来的巨大变化。

王宝庆

2021 年 1 月于北京

目录
Contents

01	怀念卢老爹
005	宗阿伯、郑文东和东边社
015	陈伯的炒面
025	杂货店珍姐
037	古田妹夫
047	逆袭者陈卫
057	你好，卫东
062	了不起的姚明
067	江湖胜哥
078	火山也温柔
085	梅花香自苦寒来

090	周耕烟
100	大时代里的老四
110	师兄们
122	刘艾林
133	朱晖
146	澳门晓白
154	指导员和连长
166	乡村演出与激情创业
179	白鹭书社
189	海燕
198	咖啡厅和日料店

208	橄榄油代理商
217	阿妈妮和阿扎西
229	莫斯科之恋
243	疯人院
255	厚德载物
266	恩师袁蓉芳
278	翻拍照片
288	爱无疆
302	群星耀天空（代后记）
317	致　谢

逝去的长辈，

是我最深的乡情。

怀念卢老爹

卢老爹是我大学同学土楼游子的父亲。

1985年，我考入厦大。两年后的五一节，应土楼游子之邀，我们一群同班同学到他的家乡福建永定游玩。

一路上都是我们的欢声笑语。那时坐在简陋长途汽车上的我们全然不知，今后的半生，大家会天南地北，遍布在世界的很多角落。

一路上，山清水秀，南国田园，这是我第一次踏上南方的乡村。

永定圆圆的高大土楼，大部分十分陈旧，却在沉默中显示着中国古代宗族的威严，记载着逝去的沧桑历史。

卢老爹那时40多岁，穿着一件白色背心，热情地接待了我们。

他看到我和另外一个北京同学，就夸我们长得高大，又说自己的儿子个头不高，还说客家人最早就是从幽燕地区过来的。

"这么算来，我们也是半个老乡。"卢老爹幽默地说。

"就是时间跨度稍微长了一些。"我笑道。

卢老爹热情地为我们端来了香烟。

那时，在厦大买一包沉香烟要1元5角，一包金桥要2元多，而最便宜的不带过滤嘴的友谊香烟，也要5角钱。突然看到笸箩里的这么多香烟，我们情不自禁欢呼雀跃。

卢老爹说他在烟草公司工作，等我们离开时，会送给我们每人几条香烟。我们感动之余，纷纷向土楼游子发誓，说以后不再"偷"他宿舍里的香烟了。

土楼游子很高兴，因为几个北方强盗终于被感化了。

胡人就是胡人。后来回到厦大，几条香烟很快抽完，我们又打起了土楼游子的主意。

北京学生该要还是要，要不到就偷，偷不到就抢，抢不到就坐到土楼游子身边，嬉皮笑脸地吸他喷吐出来的尼古丁和二氧化碳。

后来，土楼游子"闭关锁国"，买了一把锁，把家乡带来的烟都锁到抽屉里。

我和北京同学就偷偷砸开他的锁，亲自发动了几次"鸦片战争"，全然忘记了当时在他家的土楼里，我们喷云吐雾，发的"要从良从善"的誓言。

记得当年的卢老爹身体十分壮实，他亲自为我们蒸当天打下的米。

香喷喷的米饭端上桌，那米十分洁白、香甜。每粒米在碗中，都像是立起来的，比厦大食堂里的库存黄褐色硬米饭不知好吃多少倍。

卢老爹还拿来了米酒，这是我这个北方人第一次喝米酒。酸酸甜甜，又有一股子辣气豪情直入肺腑，荡气回肠。

他讲的客家话，我们一点儿都听不懂。但我知道，这是上千年前真正的燕京话。如今我们讲的话，其实是胡人的语言。

我们在永定清澈透明的溪水中游玩，几个人穿了短裤，坐在汽车轮胎上，漂流而下，一路高唱着美国歌曲 *Bye-Bye, Mr American Pie*。尽兴之处，索性脱掉短裤，光了身子在水中嬉戏。

那溪水一米多深，透明似玉，两岸山青如黛，好一个世外桃源。多年以后，我仍忘不了那美丽的乡村，以及卢老爹的那张笑脸。

他热情地为我们夹菜，同时留意着我们的饭碗，谁的米饭快吃完了，就立即起身，去端来另一碗米饭。

卢老爹话虽不多，却一直忙前忙后，为我们做了最好吃的客家饭菜。现在想想，沉默寡言其实是一种爱，他爱他的儿子，也爱他儿子的同学。

卢老爹和我们在一起。前右为卢老爹，后左为作者

卢老爹爱听我讲北京话，同时默默地、骄傲地看着自己的儿子。他知道，儿子考入厦大，今后可以离开这崇山峻岭，去到那钢筋水泥的高楼大厦之中了，说不定也有机会，能到有天安门的北京去。

时移境迁，有谁想到，我们如今最向往的，却是早已不在的山清水秀。又有谁知道，当年的我们，如今有多少人做了异国他乡的游子。

走笔至此，我稍感难过，为当年的卢老爹，为我们逝去的青春，为残酷的时光流水。

当年的卢老爹是47岁；而如今的我们，已过知天命之年，年纪比当年的卢老爹还要大一些。

今天早上，土楼游子说他父亲去世了，令我深感意外，脑海中顿时浮现出卢老爹的音容笑貌，还有他带着客家口音的普通话，心里不觉有些忧伤。

30多年前的五一节，和卢老爹的一面之缘，让我们感受到了父辈的温暖和关爱。今天又逢五一节，卢老爹已走完了他的一生，也为我们留下了温暖的回忆。

我想象不出，那么强壮的卢老爹晚年时是什么样子，但他慈祥的目光和温和的话语，令我终生难忘。

昨天和在新西兰的阿倩聊天，她说年轻时不太懂得"退一步海阔天空"这句话的含意，现在好像都明白了，退一步就是海阔天空。她笑得很开心，说有什么不开心的事，立即就丢到脑后，绝不再去想。

她的开朗和笑声，让我觉得人过半百总算开始明白了这个世界。

人生无常。

当年和我们同去永定的一位同学，早在30多年前因为一次车祸去世了。而另外一位北京同学，据说现在南京定居。我在七年前见过他，那时的他头发就已经秃了不少。

怀念卢老爹，只为他当年给予我们的温暖和长辈的爱，只为那匆匆人生中，一个南国山间傍晚的米饭喷香和烟雾缭绕。

那是一种缘分，是一份珍贵的回忆。

在此，我想用一首以前写的诗来纪念卢老爹，纪念我们曾经的岁月：

　　浪打浮沉天尽处，山河摇动风雨声。往昔三千六百年，尽在斜风落花中！

卢老爹，我记得您。您老人家一路走好！

父辈的生活，曾是那么拧巴，
可他们顽强地走了过来。

宗阿伯、郑文东和东边社

陈嘉庚当年创建了厦门大学，他的女婿李光前是后来新加坡国立大学的校长，侄儿陈六使则在新加坡建立了南洋大学。

我的本科是在厦大度过的，硕士则就读于新加坡国立大学。和老友聊天时，我常说自己毕业于"翁婿"之间，因为厦门和新加坡这两所殿堂级高等学府的开创者，一位是老丈人杆子，一位是女婿。

巧的是，我在"翁婿"毕业后，又在新加坡南洋理工学院担任过几年讲师，可谓与嘉庚先生渊源深矣。

说起厦大的首任校长，本该是汪精卫。

当时，陈嘉庚是血气方刚、爱国爱乡的年轻实业家，而汪精卫则是名噪一时的风云人物，他不仅是中山先生的得力助手，还是享誉海内外的才子俊男。

校主陈嘉庚很看中这位能言善辩的才子，汪精卫也慨然应允。但他醉心于政治，最终放弃了这个选择，并走上了一条不归路。

当年的厦大筹备委员会，包括了汪精卫、蔡元培、黄炎培等一干名人。除此之外，厦大历史上还曾出现过林文庆、萨本栋、王亚南、鲁迅、易中天、余青松、陈景润等著名的文学家、科学家。

巧的是，厦大成立于1921年，与中国共产党同庚。

大学刚成立时，梁启超致信时任校长林文庆，推荐了一批优秀教员，据说其中就有毛泽东。后来因为种种原因，毛泽东并未成行。不知道他当初若真来了厦大，中国现当代史的轨迹会不会是另一种样子？

歌星王菲也曾考取厦大生物系，不过因为举家移民香港，未能到厦大就读。

上面说的这些，都是和厦大沾边儿的名人。

下面说说东边社。

和我们最贴近的东边社名人，80年代写了一首《同桌的你》，写作者从默默无闻到闻名全国；这里也出了一个厦大正宗的老四，曾闻名全国，画了一个圆圈，最终陷于沉寂。

其实提到厦大东边社，更应该提到另外几个草根。他们既没有蔡元培和鲁迅的知名度，也没有王菲和老四们的璀璨烟花，草根们只是默默地来到这个世界，又在人生旅途的尽头无声地离开。

他们的一生，就像芙蓉湖水面的划痕，又像白城海边的一朵浪花，更像是东边社地面的一株小草。

这些生活在厦大角落的小人物，之所以能让东边社登上厦大历史的舞台，完全是因为一个叫郑文东的美术系学生，在1985年一个不经意的凌晨，悄然拉开了大幕一角。

文东年轻时在厦大捞水桶，最后成了好人好事失物招领处，其实是个略带夸张的笑话。事实上，他趁月黑风高捞了不少水桶，也明目张胆地在三家村卖了些钱，可那是个体力活，最后也只是啤酒田螺穿肠过而已。

文东最大的贡献，是在东边社。

东边社后来在厦大红火起来，要感谢第一家开店的宗成小吃店；而这第一家开店的宗老伯，则要感谢当时美术系的厦门学子郑文东。

话说东边社的宗成阿伯中年丧妻，上有老父老母，膝下还有一堆没成人的孩子。

他没有固定收入，人很消瘦，用瘦骨嶙峋形容他毫不为过，日子过得穷困潦倒。

宗阿伯整日忧心忡忡、闷闷不乐。借钱、找米做饭是他每天最大的事情。

这天家里又无米下锅了，宗阿伯于是躲在狭窄阴暗的家里喝茶，心里盘算着那几十户邻居中还有谁愿意借钱、借米给自己，一大家人都在等着晚上的稀饭。

他的家这些年就靠稀饭度日。他煮的稀饭，放入皮蛋、姜丝、香油、地瓜、胡椒粉、香菜和盐，口感软糯、米香浓郁，他是东边社最有名的煮稀饭好手，可吃饭要米，买米要钱，钱从哪里来呢？

这两天，他肚里装的都是水，孩子们脸上全挂着泪。

宗阿伯正愁眉不展，郑文东昂首挺胸地从他家门口走过。

文东平时常和宗阿伯打招呼，彼此都是厦门人，因此也有几分亲切。

宗阿伯犹豫了一下，定了定神，向文东招招手。

"阿伯甲罢未（吃饭没？）？"文东刚卖了五个水桶，口袋里揣了5元钱，走起路来精神抖擞。

"想大虾配烧酒，可无钱人惊无米。一文银子也无，全家都喝西北风！"宗阿伯一声叹息。

"那你家今晚吃什么？"

"喝水吧！反正水井里的水淘不完！"宗阿伯低头长叹，又递给文东一杯茶。

文东低头一看："你这哪里是茶？"

宗阿伯有气无力地说道："有水喝就死不了！全家已经喝两天水了，头脑昏沉沉的！"

文东探头看看屋内，里面几个精瘦的小孩正满脸泪痕地望着他。

他叹口气，从口袋里掏出2元5角："拿去！"

宗阿伯眼含热泪，立即到经济食堂买了米饭，回家泡上水煮稀粥。

看着孩子们大口吃着稀粥，宗阿伯又发愁了，这点钱花完又该怎么办呢？

他不由自主地又发出一声长叹。

郑文东忽然想起，美术系正在招兼职人体模特，一节课给20元钱。

那时的20元是笔不小的数目，差不多是一个大学生半月的花费。

宗阿伯听了，心里一动，立即起身去照挂在墙上的破镜子，里面映出一个瘦得像门板一样的人。

他沉默片刻，勉强挤出一个笑容，对文东说："你看我去做人体模特好不好？可我太瘦！个子又太矮小！"

文东看了看瘦骨嶙峋的宗阿伯，点点头道："阿伯，你一身皮包骨，倒是正适合美术系学生画骨骼。"

"我去！20元是好多的钱！咱们闽南人常说叫猪叫狗，不如自己走！"

"对呀，求人不如求己。不过等一下！阿伯，做人体模特，是要脱衣服的。"

"你看我现在就光膀子！不怕，到你们美术系照样光膀子就是！"

"不是，是不能穿任何衣服，要脱精光。"

"好！没问题！——等等，什么意思？"

上世纪80年代的中国大陆，人们的观念还比较封闭，很少有人愿意去做专业裸体模特。几家美术院校专门向教育部申请了一项政策，就是从农村招收专业裸体模特，男女不限，解决农转非户口，而且由政府负责安排长期工作。可就是这种给予城市户口和工作的优厚待遇，报名的人也寥寥无几。

厦大美术系不算大，只能找些兼职模特。条件是：肌肉发达者，可以供学生学习肌理；骨瘦如柴者，供学生了解人体骨骼。

又撑了几天，家里实在揭不开锅。宗阿伯看了看眼前几个饥饿的孩子，又看看瘫在床上的年迈双亲，终于狠下心来，到美术系报了名。

有人悄悄提醒他，美术系的学生里有女孩子。

宗阿伯先是沉默，脸上一阵痉挛，而后突然大笑起来："我穷得只剩下个屌，就蛋上还有些肉，哪里怕别人看！女孩子看我，我就坦然看她！我就担心看到那些女孩子，自己控制不住！"

众人大笑。

不过，他是老实人，真担心自己到时会有生理反应，怕人家说自己流氓，因此特意偷偷地找了邻居来问。有经验的郑老伯告诉他带一点儿白酒或一粒大蒜，如果真控制不住，就赶快把酒精喷在上面，或用蒜瓣轻轻一抹。

宗老伯哈哈笑道："那不是要痛死！"

到了写生这天，宗阿伯迈着大步走进美术系。他神色坦然地和每一位老师点头打招呼，然后拿出走南闯北的精神，若无其事地吹着口哨走进写生室。

当天，教室里一共坐了15位美术系学生，有男有女。让宗阿伯没有料到的是，坐在这里的学生大部分是厦门本地的孩子。

他忽然一阵心慌意乱：这下面多数是厦大子弟，有几个孩子就住在镇海路、思明路，好像还有住定海路的，看着就脸熟——自己今后怎么上街？被人家认出来可怎么办？

不过，他很快注意到，大家的表情没什么变化。

——可这正说明了变化。

宗阿伯一阵心悸，接着就有点儿恍惚。

他屏住呼吸，竭力厘清自己纷乱的思路。到了最后，他把牙关一咬，口袋里没钱，饭都吃不饱，谈什么上街！

想到这里，他充满豪气地望向众人。

众目睽睽之下，宗阿伯拿出想象中的无赖劲头儿，牢牢站稳，大咧咧地脱了上衣，又若无其事地脱去背心。

他向大家微微一笑，接着把脚上的拖鞋甩到一边，开始解皮带。

拖鞋飞到窗户上，又弹了回来，像一个出窍的灵魂。

他想横空出世，可这时却不知怎么回事，觉得自己的手有些不听使唤，汗珠也开始从脑门沁出。

宗阿伯定定神，抬起头，又冲大家平静而坦然地笑了一下。

忽然，他觉得学生们身后的墙壁似乎颤动了一下，眼前的学生也似乎"唰"地向后一仰。

宗阿伯心中一震，急忙凝神细望，眼前朦胧一片。

他睁大眼睛，这才感到：不仅对面的墙壁在晃，就是眼前的窗户、黑板和面前的男女学生们，也都开始晃动。

汗珠大滴大滴地落在他的脚面上，嘴唇也不由自主抖动起来，舌头似乎也有些抖。

宗阿伯在心里狠狠地骂着自己：不过是一群孩子，我今天脱精光，不是流氓，是为了自己的家！

不知过了多久，他磨磨蹭蹭脱掉裤子，然后缓缓抬起头来，这才发现自己面对着墙壁。

原来，刚才不知什么时候，他不自觉地转了身子。

身后，美术系中年女教师轻轻咳嗽一声："转身，面对大家。"

轻柔的语调竟如晴天霹雳，宗阿伯全身猛然一震。

他下意识地哈下腰，膝盖也弯了下来，同时艰难地扭过半边脸，用恳求的目光看了一眼严肃的女教师。

"我……脱完了。"宗阿伯的喉咙里咕哝了一声，连自己也不知道说了些什么。

"内裤，脱掉。"女教师看都没看他，用不容置疑的口吻清晰地说道。

宗阿伯忽然恨起自己来，也恨那个把"裸体模特"消息告诉自己的郑文东。

"转身面向大家。"那个女教师又命令道。

宗老伯又猛地一颤，他想逃，想跑，还想哭。

可那20元钱的酬劳和家里一群没吃没喝、嗷嗷待哺的孩子，还有病卧在床的双亲，此刻泪眼汪汪地站在他面前，让他不敢逃、不敢跑、不敢哭。

突然，有人把一件睡衣轻轻披在他的身上。

宗阿伯颤抖地抬起头，感激地看了一眼，是那位面无表情的女教师。

恍惚间，宗阿伯好像看到自己死去多年的老婆，就那么无言地、默默地从天边降临，一步步向他走来。宗阿伯一阵委屈，顿时泪流满面。

这时文东走上来，轻轻把他拉进教室角落的更衣室。

宗阿伯清醒过来，惨白着脸，冲文东机械地一笑。

"阿伯，要不算了？"

此刻，宗阿伯的头脑虽然一片空白，可他坚定地摇摇头。他奋力推开文东，然后机械地走出更衣室，麻木地在学生面前的那把椅子上坐下，慢慢地垂下头去……

美术系郑文东同学当年所画的宗阿伯

当晚，文东拿了20元钱去送给宗阿伯，却看到阿伯手里拿根绳子，面前放着一只破板凳，正双眼含泪盯着头顶的房梁。

文东一把抢过宗阿伯手里的绳子，又一脚踢开木凳："你这是做什么？"

宗阿伯哭诉道："让这么多人看个精光，颜面何在？没脸活了！"

文东劝他："我们画的时候，都画上了内裤。"

宗阿伯脸红脖子粗，颤抖着声音重复说："没脸活！"接着说道，"家里穷得天天没饭吃，不去又如何？有了这20块钱，就可以给孩子们买些肉吃！可我这么精光地让人看，不如死掉算了！"说完蹲在墙角，失声痛哭。

宗阿伯突然抬起头来，混浊的目光缓缓望向文东："你上的是陈嘉庚的大学！你是大学生，有知识，和我不一样。我没文化，没办法！"

宗阿伯伸出双手，像是恳求，像是哀叹，又像是在对天空乞求："文东，我不埋怨！可你们读书人有没有办法，让我不脱精光？有没有办法让我家摆脱这个'穷'字？"

文东也哭了。

当晚，小伙子回到宿舍，翻来覆去睡不着。凌晨3点，他回到东边社漆黑的小巷，轻轻敲开宗阿伯的房门。

宗阿伯也没睡，他迟疑地打开房门，双眼通红。

文东对宗阿伯说，厦大有很多学生，因为上午没课而睡懒觉，9点左右起来，食堂已经关门，因此没有早饭吃。

他对宗阿伯说，何不弄个早点铺，煮稀饭、腌咸菜，然后当早点卖？食堂一碗稀饭3分钱，你收5分，咸菜再收一两分，本钱也不多，这样不是多了一条财路？

文东一席话，点醒了绝路上的宗阿伯。

这天凌晨5点，他们共同煮起第一锅面向厦大学生的稀饭。

翻箱倒柜，找到两个皮蛋，又细细地切了姜丝、一块地瓜，放入香油、胡椒粉、香菜和盐，香味随着热气溢出，很快弥漫开来。

上午9点，厦大东边社第一个私营早点铺就在宗阿伯家里狭窄的客厅悄悄开张了。

宗阿伯特意在腰里系了一块用床单剪成的围裙——这块布让他觉得踏实，觉得安全，觉得有了体面。

第一批顾客，是文东带来的几个美术系男生。

来吃早点的越来越多，后来晚上也卖宵夜，还是稀饭咸菜。

慢慢地，再从稀饭到炒田螺，又到炒米粉、海蛎煎、啤酒，宗阿伯从自己家的几平方米客厅开始，就此一发不可收拾，后来门口的狭窄小巷也摆上了桌子。

半年之后，小巷里的其他居民陆续开了理发店、各式排档、杂货铺，并开始向学生出租房屋。

都说靠山吃山，靠水吃水，五老峰下、面对白城海滩、已经穷了几代人的东边社居民，终于在宗阿伯这一代解决了温饱问题。

就这样，厦大旁边这片破旧贫穷的小村落，突然出现了一个小小的夜市。各家各户狭窄的小客厅，都在夜晚飘送着饭香，迎接着三三两两的顾客。

再以后，狭窄的小巷扯起了电灯，人来人往，好不热闹。几年光景，低矮的平房变成了小楼，宗阿伯和邻居们都露出了笑容。

只是一样，宗阿伯无论走到哪里，总是穿着那条围裙。有了这条围裙，他知足，他踏实，他活得体面。

老百姓，过的是养家糊口的日子；

老百姓，过的是日复一日的生活；

老百姓，过的是家！

天上有一颗行星，闪烁着厦大的名字。那颗星就叫"陈嘉庚"星，编号2963。

仰望星空时，又想起当年东边社那一片狭小的天地，想起宗阿伯，他为了家，曾经牺牲自己的面子。

感谢文东，前些时候特地从厦门开车回漳州，千辛万苦找到他当年为宗阿伯写生的肖像。

肖像所展示的人物，是一种与西方艺术完全不同的风格，不是孔武有力，也非肌肉饱满，画面上的宗阿伯，在生活的重压下，无力地垂下头。可他那嶙峋的骨头，却顽强地支撑着他干瘪的身躯——也支撑着他的家。

他和我们的许多父辈一样，曾经过得那么贫穷、那么艰难、那么拧巴。

几十年过去了，现在回想，当年东边社第一位私营经济的开山者，就是肖像里的这位宗阿伯，一个曾经穷得只剩下皮包骨头的人！

东边社私营经济的总设计师，则是美术系的郑文东，一个至今以自嘲和随和著称的普通画家和环保人士。

改变东边社贫穷历史的，就是这样两位名不见经传的小人物。

年轻气盛的郑文东、穷得精光的宗阿伯，促成了这片小村落10多年的繁华，也为几代厦大人留下了深深的回忆和回味。

一晃30多年过去了，宗阿伯已经过世，可他炒的田螺的香味儿，至今仍飘荡在无数厦大人的心头，我相信，他们再也吃不到那么好吃的田螺了。

算算我们今天的年龄，竟比当年的宗阿伯还大。

我和文东，常在电话里聊天，就像亲兄弟一样。

同学们都说，文东有两个最聊得来的人，一个曾是厦大的易中天，一个曾是厦大的王宝庆。

电话里，我们天南地北、远近新旧，用地道的闽南语和北京话嬉笑怒骂，一聊就是几小时。

尽管我们30多年前互不相识，尽管这30多年间，我们谁也没见过谁。

岁月的感慨，

其实就是

回不来的记忆。

陈伯的炒面

在厦大时，因为住在凌云楼，我和芙蓉四后面的宗阿伯不太熟悉。依稀记得去他家吃过几次稀饭和炒田螺，也记得宗阿伯家里两平方米的狭窄客厅和那张斑驳的餐桌。

有人说，曾见过他老婆。这一定是记错了，因为宗阿伯中年丧妻。

他生活苦，心底也一定非常孤独。

记得在芙蓉四门口见过宗阿伯一次。

那次，精瘦的他穿着一件整齐的白衬衫，和我迎面撞了个正着。他急忙向旁边闪避，又侧身站在一边，热情地向我打招呼。

那时的东边社，普通百姓对知识、学问和文化人，都非常敬重。

身旁化学系一名姓叶的同学，悄悄对我说："这个阿伯以前光着身体，在美术系做过模特。"

他的声音挺大。

当我扭回头去看时，宗阿伯好像听到了叶同学的评论，他消瘦的背影似乎微微一抖，接着低头快步离开了。

以后，只要在路上见到宗阿伯，他总是远远地绕开，或者转身到另一条路去，像是在有意躲避我们，也在躲避以前那段做模特的经历。

少年不知愁滋味。

等到我们自己也做了父亲，才慢慢理解了那句"不养儿不知父母恩"的老话。现在回想，当年的宗阿伯就是天下所有普通父亲的缩影，一位在温饱线拼命挣扎和为了自己的贫困家庭而牺牲尊严的父亲。

每一位父亲都是平凡的，也是伟大的。

对我来说，最清晰的记忆是靠近凌云宿舍楼那家东边社炒面店的陈伯。

作者根据记忆所绘制的当年东边社一角：陈伯炒面店

很多人都记得他的炒面店，我则记得他。那一次，冒充港仔的"古田妹夫"请我们吃面，就在陈伯的小店里。

陈伯当年不到50岁，比现在的我们年轻。但当时我们看他，好像很老、很憔悴。

回忆起我们小时候，周围的邻居60多岁就有拄拐棍、佝偻着蹒跚走路的，哪像现在的老人，尤其是大妈们，70岁还斗志昂扬地跳广场舞，出了国也豪情万丈地手指太阳拍照。

30多年前的陈伯不同。他又瘦又高，夏天穿件破旧的T恤，从来不换；女儿出嫁时，他才穿了两天蓝色中山服——那两天，他干什么都特别拘谨，连动也不敢大动，不停地低头轻轻吹拂那件中山服，生怕损坏了新衣服。

平日里，他总是穿一件褪了色的、皱皱巴巴的绿军衣。宽大的军衣套在他消瘦单薄的身上，像是在椅背上套了个宽松的袋子。

他总是静静地坐在店门口的椅子上，抽着劣质香烟，看着陌生的学生从面前经过。

谁在他的店里买过东西或吃过饭，他都记得，也和那些学生一一打招呼。

我常在他店里吃小灶，因此我们天天打招呼。

我也是最令他头疼的顾客之一。

记得一次吃炒面时，我问他为什么总穿军衣，他说，第一，没别的衣服，而那件蓝色中山服平时舍不得穿，除非儿女结婚和自己将来过世；第二，为什么总穿这件已经褪色的绿军衣？年少时金门炮战，对面的炮火打过来，有一颗炮弹落在现在芙蓉湖的位置（当时是田里），"轰"地爆炸了，他被炮弹震倒在地。阿爸说，穿上解放军的军装，毛主席就会保佑他的。

金门炮战是1958年，我们是1985年进入厦大的。真不知陈伯穿的军装，是否仍是年少时的那件？如果是，那么这件绿军衣，陈伯已穿了20多年；再说这件军衣现在都这么宽大，他当年穿的时候，需要把衣服塞进裤子里吗？

"小时候哪有裤子穿？光屁股啦，光了好几年！再说这件衣服好，长大些又可以当被子盖。"满脸皱纹的陈伯面无表情，像在讲别人的事情。

"陈"在闽南语里的发音是"tan"，我们这些调皮的北京学生，情绪好时叫他阿伯；拿陈伯开玩笑时，都叫他"老淡"。

从圆形餐厅和经济食堂中间的路上去凌云宿舍楼，到了情人谷入口，三岔路口面向五老峰方向有家小店，里面摆了两张桌子，陈伯就在这里卖东西。

他卖香烟、花生、啤酒、饮料，都是比较便宜的物品；他也炒菜，有炒面、炒米粉，还有海蛎煎，比圆形餐厅好吃多了。

那时上大学，不知为什么总是饿，总觉得吃不饱，总是嘴馋。

广州的南雁曾告诉我，他在厦大上学时，父亲从事军工科研工作，家里的钱由母亲打理，父亲从不管钱。母亲考虑到当时的生活水准，每个月从广州给他寄120元。

在80年代，这笔大学生活费可谓超规格，绝对算得上"特供"级。

开学第一年，父亲出差路过，特地带他到厦大附近的仙客来饭庄去解馋。父亲吃了一碗饭，慢条斯理地放下筷子，抬头一看自己的儿子，狼吞虎咽，连吃了七大碗。父亲看得目瞪口呆。

南雁见父亲直勾勾地看着自己，于是放下大碗，咽下最后一口饭菜，舔舔嘴唇，心满意足地冲父亲一乐。父亲的眼圈一下子就红了。

分别时，南雁站在厦大门口，恋恋不舍地和父亲挥手再见。父亲坐在出租车里，强忍泪水，想起儿子连吃七大碗米饭的情景，心里百感交集。父亲回到广东的第一件事，就是在家兼任财政部长，立即宣布调整财政预算，大幅度提高儿子在厦大的生活费，每月200元！

当时不知道南雁老弟这么有钱，否则一定约上几个北京鞑子，组织正黄旗小分队，去南雁那里"打土豪分田地"。

南雁后来回忆，他每月200元的生活费，大部分被新闻系的阿天劫富济贫了。

唉，当年胡人没得到利益均沾，都便宜给广东惠州的"南霸天"了。

那时我们最大的奢侈，就是每周末去陈伯的小店吃炒面，每盘1元5角，再来一瓶啤酒，然后催促陈伯多加肉丝豆芽。

开起玩笑来，我们互相斗嘴。陈伯见我们抽烟，就骂我们是猴食薄荷，我们则骂陈伯是木嘴。

那时常和陈伯斗嘴，我还依稀记得几句骂人的闽南话。也怪了，好像骂人的语言学得特别快，而且一辈子忘不了。

"陈伯，你站在那里秋秋累（羞答答）看我们做什么？"

陈伯一笑："没有啦，我在棺材！"

"棺材？"我们吓一跳。

"对啊，棺材（观察）一下，看看有没有到我店里来驾崩（吃饭）的，好有钱赚。"

"你老眼昏花能看出谁要驾崩？"

"当然！你们是秀才，你们要驾崩呀！别看我老陈是群众，可群众的眼睛是塑料（雪亮）的！"

陈伯那一对"塑料"眼，的确十分雪亮，看到别人来付钱吃饭，就会眉开眼笑。

"老淡，蹦洗（笨死）！怎么不见你老婆？"

"Nin-Pae 唔人爱啦（你老子我没人爱）！"

"去找个 Sui-Mu（美女），做店里的女招待！"

陈伯冲我们一瞪眼："死紧呐（小畜生）！"

"陈伯，三盘炒面，多放肉丝！"

"好，马上炒！"

"老淡！把香烟从嘴里拿下来。烟灰落到面里，到时要你重炒一盘！两盘算作一盘的钱，要你破产！"

"老陈是你们年轻人叫得的？你们几个鲈鳗（调皮捣蛋之徒），还怕烟灰？"

"老淡，你就是个古早物（古董）！"

"你们这群渣埔（男生）！甲饭配狗塞（吃饭配狗屎）！"

"老淡！你快出去找狗塞，然后放在手心里，我们吃面要配狗塞甲（吃）！你比我们老，一定甲过狗塞，你说狗塞好不好甲？"

老陈说不过我们，只好嘟囔着，边骂边炒。

我们哈哈大笑，大咧咧拿起筷子吃炒面。

老陈心细，拿过辣酱来："炒面要配辣酱来甲（吃），味道才好！你们不配辣酱，以后出去乱讲，说我老陈的炒面没有人家味道好，我没面子！"

辣酱倒多了，他又唠叨，伸长胳膊来夺："够啦！哪里要吃这么多辣酱，这么浪费！你们故意让我破产！"

他炒菜麻利，总是骂人，但肉多、菜多、味道好。

炒好后，他坐在一边，若有所思地听我们聊天，偶尔也插上几句。

结账时，陈伯手疾眼快地稳稳接过钱，一张一张仔细数过，然后小心翼翼地把钞票放入上衣口袋，别上扣子，又用手用力按一按那里，然后才微微一笑。

后来常去他那里赊账，赊得多了，他就记得最后一两次，前面的记不住。

日子久了，他好像有些亏本儿。思来想去，觉得自己的脑筋比不了上大学的这帮秀才，于是找了个账本，一五一十地记账。只要欠账超过5元，就不再赊了。

我们爱陈伯，可痛恨那个详细记载着剩余价值的罪恶账本。

记得为了赖账，北京小分队趁他到里屋炒菜的机会，由我陪他聊天，分散他的注意力，岑同学居中望风，李同学站在门边柜台那里，偷偷撕了一次他挂在门边的账本。

陈伯喜气洋洋炒完菜出来，一看账本被撕了一地，大呼小叫地跳脚大骂。

我们小分队员装作出去抓嫌犯，装模作样跑了一圈儿，回来看陈伯蹲在地上，正满头大汗地咬着下嘴唇，费力地把地上那些碎纸拼在一起。

一阵海风吹过，纸屑四下飞扬。

"完啦！"陈伯东奔西跑追了几步，挥起两手在空中乱抓，然后仰天长叹，"20多块的账，就这么完蛋啦！"

他怒冲冲瞪了我们一眼，又向空荡荡的四周望望，心里很是怀疑我们故意捣鬼。

这以后，他添了几分仔细，小心翼翼地把所有赊账都记在一张纸上，然后放在柜台的玻璃板底下。每天，他都仔细把账目看一遍，同时用手指轻轻敲着玻璃板，好像在得意扬扬地欣赏一堆哗啦啦脆响的铜板大洋。

我们北京小分队几个人的名字都在上面。

为了不成为黑名单上的人，我们又找个机会，故意把半瓶啤酒顺着玻璃缝隙洒进去，用水漫金山之术，让酒水漫延到他的新账纸上，最终一片模糊。

历史记录又被删除。

面对无妄之灾，陈伯手指我们，跳脚破口大骂。

没法子，他最终决定自力更生，把一切账目都用脑子记。连某人某月某日星期几、天气是否晴朗、欠了几毛几分的账，以及这些账目赊买了什么东西、那天欠账人穿了什么颜色的衣服，都一一列出。

一来二去，一五一十，陈伯成了继陈景润之后，厦大最强大脑和数字专业户。

他不是为生活所迫，而是被我们所逼。

一天中午，我和企管系江苏的小兵没饭吃，就想到陈伯的店去蹭饭。不过我们俩以前都有欠债记录，欠的债现在存储在陈伯的脑子里，计较钱的陈伯是不会赊账的。

南北联军在陈伯炒面店附近转来转去，肚子饿得咕咕响，头昏眼花。

俗话说富长良心穷生奸计，饿得走投无路，忽地想了一个智取生辰纲的计策，让小兵配合。

我兜里就剩3角钱，大摇大摆地走过去，趾高气扬地买瓶汽水，靠着柜台不紧不慢地喝起来。

陈伯接过钱，仔细数过，收进上衣口袋后，静静地用目光审视着我。

我津津有味地喝着："陈伯，你甲罢未（吃饭没）？"

陈伯还没来得及答话，就见小兵满面春风，正巧路过这里的样子，他向我打招呼，然后喜气洋洋地把我叫到一边，用陈伯刚好能听到的声调，眉开眼笑地对我说："我爸昨天给我汇款，这个月汇得比较多，100块钱！"

我马上直起腰,"啪"地把半瓶汽水放到陈伯柜台上:"走!去芙蓉四后面吃馄饨,要一碗3毛钱的,今天吃个五碗八碗的!"

陈伯转着眼珠,低头一看汽水瓶子,急忙叫住:"汽水才喝一半,太浪费啦!"

小兵拉着我就走:"走!多吃几碗!然后去芙蓉四的珍姐那里买两个西瓜吃!"

我转过身,对站在一旁偷偷察言观色的陈伯说:"以后家里汇款到了,就多吃馄饨,或者去林家鸭庄,要不就去仙客来,再也不到你这里吃了!"

陈伯急了:"吃馄饨做什么?都是汤汤水水,一泡尿就出去了!哪有什么干货!鸭庄?什么鸭庄!你们两个坎仔(傻瓜)!来,炒面!"

"不吃!走!"

"好啦!不要闹了!炒面两大盘,一盘2块钱,我多放肉丝和豆芽,好不好?"陈伯急眼了,强拉住我们坐下,又难得大方地递过香烟,然后洗了手,专心致志地炒起面来。

红通通的炉火映照在他专心致志的脸上,看上去像喝过酒一样。

我们慢条斯理地吃着。陈伯又殷勤地建议我们再来几瓶啤酒、一盘炒田螺,还加了一盘海蛎煎。

一五一十吃完,我们酒足饭饱,相视一笑。

陈伯小心翼翼地说:"结账吧!一共10块半!算10块4毛钱就好!"

"才便宜1毛钱?"

"对!已经要破产啦!"

"好,小兵拿钱!"

刚才还满面春风的小兵,忽然苦着脸说:"我记错了!我爸的汇款要明天到!也许下星期?说不定!"

陈伯一下愣住。

我和小兵忍不住大笑,然后跑到店门口,向陈伯做了个鬼脸。

陈伯在后面跺脚，面红耳赤地骂道："骗我骗得好苦！"

毕业前，我和几个同学在陈伯的店吃饭。那一次，吃了20多元。

我掏出两张50元和另外20多元钱，真诚地对陈伯说："陈伯，零头是今天的菜钱。以前也赊过账的，让你着急上火。这100块钱，只多不少，算还给你的！"

陈伯一愣："你们毕业了？再也不会回来了吧？"

我归心似箭，把钱递给陈伯："也许将来会回，十年八年吧。"

陈伯闻言，顿时把我的钱推开："钱你拿去，我一分不要！你们都是孩子，回家路上也要用钱。今天的餐，算我诚心实意请你！"

他又扔给我两包香烟："这几包烟，火车上抽！"

我们推辞，陈伯坚决不要这100多元钱，开口就骂："死紧呐！回北京好好工作，找个Sui-Mu，好好过日子！"

我1990年从厦大毕业，之后不久出国定居。再回厦大，已是2008年，那时东边社已不复存在。

一晃30多年过去了，陈伯的模样至今还在我的脑海里。

前几天，我和土生土长的厦门人、厦大美术系毕业的郑文东通电话。我们聊着聊着，不知怎么就聊到宗阿伯和陈伯。

文东告诉我，宗阿伯后来发了财，成为厦大有名的富豪，人也已经去世多年了。可他的儿子们，打牌的打牌、赌钱的赌钱，又把家给败了。

文东又感慨地讲起宗阿伯当年穷困潦倒，为了孩子们能吃口饭去美术系做人体模特而羞愧痛哭的事。

宗阿伯父子两代人，从走投无路、贫苦发家，到酒足饭饱又由盛而衰的故事，像极了古代封建王朝的天道轮回。

说到东边社的陈伯，文东告诉我，陈伯的妻子体弱多病，常年卧床不起，是东边社出了名的药罐子，但陈伯始终如一地照顾自己的妻子。他也有年老的父母和一堆孩子，是东边社负担最重、最精穷的人之一，无奈才东拼西凑了100元本钱开炒面店，从穷学生那里赚点儿养家糊口的费用。

我急切地问文东："陈伯现在怎么样了？"

文东说："东边社早就拆迁了，陈伯也去世多年了。"

他说，陈伯去世之前，特地吩咐孩子们在他出殡时在他手心里放几张百元钞票。他说自己前半辈子过得太窝囊、太艰难，又说手里握几张百元大钞，就是见到阎王爷，腰杆也是硬的。

电话这头，我无言地听着，泪水顺着脸颊流下。

作者根据记忆所绘制的陈伯

陈伯的一生，如同芙蓉湖里的一滴水、榕树上的一片落叶、穿过凤凰花的一缕阳光，如同他炒面时那股转瞬即逝的香气。

想象中，瘦瘦的陈伯，手心里紧捏着几张百元大钞，雄赳赳凛然和阎王爷冷冷对视，心里不禁一阵酸楚。

那天夜晚，我试着画出当年的炒面店和陈伯的模样，然后点了一支香烟，向着厦门东边社的方向，轻轻躬下身去，深深鞠了一躬。

陈伯——

一个30多年前，我常去跟他嬉皮笑脸的人；

一个30多年里，我再也没有想起过的人；

一个30多年后，我再听到时已经离开这个世界的人。

陈伯，真希望天堂的你，能看到这篇小文！

杂货店珍姐

当年的善心，

种下后来的善果。

当年的厦大生活，曾给我们留下深刻印象。

东边社 2 元钱一局的台球，吸引了多少厦大男生，在昏暗的露天灯光下专心致志打得不亦乐乎；块八毛的冰镇鹭江啤酒，又让多少壮志不言愁的大学精英热血沸腾。

那时，按照各自籍贯地域，厦大学生里有一批雄性激素超强、最调皮捣蛋的学生，心照不宣地划分出地方部队。

第一支部队，是来自北京的正黄旗小分队，直言快语，横冲直撞，在厦大留下不少豪横的故事。

正黄旗队员们个个人高马大、玉树临风。特别是一口字正腔圆的京腔儿，说起话来都和中央人民广播电台播音员似的，因此极有权威。

这期间，也曾出过一支从北京来厦大"混"的冒牌首都小分队，我曾写过其中的某人。除了这位来自著名的清华学府，其余几个成员，都是所谓"联合大学"的。

他们高考时的分数，在录取线低于全国几十分的北京，勉强能上个当地的三本，但在福建，连中专都混不上。论起分数血统，其实根本无法和当时考上全国前十的厦大学霸们比肩。所以，这支京牌赝品小分队，谈不上是"八旗子弟"，最多算个"绿营"，当年根本上不了台面，完全溜边儿。

上海小分队有些悲剧，因为除了自己，他们把全国所有地区都看成乡下。但他们忘记了，中国革命的成功经验是农村包围城市。

上海小分队的队员们痛苦地发现：无论自己怎么想、怎么说、怎么摆道理，头顶上永远有一支叫"北京小分队"的中央军。自己不管怎么火力全开，和中央军对起阵来，每次只能打不还手、骂不还口，最后索性"闭关锁国"过小日子，只求正黄旗们别来打扰自己。

四川因为有重庆、成都两座大城市，因此号称"双枪小分队"。

蜀军队员们之前提起北京，觉得那里都是古老建筑和或许最早可追溯到辽金元时期的烤鸭，等见到桀骜不驯的北京学生，这才明白首都原来还盛产豪横不可一世的"鞑子"；而重庆和成都因为地域关系，又天然地分为两支互不承认、互不认可、各不所属的游击队，都觉得自己代表川军，因此战斗力虽强，却没形成合力。

沿海人提起西北，总觉得那里没水喝，于是看见晋陕甘的学生，总会想到白城海边的水淹七军，动不动涛声依旧地就海边约架，占尽地利；贵州人提到东北和江浙，觉得这些地方都是未知的不发达地带；湖北小分队"惟楚有才"，但提起山东，就立即想到水浒，再加上企管系岿然屹立着那位能"辟邪"的山东猛男隋建人同学，因此对齐鲁联军也就多了几分忌惮；江浙人提起大连青岛，像进了美女博物馆，目不暇接眼花缭乱，除了"大长腿"和"皮肤白"这几个词儿，其余的话都说不利索了；而福建人提起北方，总觉得那是大老爷们儿豪情壮志的乐园。

"粤军"们考入厦大，曾经一度觉得，除了自己，中国所有地区都是北方憨大。等见到北京小分队气吞天地的谈吐和锐不可当的凶猛，白云山小分队这才恍然大悟，原来林家鸭庄和北京烤鸭不可同日而语——除了东边社那几位勉强被联合大学录取的溜边儿鱼，厦大里见多识广的正宗燕京鞑子们，敢情这么不好惹。

因此，机智的粤军立即制定避险规则。

平日里，白云山小分队的战略方针是"专打蒋军、不打美军"，对正黄旗小心翼翼避其锋芒。

白云山小分队常在芙蓉楼几个杂货铺神出鬼没，队副是广州"富豪"阿雁，队长是朋友遍厦大的阿天，后者因为嘴巴大，又名"南霸天"。

前些日子，远在深圳的原白云山小分队队副阿雁给我打电话。忆往昔峥嵘岁月稠时，他嬉笑怒骂谈笑风生之间，忽然问起："你还记得芙蓉十小店的老板娘珍姐吗？"

我们聊着，一个30多岁、开口就笑、快人快语、十分消瘦的典型闽南女子，渐渐浮现在我的脑海里。

珍姐的小杂货店，就开在厦大芙蓉十下面的铁皮房里。

这个小店老板娘，性格直来直去，颇有些侠气。当年厦大那些调皮捣蛋的男孩子，一到晚上就饥肠辘辘，很多人在她那里赊过账——尤其是白云山小分队的队员们。

对厦大那么多男生的赊账，她从不拒绝。

那时的学生，一旦家里汇款到了，第一件事就是去还债，没赖账的。

珍姐常说，这些都是千里万里离开爹妈的孩子，再说都是千里挑一、万里挑一的秀才郎，毕业后都是国家建设的顶梁柱，能为国家做贡献，所以赊账、欠账，就是不还钱也无所谓。

"10年之后，这些调皮捣蛋的坏小子，都是顶梁柱！"她每次都这么说。

现在想想，当年多少厦大学子身无分文、饥肠辘辘时，午夜悄悄跑到珍姐的小店敲门，难为情地叫一声"珍姐"，然后要了方便面就走。

她忙不迭追出来，给满脸通红的学生又递过一包榨菜、一包花生："榨菜花生白送，阿姐请客！"

曾有那么多的芙蓉学子，都受过她的恩惠。

珍姐瘦得如一片丝绸、一面窗帘，可胸怀却像宽阔的白城沙滩一样。

她记忆力极好，能叫出很多学生的姓名。这种记忆水平，一定比厦大教务处的一些领导都更显得深入群众。

阿雁和我谈到这里，唏嘘不已。

我也记起，当年入学后，第一次和阿雁到珍姐的小店去买东西。她仰起头问："你们北京男孩长这么高，你是不是国家篮球队的？"

我身高一米八，但要真在国家篮球队，算是名副其实的矬子，当即笑得前仰后合。

珍姐"砰"地打开一瓶汽水："来，国家篮球队，阿姐请客！"

我纠正她浓郁的闽南口音："汽水儿！"

珍姐努力学我的北京话："汽——碎——而！"

她学卷舌音，累得直喘，最后终于学会了："气儿——碎！"

"汽水儿"变"气儿碎"，听得我真是绝望。

过了一会儿，她哈哈一笑，用闽南话对阿雁说："太个歹学（太难学）！"

顺便说一句，阿雁这个家伙厉害，来厦大上学不到一年，居然能说比较流利的闽南话了。

粤军领袖除了家境殷实，智商也不是白来的。

他和珍姐用闽南语聊来聊去，听得我云山雾罩。看着阿雁不停地抖动的嘴唇，在一阵羡慕嫉妒恨中，恨不能把一罐香菇肉酱直接倒进他嘴里。

"你叫什么？"她问。

我想逗她，于是神秘地看看四周，然后低头附耳对她说："我姓穆，叫铁柱。"

正在兴高采烈的阿雁闻言一愣，心想这来自北京的胡人，真能胡说。

珍姐努力思索着："穆铁柱？好熟悉。好像在电台听过！"她欣喜万分，觉得见到了名人。

以后见面,她都叫我"小穆",每次都逗得我哈哈大笑。

凭着"穆铁柱"的名声,居然也在珍姐那里多次赊账。

有一次,珍姐夫妇在店铺前和我还有阿雁聊天。珍姐丈夫为我们切了西瓜,又不停地问,为什么北京学生都长得这么人高马大?

珍姐也一个劲儿地追问。

我问珍姐和她老公:"你们是吃什么长大的?"

珍姐说:"我们从小爱喝稀饭,过节时家里会买地瓜和油条,然后切碎放到稀饭里边吃。"

我打趣说:"我们在首都有特供的,每天吃馒头、猪头肉和酸奶。肚子里的料不一样,当然重量就不同。"

记得那次当着珍姐丈夫的面,为了显示力气,我一下把珍姐抱起来,然后扛在肩上,扭头对她丈夫说:"我把你老婆扛走啦!"

把珍姐扛上肩膀,我晃晃悠悠向芙蓉十通往生物食堂的石阶走去,又扯开嗓子,大声开唱《妹妹你大胆地往前走》:

> 妹妹你大胆地往前走,往前走,莫回呀头!通天的大路,九千九百、九千九百九!珍姐你大胆地往前走呀,往前走!到了北京吃猪头!

在粗犷嘹亮的歌声和一大群学生的哄笑声中,又顺原路把她扛回来。

珍姐在我肩上拼命挣扎,红了脸说:"穆铁柱,不要这样!你们都是秀才,不能扛我这样一个小百姓!穆铁柱,不要啊!"

当时就想开玩笑,没想到珍姐被我一扛,竟一下扛到肩上。我心里一愣,心想珍姐一个大活人,身体怎会如此之轻?

现在回想,那时艰苦落后的生活水平,让很多家庭不得不节衣缩食,人们无法达到应有的身高和重量。

唉,一个钢镚儿掰两半儿花、从嘴里省吃俭用,我们曾经历过多么艰难的岁月!

珍姐丈夫感慨道:"难怪铁柱们个子高大,原来都是吃馒头奶、酸猪头长大的!"

馒头奶还可以理解——世界上哪里会有酸猪头!要是能吃酸猪头,这是何等的重口味!

慢慢地,珍姐家买了一台小小的黑白电视机,就摆在柜台上。

有一次和阿雁去买东西,珍姐恼怒地看着我。

我忙问:"珍姐,怎么啦?"

珍姐手指着电视说:"我以前听广播,搞不懂;昨天看电视篮球比赛,终于知道谁是穆铁柱啦!你究竟叫什么名字?"

阿雁一看机会来了,一本正经地向珍姐说:"他哪里叫穆铁柱?他真名叫西门庆。"

阿雁每月生活费200元,花钱多,赊账也多,还账能力强,是珍姐最大的主顾,因此颇得珍姐信任。

不过,珍姐这次还是有些纳闷儿:"怎么还有姓西的?外贸系有个阿西,总在这里买烟酒,他应该也不姓西。"

我开玩笑地说:"怎么没姓西的?西王母,是不是姓西?"

"厦大也有叫什么'西'的,原来和西王母是一家!"珍姐感慨厦大名人多,而且能和神仙沾亲带故,真是门第显赫。

她又仰起脸问:"如果有姓西的,那也就有姓东、南、北的啦?"

我信口开河:"历史上有东汉、东胡、东吴、东晋,女婿叫东床,太子叫东宫;北嘛——北郭、北岛,天上指南的星星叫北斗;南,就更多了,南霁云、南怀瑾,对,还有南霸天!"

珍姐笑道："南霸天也总来我这里，替阿雁买东西。"

阿雁正在大笑，闻言忽地一愣，心里想，我从没叫阿天来买过东西呀！他是队长，哪有队长给队副跑腿儿买东西的道理？

再想下去，脑袋忽然大了——不好，有套路！

珍姐又开始为难我："有没有'东西'合在一起的名字？"

"有啊！看过《射雕英雄传》没？东邪西毒！"

她饶有兴致地听着，不停地点头："对，东邪西毒！"

阿雁逗趣说："珍姐，这世界还有姓'妈'的，你信不信？"

珍姐哈哈大笑："哪里有这个姓！"

"妈祖，是不是'妈'开头的？"

珍姐顿时双手合十，也终于放了心："那好，以后我就叫他西门庆啦。"

我笑嘻嘻地道："珍姐，你也要改个名儿，以后我叫你金莲姐。"

她欣喜地说："这个多不好意思。不过，'金莲'蛮好听的，一听就是正经人家的女子！"

叫了一阵"金莲姐"后，阿雁偷偷向珍姐提供了《水浒传》的情报，珍姐终于知道了发生在潘金莲、西门庆和悲惨的武大郎之间的三角爱情故事。

她听得目瞪口呆、柳眉倒竖，有一天趁我不注意，拿了一块西瓜皮，狠狠塞入我的后背衣领。

阿雁也趁机对我开战，笑嘻嘻地把半包儿碎花生皮，一点儿不剩地倒入我的衬衫。

唉，这就是粤军的诡计多端。

说回白云山小分队。

那时芙蓉八下面有两兄弟开的一家小店，店主是一高一矮的兄弟俩。虽是一母同胞，却长得相差十万八千里。哥哥高个子，偏瘦，面容严肃，眼睛特别明亮，长得颇像电影《兵临城下》的男主角裘德·洛；弟弟中等身量，圆头圆脑，像一只可爱的胖猫，生起气来也像在笑。

这家小店的哥儿俩没受过什么教育，记忆力和计算能力似乎都不怎么行，再加上听、讲普通话都要先在脑子里费力地翻译一遍，因此被白云山小分队钻了不少空子。

只要买东西超过三样，裘德·洛哥俩就算不清楚。

白云山队长阿天第一个发现和了解到这个战场规律。

"老板，买一包大重九香烟，六包火柴，两瓶芬达汽水，三瓶菠萝汽水，还要两包鱼皮花生，四罐香菇肉酱，五包方便面！"

胖猫弟弟顺手把大重九香烟扔了过来："等一下！慢慢说，我记不住这么多。"

阿雁又凑过来："老板，四罐香菇肉酱，五包鱼皮花生，六包……不，七包方便面！还有八罐香菇肉酱。那个……吃葡萄不吐葡萄皮，不吃葡萄倒吐葡萄皮。再加六包火柴！"

"我店里没有葡萄皮卖！慢点儿说，我记不住！"胖猫弟弟手忙脚乱，满头大汗。

最后一算账，一包鱼皮花生、两包方便面、三包火柴，其他都买一送二了。

裘德·洛哥俩卖东西不累，可算起账来，立马昏头，累得头昏眼花。大脑似乎供血不足，因此一到晚上倒头就睡。

这天凌晨，又被一阵猛烈敲击铁门的声音惊醒。胖猫弟弟睡眼惺忪、迷迷糊糊地说："不卖东西了，太晚了！"

阿雁带了一帮粤军队员大叫："老板，快开门！"

"不卖了，已经睡觉了！"

"要买大物件，大买卖！"

裘德·洛迷迷瞪瞪踹了弟弟一脚："大买卖，快去开门！"

胖猫弟弟挣扎起床，愣头愣脑地打开铁皮门，问："什么大买卖？"

阿雁嘻嘻一笑："买一包两分的火柴。"

胖猫弟弟怒骂，然后慢腾腾转身去拿火柴。等回过头时，柜台上煮熟的两只鸡蛋，已经被小分队顺到了口袋里。

再关上铁门，胖猫弟弟急得满屋乱转："我的两只蛋！我的蛋没了！"

哥哥裘德·洛怒喝："糊涂！蛋不是在你身上？"

白云山小分队就是这样，围点打援、声东击西，获得不少战利品。

当然，里面也有立场不坚定的"叛徒"，专门到珍姐那里抄后路，让队副阿雁防不胜防。

"珍姐，拿一包香烟、三包方便面，是阿雁让我来买的，记在他的账上！"

"珍姐，两包饼干、一瓶芬达汽水，记在阿雁账上！"

"珍姐，阿雁让我来拿六包方便面、两瓶可乐，明天他来还账！"

"珍姐……记在阿雁账上！"

……

阿雁防不胜防，后来怒火中烧，暴跳如雷。付清别人的欠款后，向珍姐郑重声明：除非本人亲自来买东西或当面赊账，否则以他的名义来购物赊账的，自己一概不认。

当年父亲心疼他的 200 元，大部分又被别人心疼走了。也难怪，每月 200 元的生活费，又如此露富，不被惦记才怪。

有一次，粤军们吃喝过头，一下子把半个月的生活费花光了。几个人瞬间意识到自己成了丐帮，大家面面相觑，发愁明天到哪里去找饭辙。

凌晨时分，白云山小分队在队长、队副带领下，为摆脱没吃没喝的悲惨命运，蹑手蹑脚悄悄摸上芙蓉八的裘德·洛兄弟店铺。趁着夜黑风高，偷偷地拿走铁皮屋外的十个空酒瓶，然后卖到珍姐的杂货铺。

珍姐不明就里，收了瓶子，当即给粤军将士们点了现金。

粤军将士贼不走空，又趁乱哄哄人多，从珍姐店外再顺走几个空汽水瓶子，第二天拿到裘德·洛兄弟商店去卖。

一次得手，再来一遍。

一来二去，芙蓉八那家裘德·洛小店的哥儿俩终于发觉不对了。

这天夜里，白云山小分队又有两名队员悄悄摸了过去，一看四周漆黑无人，竖起耳朵听铁皮屋内鼾声如雷，立即撸起袖子，抬了空酒瓶箱就走。

猛听铁皮屋内传来声震屋顶的怒吼，仿佛晴天霹雳。接着大门爆开，胖猫弟弟变身咆哮猛虎蹿出。与此同时，不知哪里又钻出手拿木棒的哥哥裘德·洛，用钢铁般锐利的双眼冷冷怒视粤军。

打仗亲兄弟，上阵父子兵。裘德·洛兄弟二人一前一后，铁塔般堵住白云山小分队队员的去路。

粤军队员见状，魂飞魄散，扔下箱子就跑。

其中一人，自恃常胜铁军，忘乎所以，这次大意穿了拖鞋，无可奈何之下，眼睁睁叫声"苦也"，被逮个正着。

他被困在铁皮屋内，满头大汗，不停地向怒气冲冲一言不发的裘德·洛两兄弟道歉、忏悔。

说到舌头发麻，胖猫弟弟心已软了，此时却忽地想起以前一件事，立即揪住这名队员的裤腰，大喝一声："还我两只蛋来！"

寂静深夜中，芙蓉八这一声"还我两只蛋来"的怒吼，曾惊动了对面女生石井楼多少熟睡的女生！

阿雁听到消息，急忙领了珍姐过来。

珍姐大步上前，一把推开裘德·洛，然后拿了10元钱塞给他，嘴里问："够不够？"

胖猫弟弟不依不饶："要20块！"

珍姐厉声道："马上到我的小店去拿！另外我关店三天，让利三天给你，只让你一家做生意，够不够？"

她看了一眼那个垂头丧气的学生，叹口气道："都是没计算好吃喝的孩子，可不可以原谅他一次？"

回到芙蓉十楼下，珍姐突然怒气冲冲，转身打了那个男生一巴掌，骂道："你们是秀才，不是丐帮！"

她横眉立目："钱不够，到珍姐这里来借！吃不够，到珍姐这里来赊！还不起，就说一句，算珍姐白给你，阿姐请客！你们是天上的文曲星，顶天立地的男子汉，切切不可去偷空瓶！"

她叉着腰，站在那个队员面前："你也拿过几次我的空瓶子，我都没有讲过！你是要做文曲星，还是要做地贼星？"

那男生恨不得找个地缝儿钻进去，一下子就哭了。一个堂堂的粤军大老爷们，羞愧得上气不接下气。

事后，阿雁从家里寄来的生活费里，拿了20元钱给这位广东"难友"，算是周济，也一次性替他还了欠珍姐和裴德·洛兄弟杂货店的钱。

接着，阿雁又替其他粤军队员还债，总计一百七八十元。

之后一个月，阿雁天天去吃宗阿伯的稀饭咸菜。大概因为膳食结构不合理，营养失衡，据说吃粥到月底，走路都打晃儿了。

那个月一定是吃粥吃伤了，所以现在的阿雁，虽然目如朗星，却是头顶锃亮，当年肯定是伤到头发根儿了。

那名哭成泪人的白云山小分队队员，后来则成了羊城的著名商人，为人处世极其诚实守信。

据说当年的粤军队员们毕业后，再回到厦大珍姐和裴德·洛的商店，都是不问价钱，随便买一堆，东西也不拿，然后放了厚厚的钞票就走。

有良知、有良心、有情怀，粤军铁军，名不虚传。

毕业多年后，阿雁已成为南方某著名企业的老总。

有一次他到厦门出差，走在镇海路的骑楼老街上，一家路边小杂货铺的老太太奇怪地看着他。他没在意，带着秘书和一群下属，继续大步流星向前走。

瘦弱的老太太忽然颤巍巍上前一把拉住他："阿雁，你回来啦？"

她站在自己的小铺前，慈祥地端详着阿雁，然后爽快一笑："这20年过得怎样？成国家栋梁了！来，喝瓶冰镇汽水，阿姐请客！"

西装革履的阿雁，定睛看着面前的老太太，顿时热泪长流……

时代进步的标志之一，
就是让所有的人都处于同一起点。

古田妹夫

东边社是厦大一个很特殊的地方，因为它是大学里的城中村。此处曾是个小渔村，被划在厦大校园里，成为厦大的一部分，而且就在厦大中心。

当年，东边社鱼龙混杂，有本分的当地居民，有租房的男女学生；有卖蔬菜鱼虾的小商贩，也有长头发的流浪艺术青年，还有过专门说着南方普通话骗北方女孩儿的骗子。

我就遇到过这么一个"骗子"。

一天下午，系里的一位北方小师妹找我们哭诉，说差点儿被一个香港青年侮辱了。

她说的"侮辱"，其实就是人家要吻她。

嘴唇沾上没沾上，不能问，总之是把臭嘴凑过来了。

我们几个听了，一开始都笑。

天真的小师妹险些失去初吻，又闻到那香港青年一股子口臭，恶心得一塌糊涂，也哭得死去活来。

她纯洁得如梨花带雨，我们见不得她"痛不欲生"的样子，于是答应为她主持公道。

主持公道，就是打架。

要说当年厦大各地学生打架，特色不同。

先说说两位厦大猛男。

山东人打架倔，而且占山为王——好像梁山泊一样。这里就有企管系的建人兄，当年牢牢占据芙蓉楼，威震厦大。

他应该位列厦大第一猛男。为什么这么说呢？因为他有钢筋铁骨。

有一年，他在广东三水被火车撞出80多米远，人都腾空飞出去了。从路基边的草丛里苏醒过来，他爬起来就走。

第二天，建人兄步行到医院敷药，护士们正在窃窃私语。一问，小护士神秘地说："你知道吗？昨天火车撞了一个人，那人的尸体好像凭空消失了，到现在都没找到，弄得市里刑警队都出动了。"

又一个女护士说："那火车司机已被送到精神科治疗，他一个劲儿说自己见到哪吒大仙了，现在见佛就拜。"

建人大笑，说："那哪吒就是我，我活得好好的！"

评书中有个高宠挑滑车，但没建人迎面怒撞火车猛吧？

建人的经历让我想起《三国演义》里讲的关云长刮骨疗毒的故事——关云长大笑而起，对众将说："此臂伸舒如故，并无痛矣。先生真神医！"华佗说："我为医一生，未见如君侯者。将军真天神也！"

那天晚上，几个小护士争先恐后请建人吃饭。护士长也来了，见了建人就死死抱住，让建人觉得这中年妇女的劲儿比火车都猛。他使了好大的劲儿才从她紧拢的两臂中挣脱出来。

护士长火力全开，望着他殷殷地说："日本有子弹头火车，你哪天去迎面来一下子？"

有一位女护士鼓励建人加入中国男足，说这样一来中国足球就有救了，欧美和黑人球员再怎么高大威猛，谁敢撞火车呀？也就咱中国齐鲁好汉！

大伙儿围着厦大猛男，一致建议他去做健力宝的代言人。

火车司机闻讯，神经马上正常了，精神抖擞地从精神科出来，见到建人就哇啦哇啦，非要让他送一张大的黑白照，要挂在家里辟邪。

据说，有一阵子三水的出租车还真有挂建人照片的，司机们都觉得，如果面包车撞到大货车时，建人的照片能保佑他们，还能把面包车变成坦克。

和门神秦琼、尉迟恭有一比，这算不算第一条好汉？

名列第二位的之所以稍逊建人一等，因为撞的是汽车。

黄加国，宁德福鼎人。想当年，他在长安街上肉身撞汽车，名震京城，连首都交管局都视为奇迹。

那哥们儿从人民大会堂向北穿过马路，他大步流星，昂首挺胸，目不斜视，结果撞上了一辆正在疾速行驶的桑塔纳轿车。

一声巨响，桑塔纳保险杠断裂，前盖也瘪了，司机一看撞上了人，顿时瘫在驾驶座上。

黄加国在中南海前腾空飞出20多米。当时脑子蒙蒙的，怎么好端端的就腾云驾雾了？

待爬起来一看，自己又飞回大会堂路边儿了。

站起来抖抖肩膀，愣了愣神儿，这才发现长安街过马路，要走地下通道。他拍拍屁股大步流星走人，看得交警和司机目瞪口呆。

那司机高喊："好汉！留下姓名！"

黄加国回道："我宁德福鼎人！"他的口音，让司机听成了"灵德胡顶"。

司机觉得怎么着也得带他吃顿饭、赔个不是。

黄加国越走越远，在天安门广场边儿上高喊一声："不拿群众一针一线！"

听到黄加国底气十足的回答，司机被感动，他也听不明白黄加国福鼎口音的普通话，便拉着交警问："灵德和胡顶在哪儿啊？咱得给人家当面道歉去。"

隋建人撞火车，黄加国撞汽车，俱是肉身——虽没碰瓷儿，却都是碰瓷儿的殿堂级力作，至今无人能超越，而且分文不取，不拿群众一针一线。

山东人、福鼎人和企管系的神勇可见一斑。

陕西人打架拼命，安徽人打架胆大，河北人燕赵悲歌，打完了兴许哼两句梆子；宁夏人呢，没完没了；甘肃人如狼，内蒙古人似虎，两广人彪悍，东北人结伙；云南人死磕，江浙人也是硬骨头，不过打起架来稍微弱些，没北方汉子的强壮，也没湘粤蛮子的狠劲儿。

群里的四川姑娘庞某，当年曾和外贸系的两个宁波小伙子干仗。她在嘉庚塑像前一声怒喝，吓得那两人以为校主显灵，撒丫子就跑。

对了，别忘了青海人，那地方古代叫吐谷浑，一般打架前事先警告。事不过三，第三次出手必战，战则必胜。

有位流浪歌手，就曾被吐谷浑的学生揍得眼前金星乱冒。歌手虽然长发飘飘，但在骤然而至的狂风暴雨中，只得闭了双眼，两手在空中乱抓，基本找不着北。

四川学生打架，用板凳儿；

北京孩子打架，用板儿砖。

厦大没板儿砖，石板又太大、太厚、太沉，不顺手。

我们北京来的几位同学，为此专门去图书馆，借了大部头的阿拉伯语字典和辞海，厚重、有棱有角，拎在手里好使，权作砖头。

还记得图书馆那位戴近视镜、十分严肃的女管理员，看到我们借这么大部头的字典，笑得合不拢嘴，连声夸赞首都学生素质高，看字典都要看和砖头一样厚重的，将来都能做教授。

我们七嘴八舌地纠正她的普通话，还记得她当时把"希特勒"说成"细贴裂"，笑得我们前仰后合。

她兴高采烈地用闽南口音的普通话对我们说:"你们真是勤奋好学,还自学阿拉伯语,将来都能被派到伊拉克或者阿富汗去!"

她并没诅咒我们——那时的伊拉克和阿富汗,都没有战火纷飞。

夜黑风高时,未来教授们组成的首都阿拉伯小分队,悄悄摸进东边社。

把那个香港小子从被窝揪到路边,似乎比电影里的抓舌头要容易得多。一番讯问,他骄横地说自己来自香港尖沙咀,考古系的。

揪到旁边竹林里,一顿拳打脚踢。

他这才愁眉苦脸地坦白,自己老家是古田的;没听清,又打一巴掌,于是捂着脸要哭,说自己来自古田会议的古田;我们感觉那是对红军的亵渎,半瓶啤酒劈头盖脸浇下,这才水落石出,哭着说自己是从古田某村来的。

问到最后总算弄明白了,其实"港仔"就是当年高考没过的古田乡下落榜者。

——赝品。

他憧憬大学,也喜欢上了厦大的生活。平时去听听课,慢慢地恍惚觉得,自己似乎也是厦大的一员了,并喜欢上了厦大的北方大长腿女孩。

北方哪儿的?哈尔滨、青岛、大连,都是出美女的地方。所以他的故事,就是古田遇见哈尔滨。

当然,最后的结局也不太妙——《夜幕下的哈尔滨》。

他和我们同龄,也是1985年参加高考。

我问他:"你高考多少分?"

他看着我们这些天之骄子,极其自卑、胆怯地低下头,嗫嚅了半天,小声地回答说430分。

"你高考究竟多少分?"我们以为听错了,又问一遍。

"430。"

他说自己分数太低,连福建的普通本科成绩都没够上,落榜了。可他从小想上大学,想读本科,想出人头地,但梦断了,就到厦大看看,不舍得走,在东边社住了下来。

说完这些，他哽咽起来。

我们几个北京学生则面面相觑。

当年的北京，全国一类重点大学录取线420分，普通大学405分，这两个数字，我记得特别清楚。

前两天问土楼游子，他说福建的一类重点大学录取线是460分，普通大学430多分。

所以，这位古田小伙子要是有北京户口，能直接升北大清华了。本来他还以为，京广沪高考的录取分数是和全国一样的。

他的分数，比跟我们一起去的首都小分队中那位北京李姓同学，还要高10分。

听我们这么一说，他想起自己的农村户籍，顿时在竹林里捶胸顿足，大哭不止。

他的样子，不由得让人想起《儒林外史》中的一段描写：

> 话说周进在省城要看贡院，不想才到天字号，就撞死地下。一碗茶水灌了下去，扶着立了起来。周进看着号板，又是一头撞将去，这回不死了，放声大哭起来。一号哭过，又哭到二号、三号，满地打滚，哭了又哭，哭得众人心里都凄惨起来。他哪里肯起来，哭了一阵，又是一阵，直哭到口里吐出鲜血来。

眼前的这个古田青年，在东边社的偏僻树林，也和周进一样，哭得死去活来。

他偶尔抬头，眼泪汪汪地看看我们这几个北京人。

北京长大的孩子，个个人高马大，带着一股首都的豪横之气。站在这位瘦弱土气的古田小伙子面前，城市乡村的对比是如此强烈！

他的高考分数比当年北京一类重点大学的录取线整整高出10分。在那千军万马过独木桥的年代，1分就意味着超过千人！

"你这分数，上大专没问题吧？"李同学的分数比古田小伙的分数低了10分，他半是同情半带自卑，小心翼翼又端着架子，把小伙子拉到一边悄悄问道。

古田小伙无声地摇摇头。他双手蒙面，泪水顺着指缝缓缓淌下。

现在想想，户籍制度造成的不公平，影响了多少中国年轻人！

当天，古田小伙花20元钱，请我们在东边社陈伯炒面店吃炒面。

我记得自己对他说："两件事，你要做；你办事，我放心。"

"你办事，我放心"是毛主席老人家的名言。老人家的很多话，都融入我们那一代人的血液里。

他也不例外，听到这句话，恭恭敬敬地抬起头来。

"第一件，古田妹夫，我们是受人之托，你别再缠着那姑娘了。人家是小丫头，如果知道你不是大学生，告到厦大派出所，你就真完了，到时就不是挨打赔款的事儿了，对不？"

他连连点头，说两人以前一起听课，那姑娘有些地方听不懂，他一直帮她做题，一来二去，自己渐生情愫。但他不敢说自己是农村的，只好利用姑娘分辨不清南方口音的弱点，谎称自己是香港来的。

他还说，自己就是和她拉了拉手，想亲亲她的额头。没想到自己高度近视，脑门儿没沾着，却一下凑近姑娘的下巴，可姑娘的一声尖叫让他自己吓得蹦了起来。

"脑门和下巴的差异，你不会不知道吧？纬度也不一样啊！"我问。

他发誓说，压根就没碰过那姑娘。

他说这话的时候，旁边一位姓岑的北京哥们儿直向后躲，捂着嘴说："哥们儿，你以后能不能漱漱口，怎么嘴里这么大的味儿啊？"

他委屈地说："大半夜被你们拉出来，哪里来得及漱口。"

"你不会买个口香糖啊？"

他可能从没听说过什么叫"口香糖"，一脸迷惑地看着北京岑哥们儿。

我们把什么是口香糖也和他解释了，他像听"十万个为什么"一样，边听边点头。

接着说第二件事。

我说："古田妹夫，你别再装香港青年了，多无聊啊！什么尖沙咀啊，北方都是糖三角，云南那附近也有个金三角不是？你也别装考古系的了，给你这本儿字典，去装阿拉伯语系的，到校外找个厦漂打工妹吧。反正你说的普通话，除了你自己，别人谁也听不懂，和阿拉伯语差不多。"

姓李的北京同学提醒道："你可千万别找古田附近的啊，你这一嘴乡音，人家一听就知道不是阿拉伯语，而是地道的家乡土话。其他地方的人，你就说自己讲的是阿拉伯口音的汉语，随便蒙吧！"

还有一个北京哥们儿插话："厦大没阿拉伯语吧？"

我不耐烦地打断那哥们儿的话："只要不是阿拉伯就行，到校园外面的世界，蒙个打工妹去吧，管他阿拉伯不阿拉伯。"

古田妹夫戴着高度近视镜，拿过那本厚厚的字典，仔细翻了一下，说："这好像是1980版的《辞海》吧？"用手摸着字典，说着说着，又想起了美好的大学梦，眼泪又掉下来了。

唉，写到这里，心里掠过一丝淡淡的感伤。

记得之后，他连连摇头，说自己也不装什么阿拉伯语系的了，天亮就离开厦大，去台湾人在厦门开的工厂打工。

他说着，还从兜里拿出一张工厂的招工广告，好像是什么做鞋的。

我们都没言语。

姓李的北京哥们儿一乐，下意识地看了自己的鞋一眼。

李同学没想到的是，大学毕业后，他也去了当地一家台湾人开的工厂，也是去做鞋。只不过，晚了三年。

让更多厦大学子没想到的是，毕业之后，他们中的更多人去了国外、深圳或者广东其他地方，也有留在厦门的合资工厂里的。

曾听过徐小凤的一首粤语歌曲《顺流逆流》，有几句歌词是这样的："不知道在那天边可有尽头？只知道逝去光阴不会再回头。每一串泪水伴每一个梦想，不知不觉全溜走。"

那顿晚饭，我没让古田妹夫请客，而是提议几个北京哥们儿自己凑钱，只当送别古田妹夫了。

岑姓同学不同意，他用力拍着桌子，几乎和我翻脸。

后来听说当夜凌晨，他又摸回东边社，找那可怜的古田小伙子死磨硬缠，愣是要了20元现金。

两年前碰到一位武汉同学，他说一直记得我，说我虽然来自北京，但心底十分善良。

感谢上苍！内心的善良，让我这些年虽然磕磕碰碰，却总能逢凶化吉，可谓积德之人，必有余利。

几十年后，当年那位险些失去初吻而寻死觅活的小师妹，已经在美国定居多年了。

她和她的先生都来自国内，曾在全球多个地方工作过，现在有两个儿子、一个女儿，生活过得十分平静、幸福。

去年，她找到我的微信，和我通了话。

她现在住在一套带游泳池的豪宅里，自己也是一位非常成功的企业高管。她发来了家里的视频，还热情邀请我有机会到美国去玩儿。

我提起当年的笑话，她哈哈大笑。

言谈中，她俨然已是非常成熟练达的女人。我则有些恍惚，她还是当年那个为了保住初吻而痛哭的纯洁小师妹吗？

那天，我在烟斗里放上烟丝，静静地看缭绕的烟雾，又低头看看石楠木烟斗里燃烧的烟丝，吟了一首小诗：

危岩石楠木，云叶与峰平。茫茫烟尘里，火中见分明。

我默默听着徐小凤的《顺流逆流》，体味着那里面的歌词："不经意在这圈中转到这年头，只感到在这圈中经过顺逆流。每颗冷酷目光，共每声友善笑声，黯然一一尝透。"

偶尔，会依稀想起那位古田妹夫，想起他把自己装成香港尖沙咀出生的港仔，又想起他听到北京户口 405 分就可以上大学、420 分就可以上重点大学时的崩溃和绝望哭喊。那在寂静黑夜中突然爆发出来的"哇"的一声、那在黑暗小路上撕心裂肺的痛哭，我永远忘不了！

不知古田妹夫如今过得怎样了？

"我要为死去的娘争气！"

逆袭者陈卫

有的人活着，他已经死了；有的人死了，却还活在别人的记忆里。

审计 85 级的李超同学，2019 年悄然离开了这个世界。

王国初曾是李超无话不谈的哥们儿。他说，当年他们几个爱喝咖啡。有一次李超家的汇款到了，便拉着他和吉英，三人兴冲冲直奔轮渡海滨商场，要买中瓶的雀巢咖啡。

商场女售货员长得标致靓丽，三个小伙子看傻了眼。

女售货员被他们直眉瞪眼盯着，脸红心跳，鬼使神差地拿了大瓶的雀巢咖啡递过来。

李超脑筋转得快，一把拉了发呆的国初和吉英，飞奔出门。

晚上回到芙蓉八。他们觉得赚了：付了中瓶的钱，却抱回大瓶咖啡。索性坐在走廊，开心地用暖水瓶冲了两大壶，咕咚咕咚把咖啡当白开水喝。

当晚躺在床上，三人眼睛瞪得蛋大，翻来覆去睡不着，精神十足地看着圆月西斜，又眼睁睁看着一轮红日从东方慢慢升起，这才知道咖啡原来是提神儿的。

李超毕业后去了海南，成为海南第一批创业者，创办了中国第一家朗姆酒厂。

几年前同学聚会，他特意给国初带了四瓶自己企业生产的朗姆酒。

国初舍不得喝，谁知几年之后，这几瓶酒竟成了念想之物。

提到逝去的李超，国初不禁唏嘘：我们无法把握生命的长度，现如今自己和李超已是阴阳两隔。大家其实都是匆匆过客，善待自己和生命中遇到的每个人，开心地过好每一天，才是生活和生命的真谛！

他祈盼在天堂的好哥们儿，在那个世界尽情尽兴地品咖啡、喝朗姆酒。

我和85级审计的罗丹聊起李超，她是性情中人，当时就落了泪。

85级审计的娄开文也和我聊起李超，非常难过和感慨。开文说，李超毕业后，曾和大家失联15年，好不容易聚合，没想到天妒英才。

开文流着泪告诉我，审计85级微信群一直留着李超的微信，好像他还和大家在一起。

天堂的李超，如果知道国初还在絮叨当年的往事、同班的罗丹和开文仍为他的英年早逝潸然落泪，而审计班至今特意留着他的微信号，想必会感慨吧！

李超离世时，小女儿才4岁。真心希望审计85级的同学们继续对李超小女儿的成长多些关照，对孩子而言，得到叔叔阿姨们的教育和引导，也是不幸中的万幸。

其实，人的一生就是不断和过去的人、事告别的过程，就像绿皮火车，有人上车，有人下车。也正因如此，悲剧和喜剧才会穿插上演。有些人，注定是英雄或喜剧人物；有些人，为自己或别人带来喜剧或悲剧；有些人，则把人生悲剧演绎成万里鸿鹄的传奇故事。

外文系85级的陈卫，就是一个向不说"不"的坚强的逆袭者。

福建南平有个地方，山高谷深，连绵起伏，此地素有"闽北文化古摇篮""福建古文化发源地"之称，县内众多商周古墓遗址将福建省的文明史向前推进了1000多年。这里就是光泽县。

由于境内千米以上山峰有 570 座，因此又有"一滩高一丈，光泽在天山"之说。

这片神奇的土地，培育出一位厦大 85 级外文系学生，此人后来成为驻多国使馆的商务参赞。

他，就是陈卫。

陈卫在厦大时，凭借过硬的英语基础，和同班王坤山、王立新在全系率先联系厦门市中小学，开办英语培训班，生意最火时，每人月入上千元。毕业时，陈卫揣着 1 万多元，神采奕奕地到北京的单位报到。

那时的 1 万元，相当于现在的几十万，牛吧？

陈卫还开办了汉语教学机构。他的学生，大多是最早到中国大陆做生意的美国企业家，比如，当时与渔民造船厂合资的天牌游艇公司老板 Bryce Norman。

陈卫教老外学汉语，一次课收费 50 元外汇券，每月能赚几百至千元外汇券，弄得黄牛们都知道，厦大有个姓陈的外汇券大户。

陈卫长得英俊帅气。有一阵子，"陈大户"甚至被黄牛们传为厦门的高干子弟，大家尊称他为"陈公子"。陈卫听后，一笑置之。

"陈公子"上课有意思，面对老外学生，上来就道："陈子曰……"

老外直纳闷儿："不是孔子曰孟子曰吗？陈子是谁？"

陈卫板着脸反问："陈子你不知道？"

"真不知道。您快说啊！"

陈卫大笑："陈子——远在天边近在眼前，就是你面前的我啊。"

心服口服的老外这才知道，博学多才的陈卫是从春秋战国携手孔孟穿越而来，恨不能急着给他上香："您老人家是'陈子曰'，那肯定是真命进士！"

看到这里，可能有人会说人家陈公子聪明啊，脑瓜子好使，所以大学时就能赚大钱。再说，一句"陈子曰"透着真命进士的聪慧。

能赚大钱肯定聪明，但不完全靠脑瓜子好使。而陈卫这位真命进士，小学初中时，基本是一名垫底儿的学生。

垫底儿，意味着被别人踩在脚下。只不过，有人被逼到绝路，认赌服输自甘沉沦；而为数不多的强者，则会背水一战，置之死地而后生。

退无可退反败为胜，这就是逆袭。

陈卫上大学之前，就一直在人生苦海里背水一战。常人破罐破摔，他是破釜沉舟。

他打小是个苦孩子，与生俱来的那些苦，不是你我能想象的。

有句犹太谚语说，上帝不能无所不能，所以创造了母亲。可陈卫才出生七个月，生母就病逝了。

小孩儿没娘，说来话长。

四五岁时开始懂点儿事，看见别人的妈妈怀抱幼儿，他也渴望投入妈妈的怀抱。于是张开双手，跌跌撞撞扑到别人妈妈怀里，又被陌生女人轻轻推开。再奔过去，人家抱着孩子离开了。

在经济困顿的六七十年代，小陈卫没感受过母爱，在爷爷奶奶的照料下告别懵懂幼年，而后进了小学和初中。

上学归上学，他得自己养活自己。他的学费全靠捡废品、卖废纸而来。陈卫的勤工俭学，可能比任何厦大学生都早。

小学五六年级时，各种运动如火如荼，老百姓的生活却异常困苦，陈卫家也陷入吃不饱的境地。

他家附近有家以稻草为原料的造纸厂。为了全家填饱肚子，陈卫父亲不得不带着他，每天深夜12点到凌晨两三点之间，摸黑到造纸厂去捡拾抖落在车间地面的稻谷。

父亲人高马大，容易被值班员看到，于是，小陈卫就自己悄悄从工厂铁门的缝隙爬入，然后把稻谷装在包里拿回家。

从那时起，他没睡过一个好觉。

陈卫的家刚好在闽江富屯溪旁边，开窗就见滔滔溪水。闲时，陈卫爱听水声，总觉得潺潺流水中，有个声音在轻轻呼唤着他。

他时常怔怔地看着河水发愣，也爱看河中起伏出没的游泳健将游泳。可由于常年缺乏睡眠，小陈卫有时看着河面，歪头就睡着了。

清澈的河水哗哗流淌，像为沉睡的他注入涓涓细流。

10来岁时，父亲续弦。

《论语》里有个故事，叫芦衣顺母：

> 周闵损，字子骞，早丧母。父娶后母，生二子，衣以棉絮；妒损，衣以芦花。父令损御车，体寒，失镇。父查知故，欲出后母。损曰："母在一子寒，母去三子单。"母闻，悔改。

闵损后来成为孔门弟子，以德行与颜渊并称。

古代名君舜帝，2岁时母亲去世，也是苦出身。

古话说："宁跟要饭的娘，不跟当官的爹。"陈卫天生倔强，生活的磨难练就了他的坚忍性格。不过，那时的他毕竟是个孩子。

初三假期，他去挖井挣钱，和一个成年人用扁担扛运碎石头。他个子小，因此重量往往倾斜到他的方向，累得他大汗淋漓，头昏眼花。

这天，他又困又饿，坐在井边，看着眼前一大堆冷冰冰的石头，又呆呆地望着远处河中游泳的人们。

游泳健儿们在河中上下起伏，好像鱼儿一样敏捷，游得可真好。

肚里一阵饥饿，陈卫收回目光，却又看到别人的母亲正送热饭，不禁勒紧裤带长叹一声。

偶然抬头，他看见舅舅正从远处走来。舅舅心疼外甥，替他把所有的碎石扛到目的地。

陈卫曾听人说，舅舅的眼睛和亲妈很像。想到亲妈，他扑到舅舅怀里痛哭不止。

舅舅长叹："孩子，你要好好读书啊！将来考个学，既对得起你死去的母亲，也不用受这个苦力的罪了。"

"考什么学能不受罪啊？"他眼泪汪汪看着舅舅。

舅舅抹抹泪水："上个中专就行，能当技术员坐办公室，每月还有固定钱花。"

"可我上课总是饿，总是困，身体受不了啊！"

舅舅是个最普通不过的凡人，照顾自己的家都无力，又怎能顾得上外甥呢？他心如刀割，慈爱地低头看看个子不高的外甥，狠心扭过头："那你也得读书啊！有本事上高中，也算对得起你妈！你妈在天上眼巴巴看着你呢！"

陈卫抬头向天上望去。

天空中，一缕白云慢慢飘过，接着一阵细雨落下，像是妈妈冰凉的乳汁，又像是妈妈的泪。

"我读高中，上大学……"他喃喃着说道。

这一天，小陈卫出去帮工，却不慎打碎一块砖。

四周几个大人，知道这孩子没人疼、没人爱，于是异口同声向他父亲告状，又纠缠着父亲，要他家赔钱。

被困顿生活折磨得筋疲力尽的父亲躲无可躲，勃然大怒，顺手抄起一根木棒，向儿子打去。

陈卫转身就跑。可他没地方去，就一溜烟跑回家，躲进自己的房间。

街巷上，那几个人还在不停地撺掇父亲。

父亲更加生气了，冲进家门，要暴打自己的儿子。

陈卫一看父亲手中的粗木棒，实在无路可逃，于是打开窗子，"扑通"，闭眼直接跳入滔滔河水中。

父亲傻眼了，木棒"咣当"掉落在地，泪水顿时流了出来。他这才意识到，自己盛怒之下，竟然逼得儿子跳了河——可这个孩子，根本不会游泳！

父亲伸头向窗外一望，滔滔河面上，已没了陈卫的身影。父亲大急，大叫一声也跳入河中，去救自己的儿子。

四周的人们见闹出人命，顿时鸦雀无声。

不会游泳的陈卫坠入水里，全身骤然一冷，这才意识到水火无情。他的手脚不听使唤，痉挛着在河水中挣扎。

咕咚咕咚喝了几口水，陈卫反而清醒过来。

"活下去！"他的倔劲儿上来了。他想象着平日看到的人们游泳的动作，手脚并用，使劲划着。过了一会儿，居然能在水中顺势而动，收放自如了。

河岸边，已聚围了一大群人。他们看到陈父奋力游向河中去救孩子，又看到远处有个小黑点儿，越游越协调，越游越敏捷，越游越快，等接近岸边才看清，这不正是陈卫吗？

陈卫湿漉漉地上岸，扭头一看父亲还在滔滔河水中，便又跳下河，游到父亲身边，然后拉着父亲向河岸游来。

河边的人群都愣住了。一位老奶奶颤巍巍地对围观的人说："这孩子是天上的星宿，就算跳河，龙王爷也会保护他的！"

老人心疼陈卫，于是大声地喊："这孩子小时遭罪，大了一定有出息。这是文曲星下凡啊！"

当晚，陈卫吃了一顿连菜带肉的饱饭。父亲疼爱地看着他，还用手抚摸着他扛石头受伤的肩膀。

夜里，陈卫做了一个梦。他梦见自己躺在缓缓流淌的富屯溪上。那水像绸缎，似摇篮，他就平躺在水面上，仰望天上闪烁的繁星。溪水流啊流，仿佛一大段锦绣，忽然缓缓飘了起来，向着明亮的月亮飘去……

由于过早承担了一个成年人该承担的劳务，加上常年睡眠不足，陈卫初二时的功课只有语文、政治及格，总成绩基本垫底，没想到最后一咬牙，竟也考上了县里最好的高中，当然成绩还是垫底。

外甥这么拼命干活挣饭吃，舅舅实在看不下去，于是在陈卫高一上学期时，千方百计托人给他找了份工作。

他跑到姐姐坟前落泪："孩子不上大学啦，我替他做主。这样白天上课、晚上干活，根本考不上大学啊！就让他上班吧，好歹自己挣口饭吃，晚上还能睡个整觉。这孩子从小学到现在，没睡过一个好觉。姐姐，我对不起你！"

第二天，舅舅领他去工厂报到。谁知到了以后才知道，已经被别人顶了名额，晚了一步。陈卫只好回到学校。

他也不想回家。因为他家附近总有一些人在街上指指点点，说捡废品和垫底儿的他要能考上大学，他们会绕着县城爬一圈。他们笑他虽然混上了高中，但被分在最差的班，而且是最差班的倒数第一。

陈卫实在受不了，跑去找舅舅哭诉。

舅舅听完，眼眶发红："你不会拼命读书吗？将来让你死去的娘扬眉吐气一回！你怎么总是班里最后一名啊！"

瘦弱的舅舅说完，以头撞墙，痛苦不堪。

舅舅的眼睛像母亲。此刻，那望向墙壁的眼里全是绝望的泪水。那一刻，陈卫好像看到亲娘就站在面前，对着自己无言痛哭。

他热血上涌，横下一条心："一定要给死去的娘争气！"

高一下学期开始，陈卫每天凌晨4点起床，困极时，他就跳进富屯溪，然后爬上来继续读书。

有时疲惫至极，他就爬到附近的山上，大声喊道："争——气！争——气！"

山谷中传来回音，像是母亲在回应他……

仅仅用了一个学期，陈卫就从最后一名跃至全班第一名。高考时，陈卫以全县文科第二名的成绩，考入厦门大学。

接到录取通知书那天，他和舅舅来到母亲坟前。

舅舅哭得上气不接下气："姐姐，你儿子考上重点大学啦！"

陈卫没哭。这么多年，他已经没有眼泪了。

他一言不发地跪下来，把录取通知书捧过头顶，恭恭敬敬磕了三个头。

后来，陈卫回顾从童年到少年这段经历时，说磨难的人生就是这样：刚开始很苦很累，可一旦熬过去、走出来，就会是一片坦途。

他的语气坚定、坚忍，一听就是洪炉铁水中熬炼打磨过的人。

突破临界点！陈卫拥有常人所没有的韧性和坚强意志。

陈卫做人做事，有志气、有梦想、有韧性、有拼劲。接到录取通知书那一刻，他也许没有想到，有朝一日会代表中国，与外国高官政要交流会谈、握手言欢，并昂首站在国际讲坛上代表中国发言。

刚接到录取通知书的陈卫，对光泽县哪条街道有废纸、哪条街巷有废品、哪片地面有谷粒、哪儿的工地需要搬砖搬石头，他都熟悉得不能再熟悉，那之前，他从没走出过县城。

到厦大报到时，他兜里揣了父亲给的100元钱。

他不知道的是，由于自己的倔强和父亲的固执，这100元，就是他争取财务与人格独立的起点。四年中，他靠着自己的坚强意志和行动力，赚了上万元。

他把一部分钱给了奶奶、父亲和继母。他们把他养大，他希望表达感恩和回馈。

当然，第一次离家去厦大报到的陈卫，还不知道自己四年后美好的"万元户"结局和更好的开端。

他离开家乡光泽县，坐上了鹰潭—厦门的慢车。颠簸20小时后，列车减速，他迷迷糊糊问邻座的人："到厦门了吗？""到了。"

他兴高采烈地下车，在下午刺眼的阳光下，回头向身后的车站一看，怎么是集美？

望着延伸向远方的弯曲铁轨，陈卫叹口气。

当天下午，他背着大包小包，咬着牙从集美一步一步走到厦大，时间已是后半夜。

进了校门，新生接待站空无一人，四周静悄悄的。

陈卫贪婪地大口呼吸着厦大的空气，沿着大路走到三家村，又泪眼婆娑地凝视夜色中壮观的芙蓉楼。

他忽然觉得，这里才是家。"我到家啦！"陈卫轻轻舒了口气。

之后，他去了博学楼。在鲁迅雕像前，陈卫放下行李，向书本中曾见过的这位斗士深鞠一躬。

他想不到，鲁迅雕像前的这片草坪，会是他日后在英语俱乐部牵头负责的著名的厦大英语角。

他更想不到，几个月后，他遇到了外籍教师 Anne。她有一天告诉生活窘迫的陈卫："你为什么不去做家教赚钱？"

他当时也不知道，Anne 这句启发他的话，竟让他在厦大和厦门特区，重新演绎了当年刘关张桃园三结义打天下的故事。

陈卫不知道，自己几个月后就会成为刘备，而自己天亮后见到的两位同学王坤山和王立新，将会和他一起，在厦门上演一场轰轰烈烈的英语培训班大战。

鼎盛时期，他们把业务拓展到厦门市区十几所学校，共计 2000 多名学生。

而此时，徘徊在深夜中的陈卫，提着行李，慢慢走到芙蓉湖边。

月光铺洒在平静的湖面上，海风微微吹过，月影偶尔在湖水中颤动。

陈卫仰头看看深远辽阔的夜空，然后找棵大树，疲惫地坐了下来。

当晚后半夜，也就是他到厦大的第一夜，陈卫就睡在芙蓉湖边。

那个晚上，是他睡得最香甜的一觉。他靠着大树睡着，还做了个梦，梦到了母亲。梦境中，母亲静静地看着自己的儿子。她眼中带泪，迟疑着伸出手，疼爱地轻轻抚摸儿子的头顶，然后欣慰地一笑……

"我将来要是赚了大钱，
还要回厦大，给母校捐款！"

你好，卫东

写这篇随笔的时候，远在曼谷读高中的儿子刚刚度过18岁生日。

那天，他按惯例跑了5000米，为秋天的曼谷马拉松和2021年的"神奇泰国曼谷马拉松"做准备。

"神奇泰国曼谷马拉松"是泰国极具标志性的马拉松赛事之一：数万名跑步爱好者从拉贾曼加拉国家体育场出发，经过曼谷胜利纪念碑、本查波菲特大理石神庙等标志性建筑，再经过拉查达门街（泰国的香榭丽舍大街）、罗摩八桥、金山寺等处，然后到达终点。

儿子从小习武，又爱好拳击、骑马、射箭和跑步，2019年的马拉松成绩还不错。

当天晚上，我和他通电话，父子俩说起当年厦大一位叫"卫东"的叔叔，那位叔叔也有逆境奋起的传奇故事，又谈到"威震远域"的企业家姚明。

回忆当年的厦大，有些人有些事，总是忘不掉。虽然彼此可能没有见面机会，过去的时光也不会再来，但那个人和那个人的故事就印在脑海中，挥之不去。

厦大校园里有好几个叫"卫东"的人，既有南方人，也有北方人；有男生叫卫东的，也有女生叫卫东。其中一位86级的南方"卫东"，一头浓密黑发，我和他很聊得来，大学毕业后各奔东西，直到去年才彼此联系上。

那天，我按捺住激动，打开微信和南方卫东视频的一刻，脑海中依旧是30多年前那个满头青丝、头发乌润的青年。谁知通话时定睛一看，手机屏幕上的人，头发基本秃了。一瞬间，一种陌生感油然而至，让我很难把面前的他和大学时代的卫东联系起来。

幸亏，他的声音一点儿没变，笑声还和当年一样。

当然，从对方的相貌上，我顿时意识到：自己也老了。当年的哥们儿都变了样儿，自己怎能不老呢？岁月是把杀——猪——刀！

一位师姐寄来她大学时的照片，对照师姐现在的微信头像，仿佛两代人：一个是妈，一个是女儿。

唉，亲爱的南方卫东，如果你不说话，即便我俩走在大街上迎面相遇，我也绝不会将你和当年一起躺在床上聊大天儿的卫东联系在一起！

前两天，杭州的周青兄告诉我，通常他会把想听的公众号文字放入一个APP，变成语音诵读，开车时听。那天一家三口开车去绍兴，正好收听本书中的陈卫传奇，讲到李超去世，立马联想到已去世的同班同学徐科森，便开始默默流泪，一路无语。

人到中年，见得多了，感悟也多。眼中的泪水，其实都是悲悯情怀，以及对命运起伏和时间流逝的无奈。

南北朝文学家庾信羁留北方，曾抒写《枯树赋》：

昔年种柳，依依汉南；今看摇落，凄怆江潭。树犹如此，人何以堪！

木叶落，常年悲！庾信感慨亡国之痛、乡关之思、羁旅之恨和人事维艰，最后在《枯树赋》中放歌：

建章三月火,黄河万里槎。若非金谷满园树,即是河阳一县花。

卫东,一个具有鲜明时代色彩的名字,存在和生活于我们同龄人中,如同"卫国、卫军、卫红、文革、红英、红梅、育红、劲松"一样,是特定年代的特殊符号。

厦大还有一个北京卫东,曾以打架出名。海滩大排档、舞场,都曾留下他的故事。后来他用一个啤酒瓶大闹灯光球场(其实有一定的自卫成分),最后被学校开除。

回到北京的他,很久不曾和我们联系,像从这个世界消失了一样。1993年冬季的一天傍晚,我去长安街办事,路过历史博物馆,不经意间发现一个身材瘦削、穿一件褪色T恤的人,一脸憔悴地朝我的方向走来。定睛细看,这不是卫东吗?

多年未见,十分亲热,我问他最近干什么。他叹口气,摇摇头,将失神的目光移向宽阔的长安街。

他失业好几年了。

"不能总这样,找个餐厅当服务员上班,好歹有个进项儿!"我好心劝道。

他脸上一阵抽搐,差点儿流下眼泪。忍了半晌,激动地说:"我怎么能做那种工作!我是上过大学的人,不能毁了自己!"

卫东仰天叹道:"大学生都有情怀,我也有情怀!我将来要是赚了大钱,还要回厦大,给母校捐款!"

他接着说:"我心里烦闷时,喜欢在长安街走走,就像以前在白城海滩散步一样。长安街宽阔气派,心里会好受些。"

他说最喜欢看长安街上的华灯:"你知道吗?天安门广场的莲花灯由9只球组

成，东西长安街上的棉桃灯由 13 只球组成。"

说完这些，他怅然地仰头看着华灯。

后来，我找过他几次。闲聊时，他逐步了解了广告行业是怎么回事。他的领悟力惊人，很多东西一点就透，像是在这个行业工作多年似的。

卫东住在西单附近。有一段时间，他一个人从南到北，又从北到南，沿着西单到新街口的大街，硬着头皮一家店铺接一家店铺地询问。

"您印名片吗？"

"您家要做手提袋吗？可以印上您的联系电话。"

"您需要印信封信纸吗？能印上您公司的名称。"

……

从西单路口到新街口，那条几公里长的商业街，他问遍了，找遍了。慢慢地，在无数冷嘲热讽和磕磕绊绊的懵懂中，他结交了一批客户，也摸出了做生意的门道儿。

我再见到他，是一年半之后。

那时的他，花 10 万元买了辆新的拉达轿车，一身名牌儿，手里还拿着一部大哥大，整个人焕然一新。

那两年，他的自信心又恢复了，脸上放着光，还几次提到要给母校捐款。他怀念厦门，更怀念厦大。

他后来搬到西便门，和另一家人合住一套两居室，一家一间卧室，共用厨房和卫生间。

那时的西便门因地处长安街与前门大街交会处，十分热闹。很快，他用这套与别人合住的两居室中的一间，又加了些钱，换到望京地区的一套三居室。

望京的楼盘刚刚开发，四周全是菜地。北风呼啸之时，空气中尘土飞扬。为数不多的几家餐馆，似乎都是当地农民用简陋棚子搭的大棚房子。进去吃饭，除了摊鸡蛋、刀削面和炒饼，没有其他饭菜。

卫东请我去他的望京三居室做客。他的眼神十分灵活，发出明亮的光芒。他说，北京是首都，是 10 多亿人向往的地方，房地产不可能不发展，房价一定会像东京、香港一样，不断上涨。

"如果我是地产开发商，我就投资望京，将来的回报率不得了！"他望着高楼外的菜地，自信地说道。

那时的望京地区，大望京村农村户口近 2000 人，440 多农户。小望京村 700 多人，300 多农户。除了大片荒地，似乎和北京城没任何联系。

20 年后，望京房价飙升至每平方米 7 万多元，好一点儿的小区房价超过每平方米 10 万元。

现在，每次开车路过灯火辉煌的望京，我都会想起卫东当年的话。他的语音清晰地穿越时空，回荡在我的耳边。

出国 10 年，我和卫东失去了联系。再回国，我试图去望京找他，但那里高楼林立，现代化的建筑鳞次栉比，当年卫东的那栋楼，已经记不起来了。

这以后，我找过他几次，从网上搜索信息，向周围的同学打听，可始终没有他的确切消息。有的说，他前些年挣足了钱，然后到厦门定居了；有的说，他目前在北京怀柔，好像娶了一个当地姑娘，在山区搞起了农家院；也有人说，他现在内蒙古草原经营马场和赛马；还有人说，他去了海南，在那里开了一家时装模特公司。

——不找了，此生若有缘，一定能在某时、某地遇到！

有时想起当年，总觉得卫东精明而有魄力，是个有远见的人。尽管他大学时年轻气盛，走了一段弯路，但他的聪慧和所受过的大学教育，特别是他的坚毅性格和灵活机敏的头脑，在面临人生低谷时，让他能够振翅而起，越过一道道难以逾越的山梁，最终找到最适合自己的位置。

不入虎穴，焉得虎子。

了不起的姚明

一位小师妹问："您为什么要写姚明？"她说的是 85 级企管系的姚明。

我回国后，曾任国际企业家大学副校长和商学院副院长。这段与商人和企业家打交道的经历，让我对制造业企业家情有独钟，比如鲁冠球、张瑞敏、董明珠，比如姚明。制造业是实实在在的经济脊梁。我的笔墨和时间，应该去讴歌不屈的坚强脊梁。

这就是我要写姚明的原因——他是全球织带行业最大的制造商，一个脚踏实地、坚强不屈、志向坚定的人，一只穿云破雾、战胜暴风雨和惊涛骇浪的海燕，一位运用国际化视野与逆向思维建立新格局的企业家。

我还要写朱晖，一位曾经流汗流泪、把中国制造推行到日本和欧美国家的贸易商。

我还要写科学家，比如化学系 85 级的刘艾林博士，她从事抗感染药物的研究与发明。此刻，她正在实验室日夜奋战，带领团队研发抗击新冠病毒药物。疫情之下，刘艾林博士是手持火焰喷射器、义无反顾冲向敌方的战士。

——他们，都是中国需要的人才；而教育、科技和人才，将是走向世界强国的最重要的基石。

我所能做的，只有辛勤笔耕，在接地气的烟火中，把这些优秀的学子尽量记录下来，让后人知道，20世纪80年代曾有这样一群有血有肉的厦大人，驰骋疆场，金戈铁马。

英雄虽渐行渐远，剧情却定格于传奇，气壮山河，悲天泣地！

就在望京的房价还在白菜价儿徘徊不定时，厦门有个叫姚明的企业家可能也没意识到：自己有一天会和古代的班超班定远一样，威名远扬。

他的故事，有点儿像班超。

《后汉书》记载，曾有一位少有大志，后来出使西域、威震远域、万里封侯的人物——班超。

史载："班超字仲升，扶风平陵人。为人有大志。"

班超的"大志"表现在哪里？投笔从戎——

>常为官佣书以供养。久劳苦。尝辍业投笔叹曰："大丈夫无它志略，犹当效傅介子、张骞立功异域，以取封侯，安能久事笔砚间乎？"左右皆笑之。超曰："小子安知壮士志哉！"

2000年后，福建莆田也有一个人投笔从戎。只不过他投笔后，从事的是织带行业。这个人，就是姚明。

姚明织带不断发展，2008年时已经达到相当大的规模。多年的辛苦努力终于换来不错的结果，姚明心里备感欣慰。

但他做梦也没有想到，一场暴风雨即将到来。

2009年，他遭遇了美国的反倾销、反补贴的"双反"官司。这场跨国官司，突如其来，让他猝不及防。

美国最大的织带公司之一在美诉讼姚明织带等中国企业拿政府补贴，以低于其国内市场价格或低于成品的价格，将产品抛售到美国，从而对美国的织带产业造成极其不良和不利的影响。之后，美国对中国发起了反倾销、反补贴调查。

消息传到国内，大家都觉得意外和奇怪。织带业是一个十分不起眼的行业，其行业规模远较飞机、汽车和互联网小得多。

当时，被列为美国反倾销调查强制应诉对象的企业包括姚明织带饰品有限公司、宁波金田贸易有限公司，被美国列为反补贴调查强制应诉对象的企业包括姚明织带饰品有限公司、长泰荣树纺织有限公司。

大家都知道，到美国打这种双反官司，中国公司从来就没赢过。

很多企业家顾虑，打这种官司要花费几百万元，去应诉一个几乎没有胜算可能的官司，胜算率只有1%到5%。

这些企业望而却步，最终选择放弃美国市场。

姚明回顾企业的发展，认为这些年来无论是生产规模、效率还是成本，都已渐渐超出许多美国同类公司。这样的成功，靠的是长期对科研技术的重视，不以短期获利为目的，靠的是产品质量和先进手段的管理。

面对"双反"，怎么办？

史载：

> 超悉会其吏士三十六人，与共饮。酒酣，因激怒之曰："卿曹与我俱在绝域，欲立大功以求富贵。今房使到裁数日，而王广礼敬即废；如今鄯善收吾属送匈奴，骸骨长为豺狼食矣。为之奈何？"官属皆曰："今在危亡之地，死生从司马！"超曰："不入虎穴，不得虎子！"

和班超一样，男子汉姚明拍案而起，果断决定：应诉！

他不想放弃美国的市场，更不想让自己高质量的企业任人宰割。壮哉！

此后，应诉的过程异常艰难。

打官司，费时费力，极其麻烦。更重要的是，这次打官司是在人家地盘上，用的语言又是英文。

姚明后来回忆说，这场官司所带来的痛苦和疲惫，常人难以想象。起诉方极尽刁难，阴招频出，隔三岔五就来一个补充问卷。从2009年到2010年1月，仅补充问卷，姚明织带就向美国方面提供了14份。每份问卷有几十个问题，一份问卷的回答就要几百页！

近万页的资料，内容翔实，逻辑清晰，繁多如同夜空中的星星。

半年多的应诉过程，姚明亲自挂帅。姚明织带专门为此成立了一个应诉小组。企业相关部门的十几名精英，没日没夜地回答着美方提出的所有问题，而对方时不时还要补充新问题。

挥汗如雨、夜以继日，争分夺秒，甚至分秒必争。由于两国的时差，常常弄得日夜颠倒。

坚忍的姚明，一方面要兼顾生产和销售；一方面又要"一寸山河一寸血"，寸土不让、寸草必争。他带领自己的团队，咬牙挺过一道道难关。

2010年7月，美国商务部的仲裁结果出来了，姚明织带的反倾销是零税率，反补贴是1.56%，姚明织带和姚明做到了两个官司的完胜。

应诉取胜，姚明织带独享零关税！

从当年的报道中，我们可以读到这样的信息：

中美贸易战升级——厦门企业开创应诉美国"双反"案完胜先例

姚明织带：敢打官司才赢零关税

姚明织带完胜美反倾销调查 获得长达20年的"零关税"

中央电视台为此做了专门的新闻报道：胜诉！美国商务部终裁——中国织带

应诉企业倾销幅度为零!

至此,姚明织带美国应诉案例,成为迄今为止中国应诉美国"双反"官司取得的最好税率和成绩。

中国制造业在不断进步,而中国制造这么多年来,却是头一回这样扬眉吐气!

新闻媒体纷纷报道,称厦门姚明织带饰品有限公司是打赢国际贸易摩擦官司的成功典范!

姚明,从此成为"中国'双反'第一人"!

姚明本人也积极表示,勇往直前,坚定走国际化发展道路!

姚明,就像历史上的班超一样,威震远域。

这是勇敢的海燕,在怒吼的大海上,在闪电中间,高傲地飞翔;这是胜利的预言家在叫喊:

——让暴风雨来得更猛烈些吧!

这是高尔基的散文《海燕》中的名句。

在美国获胜的姚明,此刻没有想到,另一场暴风雨正在前方等待着他。而即将到来的暴风雨,会更加猛烈!

酒，是寂寞孤独；

酒，是乡愁乡土！

——酒啊，是同学真情！

江湖胜哥

《那年，海风吹过厦大》随笔陆续发表后，出乎意料地收获了不少惊喜。

旅居加拿大的一位78级师兄，从中意外发现了自己幼时的邻居——她目前定居新加坡。

于是，我为他俩互相推送了微信。

这位新加坡女士与加拿大师兄联系后感慨说，幼时做过邻居，从1977年到2020年，整整过了43年！

她感叹，上学写作文时常说"半个世纪前……"，那时觉得半个世纪是多么漫长，而现在，半个世纪前的往事恍如昨日！

何止是几十年的时间，就是新加坡到加拿大的距离，也是半个世纪前不可想象的。

旅居澳大利亚的曾彬彬小师妹在随笔中发现一位叫陈伟文的校友与她小时候住楼上的邻居同名，于是托我向陈伟文询问，果不其然。

我有一位小学同学徐舜华女士，看过随笔后，希望我帮她找找当年的初中同学、后来考入厦大化学系的朱宇红。

宇红是我的微信好友，当年曾一起坐绿皮火车千里迢迢去厦大，我算是她的保镖兼护卫。一路上啥事没有，还吃了宇红一大堆零食。——结果不到两分钟，她们双方就通话了。

85级娄开文小妹，夫妻两人都不是厦门人，孩子也在国外工作。我建议她多和厦门本地同学联系，并向开文推荐了音乐系的王励红。

她俩见面后一阵惊喜。

原来彼此曾住在同一栋楼十几年，是多年见面点头的邻居，却不知对方是厦大同一年入学、同一年毕业。这下子，亲上加亲！

能为大家带来青春的回忆，甚至还能找到儿时的邻居、玩伴，是我写《那年，海风吹过厦大》的最大满足。

杭州的王黎明小师妹说："每周五忙完，静下来阅读微信公众号'厦大宝庆'已经成为习惯，感谢随笔带来的所有美好回忆。"

黄崇彪师兄留言说："感谢宝庆笔下那些催人泪下的故事，那是一代人感同身受的经历。"

小师妹 Rachel 感慨当年厦大85级的传奇："青春年少、热血沸腾、强悍逆袭，有泪有欢笑！"

好故事，旧学新人都爱读。

从77级、78级到2013级、2015级，甚至更年轻的厦大师弟师妹，无不被随笔所吸引，无不随着文章的描写重新回到大学时代。

他们感谢随笔，为他们带来快乐和享受。王海泓师弟说，随笔记录的虽是厦大85级的喜怒哀乐，读后却感觉人变年轻了，再一次激情澎湃。

音乐系王励红小妹说得好："有故事的厦大，会讲故事的同学——老同学讲老故事……"

如此看来，随笔就是当年厦大的青春故事会。

写这篇随笔时，刚好厦大85微信群更名为"我的1985"，这让我眼前一亮，心中一暖。

《那年,海风吹过厦大》其实就是"我们的1985"——但愿和煦的海风,轻轻吹过每位厦大人的心头,吹来一丝喜悦、欢笑和温暖。

这不,海风越过厦大的芙蓉园,吹向了困在柬埔寨近九个月的林胜同学。

林胜,厦门人,为人乐观豁达,85级国际金融专业毕业,算是既标准又不标准的厦大子弟。

说他是标准的厦大子弟,因为林父是厦大教师;说他是不标准的厦大子弟,因为当时的厦大子弟普遍在校园长大,男的文雅,女的文静,中规中矩,而且从小就在校园讲一口流利的普通话。而林胜却在市区开元路外婆家长大,从小学习成绩优异,但喜欢舞刀弄枪。

他少年时学习拳击,练就一身猛虎似的肌肉,又因为小学就在打铁巷菜市场里,一放学就跑到市场去玩儿,还帮人家卖东西,因此在小学初中时代,就号称"江湖胜";大学时升级2.0版,人称"江湖胜哥"。

后来,胜哥的家搬去厦大,就在武装部对面,有个院子。

他喜欢运动,家里特意买了哑铃、杠铃、沙袋,每日在院里拳打脚踢,不亦乐乎。

刚读大学时,林胜满口闽南语,基本不会讲普通话(这是不标准厦大子弟的另一个证明)。虽然他能听懂普通话,但自己表达不出来。

那时认识林胜,只好一个讲普通话,一个讲闽南语,仿佛鸡同鸭讲。

"阿胜,你怎么来的?"

"卡拉掐(自行车)。"

"掐?掐谁?看你掐得还挺带劲儿,怪不得总是手抖!改天去掐豆腐,保证手不抖!"

"漏扣啊,虾嘎秋虾鲜(下课啦,笔记记到手酸)!"

"原来是秋虾太鲜,吃虾吃到手酸。你想喝点儿啥?"

"逼旧(啤酒)。"

"住嘴!不许说脏话!"

"摸啦(没有)!"

"啊!都摸啦?流氓!"

"……"

"阿胜,吃啥水果?"

"贫够(苹果)!"

"贫够?看来你阿胜也是打铁巷的苦孩子。那吃些啥菜?"

"青菜(随便)。"

结果当天在东边社,就点一盘青菜配白饭。

虽然是别人请客,但请得寒酸。阿胜自己连吃三大碗米饭配青菜,一脸不高兴。

陈伯不解,笑着问:"干吗急着走?是不是有迷路(美女)约会?"

急着要回家吃肉的阿胜只好一个劲摇头:"西在某挖公(实在没法说)。"

一旁的人听得莫名其妙,心里都在想,阿胜啥时又成"某挖公"了?难道江湖胜哥变盗墓贼了不成?

再一看,他手里也没洛阳铲啊,那他要去挖谁呢?

林胜天资聪颖,过目不忘,什么书一读就会,什么课一听就懂,因此闲暇出大把时间,在自家院里办了厦大拳击班,一周三次,每月收费10元。

报名的学生挺多,收费也不少,可到月底算下来,赔了不少钱。

第二个月报名的学生又增加不少,到月底一细算,赔得更多。

怎么收了钱却赔得更多?

原来,林胜性格颇似水浒里的九纹龙史进,好交朋友,大家和他练完拳击,都留在他家吃晚饭。

一群小伙子，举哑铃挺杠铃踢沙袋，又在一起光膀子练拳放对，到了日头西落，肚里早已饥肠辘辘。林胜豪爽，索性就在院里摆上一张大桌，大家一起在林家吃晚饭。

半大小子，吃死老子，何况一群如狼似虎的好汉。

几个月下来，林家去市场买得最多的东西是大米和猪肉。后来也有一些北方学生加入，于是又买面粉做馒头和大饼。

"江湖胜哥"名声在外，拜师者络绎不绝。拳击班最多时，一个月报名五六十人。最后，勤工俭学变成练拳+聚餐+改善伙食。一顿下来，不是半袋子面，就是半袋子米。

隔壁一家邻居心惊胆战：瞧这林家铺子开的，有菜有肉，货真价实，每周三回，熙熙攘攘，比林家鸭庄还要红火。

这家邻居的男人偶尔也打拳，此刻看着老婆犹豫半天，吞吞吐吐地说："要不我也去练练拳？"

女的顿时警觉："你40多岁，还练拳干吗？"

男的赔笑："我每周一次，人家……这个每周三次！"

女的顿时笑逐颜开："你也要……三次？"

男的急忙点头："每周三次，你连饭都不用做了！"

女的毫不犹豫："就这么定了！"

因为管饭，林家拳馆赚得越多，赔得越多。好在林胜不在乎钱，就是交朋友。

后来厦大85级聚会，大家约在酒店聚餐。酒店老总也是厦大毕业的师弟，看到师哥师姐这么多人，忙不迭地跑过来招呼。

见到林胜，酒店老总先是一愣，定了定神，然后双手抱拳，口里直呼："师傅！"

他这一叫，85级里扭扭捏捏站出好几个人，红着脸向林胜恭敬抱拳，齐刷刷也都叫起"师傅"。

林胜挺直腰板,俨然拿出师傅的派头。

大堂里有路过的,不知怎么回事,直喊同伴:"快看快看,要拍电影啦!"

"啥电影?"

"《上海滩》!"

忽听林胜一声大喝:"三拳组合!"

四周众人都是50来岁的老爷们儿,此时推开碗筷,齐声大呼:"左直拳击头——左直拳击胃——右直拳击头!"

林胜满面春风,瞪圆了眼珠子大叫:"四拳组合!"

一堆老爷们儿听了指令,声音洪亮:"左直拳击头——右直拳击头——左直拳击头——右直拳击头!"

一位当年的徒弟、现如今的著名校友红了脸气喘吁吁道:"师傅,都成大肚油腻男啦。别再提三和四,已经不三不四啦。"

众人大笑。

毕业后,林胜本该从事国际收支、国际结算信贷等金融专业工作,结果被分到厦门一家食品进出口公司。几年下来,林胜对食品进出口套路摸得一清二楚,后来索性下海,自己做起食品进出口生意。

2019年夏,他到柬埔寨投资杧果干厂。杧果是著名的热带水果,营养价值高,含有丰富的维生素、蛋白质、胡萝卜素和人体必需的硒、钙、磷、钾、铁等微量元素。当地杧果的品质好,口感香甜,如果采用中国技术制成杧果干儿,一定畅销。

到金边的机票便宜,林胜国内国外两头跑。

到了杧果收获的季节,林胜又来到柬埔寨。他本来就是食品行家,精挑细选了椭圆滑润、色泽鲜亮、肉质细腻、气味香甜的高品质杧果,亲自监督杧果干的制作加工。不承想，前脚刚离开国门，后脚武汉封城。这一待就是近 9 个月。

后来，金边也出现了疫情，回国的几百元机票暴涨至 3 万多元。

林胜无奈之下，只好离开工厂去吴哥，一是为躲避金边日益严重的疫情，二是希望在吴哥找到回国的机票。等来等去，一票难求。没法子，他只得在吴哥找地方住下。

吴哥的景色美不胜收，可他的心情却无法平静。

林胜住的是当地一个大院，里面有一栋两层小楼。在这里，他碰到两个中国人：一位 30 多岁，寡言少语，曾在柬埔寨某有限电视台工作，好像先前做安装闭路电视的生意，后来在金边开了火锅店，疫情期间顾客稀少，火锅店倒闭，只得暂时住在吴哥；另一位 40 岁出头，豪放爽朗，粗言快语，每日大酒大肉，一副不管不顾、世界末日要来的样子。

闲来无事，他们仨便在一起泡茶聊天。

不爱言语的人叫大鲁，对林胜不错，总是有应必答，时不时早起收拾院子，就是洗菜洗碗也乐呵呵的，从不抱怨，似乎很陶醉和满足于普通日子。

而那个爱喝酒的家伙，自称老滨，傍晚就出去泡酒吧。半夜归来，豪爽地带回些酒肉食物，摆在桌上请大家吃夜宵。

时间长了，一向沉默的大鲁道出自己的经历。

原来，此人少年时曾为朋友连杀两人，被判 20 年徒刑，出狱后辗转到金边谋生。

他讲起少年时失足杀人的经历，把林胜惊出一身冷汗；偷眼再看旁边的老滨，面无表情，若无其事，只是嘴角微微一抿。

这人心硬，林胜想。

大鲁早已洗心革面，每日踏踏实实做事，对生活中的一切都很满足；而爱喝酒的老滨呢，若问起他的家乡和以前做什么，总是笑而不答，找个别的话题岔开。

林胜只知道，老滨因疫情从西哈努克港来到吴哥，似乎也在等回国机票。

大家相安无事，泡茶打牌，有一搭无一搭地唠嗑。

老滨爱喝酒，也爱刷手机。有时喝醉呼呼大睡，有时看起手机来专心致志，偶尔眼中还闪过一丝泪花。

过了些日子，他似乎觉得机票无望，便告别了林胜和大鲁，独自一人到暹粒去了。

几天后，老滨在暹粒找好房子，又热情地邀请林胜和大鲁去他的新住处，几个人还喝了几次酒。

盼星星盼月亮，7月下旬，林胜终于盼来了回国的机票，他的心顿时轻松下来。

回国的前一天，林胜早餐后到院里溜达，忽然看到四周多了几个陌生人，正探头探脑四下张望。

这段时间租房的人多，他没大在意。出门转了一大圈后，悠然自得回到自己的房间。谁知身后一个陌生大汉悄悄跟来，一个箭步蹿进屋里，迅速把房门关上。

林胜常年习武，倒是没怕，不过心里一震。

那大汉面无表情，冲林胜"唰"地一亮证件，说是东北某地刑侦大队的刑警，请林胜配合，一同到暹粒指认那个曾住在这里的老滨。

林胜吓了一大跳，急忙问出了什么事。话刚出口，他又想到大鲁，又是一身冷汗。老滨的罪过肯定不轻，大鲁没准儿也有什么事瞒着自己。

跟大汉一起出门的时候，林胜四下里看看，大鲁无影无踪。

他这才有些后怕：在柬埔寨滞留的这些天，一起喝茶聊天的两个人恐怕都有重案在身！

几个大汉把林胜拥上车，直接开到暹粒。下了车，林胜发现大鲁被另一群警察簇拥在街巷，正伸长脖子手指一处房子小声说着什么。

一群荷枪实弹的中、柬便衣刑警，立即冲进那所房屋。

就听屋内传出一声喊叫，接着刑警们七手八脚从房内带出醉醺醺的老滨！

老滨已被紧紧铐住，垂头丧气地向林胜和大鲁看了一眼，目光中似有千言万语，又对自己被抓无可奈何。

"下辈子见啦！"经过阿胜和大鲁身边时，老滨叹口气，嘟囔了一句。

林胜这才知道，老滨原来是公安部督办的"六清"逃犯。国内从没放弃对潜逃国外的老滨的侦查。

前些日子，老滨在暹粒发了两小段视频和一句语音，显示他正在酒吧喝酒。国内派出的侦查员马上对暹粒所有酒吧进行排查，最终确定老滨的喝酒地点。

老滨还在语音里称，自己住的地方离这个酒吧也就五分钟路程；同时，他另发了一段自己在落脚点吃饭的视频，炫耀柬埔寨的美食。

侦察员反复观看，并对该酒吧周围一公里的所有房屋进行摸排比对，最终确定老滨的落脚地。

为了万无一失，他们又找到大鲁，由大鲁再次指认。

其实早在2月，有关部门就已向柬埔寨发出对逃犯老滨的抓捕照会。由于突如其来的疫情，这件事被无奈推迟。

回国那天，林胜向沉默寡言的大鲁告别，再三叮嘱他好好珍惜生活、珍惜来之不易的平凡日子。大鲁落了泪，深深点头。

登机前，林胜回头望望脚下的这片土地，想想滞留的200多个日日夜夜，从心里发出一声感慨和叹息。

林胜在柬埔寨经历了轰轰烈烈的投资和十面埋伏的疫情，也经历了一段与逃犯和曾经的杀人犯共居的惊险日子。

落地隔离结束后回到厦门，同学阿太做东请林胜吃饭，邀请了祖杨、梁薇、桂兰、罗丹、黄毅、文东、陈坚等人作陪。彼此好久不见，嘘寒问暖。

林胜本来已心如止水，见到老同学又不禁百感交集。

曾经驾驶"厦门号"帆船航行四大洲三大洋、实现中国帆船史上首次绕行地球一周壮举的刘祖杨，为林胜斟满一大杯酒。

酒香四溢，林胜热泪盈眶。他想起在国外滞留的日子，也想起大鲁和老滨。

林胜低下头去，感慨万千地端详着面前的白酒。

飞流直下三千尺，酒花爆裂似冰开。终于回家啦！林胜端起酒杯。

　　酒，是真情坦露；酒，是率性自然；

　　酒，是斑斓色彩；酒，是无尽风情！

　　酒，是寂寞孤独；

　　酒，是乡愁乡土！

　　——酒啊，是同学真情！

林胜仰头，一饮而尽。

之后不久，他在柬埔寨加工制作的杧果干，被厦大85微信群的同学们接龙购买和转发，有买10斤、50斤的，也有买500斤、2000斤的。

由于质量好，也有群里同学的孩子、同事甚至是初高中同学来买的。我在厦大85微信群里，看到一份长长的接龙名单，天南地北，一呼百应。

众人拾柴火焰高。

张静妹妹感慨："买家倒逼店家开店，是厦大同学情分的体现！"

有趣的是，林胜寄给励红的杧果干多出10斤。励红知道可能寄错，于是微信告知。林胜豪爽，说既然寄出了，就收着吧。励红不肯，从林胜那里又另外买了10斤。

说回咱们这个厦大85微信群，热情、和谐、温暖、特别。

这个群，有曾在太平洋、印度洋、大西洋狂风巨浪中出生入死航行的中国真汉子刘祖杨，也有气场强大、表达睿智的阳光女主持人傅红梅；有侠肝义胆、义薄云天的杨桂兰，也有淡泊名利、潜心医术的宋迎春；有昔日迎面撞火车、与共工怒撞不周山有一拼的豪杰隋建人，也有雍容大度、善于"补天"的温南雁；有本色纯真、特立独行的东边社开创者郑文东，也有勤奋钻研、为国无私奉献的科学家刘艾林；有婀娜多姿、优美含蓄的艺术家梁薇，也有侠肝义胆、仗义疏财的陈晓东；有个性洒脱、直抒胸臆的陈革非，也有满腹经纶、博学多才的李炜；有当年厦大唯一会弹曼陀铃的才女蔡茹虹，也有宅心仁厚、精通多国语言的东京钟雪梅，更有星罗棋布于国内外的好父亲、好母亲、好丈夫和好妻子！

人人都是好汉！

个个都是美女！

这个难得的微信群，有丰富多彩的兴趣爱好，有持续活跃的互动，有热情暖心的氛围，实实在在体现了优秀微信群群的凝聚力。

审计85肖健说："无论何时，只要你愿意，只要你有时间，这个群都可以让你感受到热情和温暖。"她总结道："这个群24小时不打烊，青春不散场！"

这就是热度和温度吧。

和林胜通电话，江湖胜哥亦是感慨无限。

夜晚，我做了一个梦，梦见自己摊开纸笔，准备书写《厦大85：林胜列传》。构思时，依稀看到这样一幅画面：林胜在柬埔寨的杧果树下，挥汗如雨，正一粒一粒仔细查看和清点金黄灿烂的杧果果实。他的身后，站着所有85级和更多的厦大同学……

我的小路，伸向远方。

火山也温柔

话说当年三位高手，才华出众，武功相当，因缘际会相识于鹭岛五老峰下。浪涛澎湃、海风吹起之时，三人步履轻盈而来。

走在最前面的老大，目光清澈澄净，仪凤之姿，气度高华；中间那人，冰雪聪明，雪衣翩翩，仿佛"无瑕飞羽"；最后面的小弟，兰心蕙质，温文尔雅，空谷幽兰，号称"峨眉云秀"。

三位大侠，性格投缘，仿照当年刘关张桃园三结义故事，义结金兰。

正值9月，果实累累。

老大上位当天，便在聚义厅商议：该出手时就出手！

几位英侠当即说走就走，去取晶莹剔透的三颗龙珠！

小弟峨眉云秀本是智取生辰纲的军师吴用，此刻一听真要取凝聚天地精华的龙珠，却是不敢，于是被老大强迫而来。

"大哥，龙珠岂能随便摘下！"峨眉云秀急道。

"小弟，你掐着树脖子不松手，如何摘得龙珠！"无瑕飞羽见不是势头，立即轻责小弟，"莫放声！招来官军不是耍处！"

小弟一听"官军"二字，更是手忙脚乱，忙不迭掏出两块碎银："大哥二哥且住！听我说！俺这里有几两碎银子，咱去买些鲜果，有滋有味吃着，不是更好？"

大哥斩钉截铁："今儿个俺们要做一回歹人！"

峨眉云秀急得跺脚："我被兄长们带去做贼，却是苦也！"

就见鹭岛三位少侠，趁凉便行，趁热便歇，义无反顾，迅雷不及掩耳、闪电般在果园树下挂了1元钞票，又凭空摘了三粒甜蜜多汁的龙眼，然后找个僻静之处大快朵颐，好不快活。

原来，龙珠就是龙眼？

这么大动静，总共才摘三粒？

合着众豪杰忙乎半天，一人就摘一粒？

您没看错，高手出招，点到为止。总共摘了三粒，而且还放1元钱在龙眼树下——三位武侠，其实只是三个调皮女孩儿。

女孩儿？互相称兄道弟？

为啥不能？别忘了：妇女能顶半边天！

老大蔡茹虹来自厦门，家境优越，摘了龙珠，又要尽地主之谊，于是带了两位小弟去她家，吃了一顿皮蛋瘦肉粥不说，顺便拿了父亲几件运动衫，雪白为底，黄颜粉色相互衬托。

计算机系85级的这仨姐妹，兴高采烈穿戴起来，一起照了合影，时光定格在1985年。

她们打小循规蹈矩，此番打家劫舍，完成了对自己的挑战。傍晚回到丰庭楼宿舍，痛痛快快，谈天说地。

几乎聊到天明，猛然发现上午要去博学楼听"数学分析"大课，急忙洗漱，冲至博学楼阶梯教室。

却因昨晚实在辛苦，听课没几分钟，三个女孩儿不约而同，一起趴在课桌上呼呼大睡。

三朵金花睡得酣畅淋漓，老师目瞪口呆。

当年高考入学，都是没长大的清纯少女。长发飘飘的姐妹花，天资聪颖，心地善良，性格鲜明，彼此称兄道弟，搞了个丰庭小聚义。

一晃几十年，她们的友谊向上延伸到父辈，而她们的孩子们也在延续着这份友谊，成了三代人传承的世交。

大哥蔡茹虹，更是85级500人微信大群公推的"元帅"。

金华老弟是当年厦大男生"处级干部"四大天王之一，雄踞"冰清玉洁"星座。虽然贵为天王，却对电影《花木兰》情有独钟，因此格外敬仰茹虹，特地精心设计了穿越古今的蔡大帅戎装，引来一片喝彩。

大帅茹虹，出身于音乐世家，父亲是著名企业家。自小备受宠爱，长得美丽、出众，性格直率、活泼。

紧张的学习之余，蔡元帅时常高山流水，弹琴赋诗，又有小弟无瑕飞羽苏文和峨眉云秀张静配歌，还有一些姐妹加入随唱。

丰庭女生宿舍楼内，她们的曲调如绕梁之音，歌喉似潺潺溪水，十分惬意快活。

元帅家住厦门文化宫附近，平时常带小弟们到家吃饭。

那时没有大鱼大肉，蔡父蔡母尽力做些家常饭菜，让姐妹花们吃饱喝好。

吃的是啥？

有姜母鸭、同安封肉、沙茶面、豆干海蛎、群龙朝凤、菊花荸荠——这些著名的闽南菜，调汤兑料，清鲜香脆，精髓发挥极致，味道尽在舌尖！

写到这里，口水直流——只可惜，这说的是现在。

三十几年前，哪有这些大鱼大肉？无非是些道地的厦门家常便饭，却是非常暖心可口。

一次，姑娘们痛痛快快来了个光盘行动，吃完才发现，蔡母那份饭菜也被大伙儿风卷残云了。正在面面相觑不好意思之时，宽厚的蔡母笑眯眯去厨房，给自己下了一碗面条，囫囵吃下。

又一次，苏文、张静两位姑娘，明知老大蔡茹虹周六在校上课，却故意去她家找她，结果又蹭了一顿喷喷香的炒米粉。

好客的蔡父、蔡母凭空多了几个女儿，待她们像自己的亲闺女一样。

只不过，饭菜虽然可以随便吃，但不能白吃，吃完之后要有回报：几个姑娘多才多艺，要跟酷爱音乐的蔡家父母学唱苏联歌曲。

蔡父喜欢苏联老歌，而且弹得一手好吉他。张静等人第一次听到美妙的夏威夷琴声，就是蔡父弹奏的。

姑娘们跟着蔡爸爸学了很多苏联歌曲。

毕业后，茹虹出国，苏文回到家乡，而张静则留在厦门工作。她每次去茹虹父母那里，就像回到自己的家：自己开洗衣机，让蔡妈妈做她喜欢吃的菜。

蔡母，就是张静在厦门的"亲妈"。每次离开，张静总是肚子饱饱，冰箱掏空，大包小包塞满车厢。

她至今还清晰地记得蔡家当年五位数的电话号码。

蔡父则是深沉的。见到女儿同学，就像见到远方的女儿茹虹。

他慈祥地看着面前的张静，看着看着，眼睛就湿润了，仿佛远隔重洋的爱女回到身边！

悄悄擦掉泪水，蔡父叹息一声拿起吉他。琴声如泣如诉，歌声婉转悠扬。

那些歌声今天仍回荡在张静心头：《莫斯科郊外的晚上》《喀秋莎》《小路》《纺织姑娘》《田野静悄悄》《有谁知道他》……

大学时代的曼陀铃女王蔡茹虹

一条小路，曲曲弯弯细又长，我的小路，伸向远方。请你带领我吧，我的小路啊！

几十年过去，蔡父已经去世，而女侠们再唱起这些歌曲，也经历了不同的爱情和人生！

岁月蹉跎，正如歌词所言：我的小路，伸向远方。

茹虹的父母，对毕业后留在厦门工作和定居的张静影响极大。

张静的父亲是传统的老派人，对子女要求十分严格，张静从小就被教育得凡事循规蹈矩，笑不露齿。

在蔡家，她接触到明媚的音乐世界，青春的天性得以释放。

大学毕业时，张静在纪念册上填写的最崇拜的人，就是蔡爸爸的名字。

茹虹性格开朗豪放，无拘无束，这一点来自家庭的母慈父爱和宽容的教育，更来自热爱音乐的父亲的熏陶。

大学暑假，她随张静一起去了张静的老家——汶川。

她们在汶川住了一个月，然后一路去卧龙、成都、乐山游玩。

两人在峨眉山爬了整整四天四夜，最后到达山顶时，元帅和峨眉云秀两位青春靓丽的女侠，哆哆嗦嗦冻得就像凉粉儿。但疲惫掩盖不了她们楚楚动人的靓丽！

2008年5月12日，汶川大地震。远在美国的茹虹从电视新闻中惊愕地认出：那是小弟张静的家乡！

那时，张静正在汶川。突然之间，天崩地裂，地动山摇。

茹虹心急如焚，连续几小时拨打电话，最终联系到自己的小弟。

张静死里逃生，瑟瑟立于满目废墟之中。

两人通着电话，默默落泪。

能在危难之中，第一个惦记你的人，就是兄弟！

张静和苏文的友谊，也持续至今。她学开车，苏文特地从外省过来当教练；她生孩子，又是苏文前来，教她给刚出生的宝宝洗澡。当年雪衣袅袅的侠客"无瑕飞羽"，千里踏月赶来，在一个小小的浴盆旁，手把手循循善诱"峨眉云秀"，一起切磋如何给婴儿洗澡的江湖绝技。

苏文是性情中人，有一儿一女两个孩子。家里许多小孩儿的新衣服从未开封，于是按季节寄给张静。如此一来，峨眉云秀小宝贝从小到大的衣服，都让无瑕飞羽给包了。

说回她们的"兄长"、喜爱旅游的茹虹。有一次在火车上，她结识了一群厦大物理系男生。这下，丰庭"大哥"在一群汉子面前，又变成了鹭岛小妹。

不过，茹虹小妹侠肝义胆，却是巾帼不让须眉。

几乎在日文系钟雪梅、鄢敏创办日式料理店同时，物理系几位同学也计划开家咖啡厅。发愁的是，没有启动资金。

仗义的茹虹立即拿出几百元，借给84级段卓师兄作为启动资金，还热心推荐了不少同学到咖啡厅勤工俭学。

蔡茹虹，应该算是厦大第一位天使投资人。

她多才多艺，天分极高，上学从不死记硬背，然而门门功课轻松考过。到了大洋彼岸，随便翻书，轻松跨界美利坚的数学和计算机双料硕士——厦大毕业的女生，就是跨越太平洋，也是十分提气！

茹虹从小学练曼陀铃，曾在1987年厦大"让世界充满爱"大型晚会上，以一曲曼陀铃参赛，最后进入前12名，就此得了个亲切的昵称"小曼"。

小曼的曼陀铃演奏，一直坚持至今。

前年开始，茹虹又在美国公益教授几十名学生，去年组建了乐团。作为优秀的软件工程师，她能把音乐会办得十分成功，让专业人士都非常赞叹。

2019年，她回到家乡厦门，参加厦大85级毕业后的首次聚会，曼陀铃乐曲又一次在大礼堂回响。距离上一次的"让世界充满爱"大型晚会，时间过去了30

余年！

　　悠扬的乐曲声中，茹虹想起那次智取龙珠的青春往事，还有自己的父亲，她的眼睛湿润了。

　　台下，张静清晰地看到茹虹湿润的目光，那一瞬间，她仿佛又回到从前，看到了当年清纯可爱的三位英侠。

人生就是一场旅行，

不同的生命体验、不同的风景线，

才让生命更有意义！

梅花香自苦寒来

就在当年厦大那台"让世界充满爱"的大型晚会上，还有一个年轻女孩走上舞台，做了一次激情澎湃的演讲。

演讲的题目是《我与时代》。演讲的女孩儿叫傅红梅，财金系85级金融专业学生。那时的她可能没有想到，自己今后会成为著名主持人，半生都要在耀眼的灯光下度过。

红梅来自江西一个书香家庭。父亲叫傅中汉，母亲叫吴月英。

傅中汉，中国人民大学毕业，是那个年代屈指可数的名牌大学毕业生。他本来分在中央民族学院当教师，但当时国家发展核工业，二机部便把德才兼备的傅中汉要去，分到江西某铀矿。

他与同时分配去的大学生们一起上山砍毛竹，白手起家建设矿山。优异的工作表现，使他很快成为分矿矿长，又负责铀矿子弟学校的教育和职工培训。几十年中，为矿山培养了大批人才。

红梅的母亲吴月英，江西卫校毕业，做了一辈子医护工作，历任护士长、护士总长，退休时是医院副院长。作为傅中汉的妻子和三个孩子的母亲，吴月英可不简单：她在 70 年代两次获得"全国三八红旗手"称号，又是二机部多年的劳动模范，年近 80 岁还上了中国好人榜。

吴月英这辈子，为单位、病人、邻里和身边的朋友们服务，性格直率，助人为乐。

傅中汉当年在北京任教，与妻子结婚时来到颐和园，拍了一张结婚纪念照。二人从此携手走过半个多世纪。

2018 年，傅红梅和两个哥哥一起，为父母举办了钻石婚庆典。

那个年代的人们，对爱情和婚姻的忠贞，就像天上的恒星。

这样一个家庭教育出来的孩子，个个成才。傅红梅是家里的老闺女，两个哥哥分别是 78 级、79 级大学生。大哥 80 年代出国留学获得博士学位，现定居加拿大；二哥师范大学毕业，现在广东顺德当教师。

成名后的傅红梅，有着非常广泛的社会关系和人脉资源，也拥有一大堆耀眼的头衔。她是厦门市经济管理咨询协会、厦门市企业发展战略研究会、女企业家协会、厦大 EDP 校友会、福建省微电商行业协会、厦门抚州商会的常务副会长，厦门朗诵学会企业家分会会长，厦门市区块链协会高级顾问，海西首档对话直播脱口秀《红梅圆桌派》创办人兼主持人。

2001 年，她创建博弈管理顾问公司，从事经济管理咨询和教育培训。她遍邀名师创办的"博弈公众表达"课程，成为中国著名品牌，广受欢迎。

作为主持人，傅红梅气场强大，机敏睿智，控场能力超强，能够驾驭难度很高的多人对话，曾主持过多场经济管理论坛、行业领军人物和卓越女性对话等，好评如潮。

而当年在厦大读书时的傅红梅，还是个热情阳光的娇小女孩。

大学时代的傅红梅

大三那年参加大学演讲比赛，红梅独特的气质深深吸引了台下一位年轻助教，这个人便是厦大演讲研究会的创办人之一。

此后两人心心相印，发誓要走上爱情的红地毯。红梅决定，毕业后留厦。

她的第一份工作，是某机构在厦门的生产经营办公室。这份工作不错，户口和人事关系都留在了厦门。

因为单位没宿舍，又舍不得厦大，工作的头两个月，红梅就住在石井女生宿舍楼。

巧的是，会计系王国初的同班女友金升日也住这里。

国初和升日当年均被分到北京，可不知为什么又被莫名其妙地打发回厦门。无奈的金升日，只得重新开始寻找工作。

红梅万万没有想到，没过多久，因为受到男友的牵连，自己也失业了！

屋漏偏逢连夜雨，船迟又遇打头风。在旁人的一再暗示下，她不得不离开学校。

红梅后来回忆说，那时她第一次认识到，原来以为熟悉的人会有不同的面孔。

被生活挤到角落的红梅，只好挨门挨户一家又一家去敲工厂的大门找工作，可人家都不敢要她。磨破嘴皮子，回答就是那句话：英雄要有用武之地，我们庙太小，杀鸡焉用宰牛刀？

走投无路之时，偶尔听到她辅导的一个孩子的父母聊起自家一处没人住的简陋旧房。她考虑再三，鼓足勇气提出自己的要求：做家教不要钱，能否看在孩子的分上，给她安排一个临时住处？

那对夫妻面露难色，因为他们说的这处房子，是一间废弃不用的仓库。但对红梅来说，再怎么样，也算是个遮风避雨的地方。

就这样，傅红梅搬进东海大厦后面骑楼的旧房屋。

这座清末民初建造的骑楼，外表连廊带柱，整齐划一，可里面因年久失修，早已破败不堪，而且楼道里到处都是电线和杂物。打开房门，一股潮气扑面而来，室内一片凌乱，几乎无处下脚。

住进去的第一个晚上，傅红梅勉强清理出一块一米见方的地面，然后斜靠在角落里休息。

陪伴她的，是漫漫长夜和窸窸窣窣的老鼠。

没有阳光也没有电，狭小的房间像一幅陈旧的黑白照片，模糊不清。

黑暗中的红梅，用力擦拭着小玻璃窗的厚厚污垢。月光照射进来，像是为混浊的泥塘注入一股清流。清晨，阳光透过小小的玻璃窗，温暖地泻入室内，照在她的身上。"要是有个阳光充足的大阳台，该是多么幸福的事！"饥肠辘辘的红梅痴痴地想。

从此以后，红梅对房子没有任何苛求，只要能住就行。不过，阳光充足的大阳台是必需的。

一天晚上，红梅去鼓浪屿做家教，因为延时，错过了回厦门的最后一班轮渡。当晚，她就在鼓浪屿海边露天亭子里坐了一夜。

夜深了，四周寂静无声，只有海浪涌向远方的浪花声，"哗哗"地划过红梅心头，她不禁悲从中来："偌大的繁华世界，怎么就没我的安身之处？"

此刻，她想起自己的心上人。"你究竟在哪儿呀？知道我在苦苦等你吗？"那是她最伤心的一次落泪。

再以后，红梅在一家新加坡企业找到一份工作。这个岗位来之不易，她没日没夜地跑码头、排船、跑银行、跑保险。

最辛苦的是跑码头。她的口才和协调能力，基本是在这个时期被发掘出来的。

只是每天，她都会想念他。她在心里发誓：不管多久都等他！

经历了那么多挫折和磨难，红梅依然阳光，积极向上，始终葆有一颗少女之心。2019年85级毕业30周年返校，她是总召集人、组织者和主持人。

现在，她和爱人过着幸福而平静的生活，希望像自己的父母一样，走向金婚、钻石婚……

我和她通过几次电话，也看过她主持的《红梅圆桌派》直播节目。

红梅对精致的利己主义深恶痛绝。作为厦大的毕业生，她说自己永远不会放弃社会责任。

她重视同窗之谊，怀有深深的母校情结，仍保留着当年班里的许多照片，比如，女生宿舍照、浯屿岛合影、班级男生的蓝鲸足球队，还有江西老乡的校园合影等。

红梅说："人生就是一场旅行，不同的生命体验、不同的风景线，才让生命更有意义！"

30多年前，她在落难之时，一位朋友曾为她写过一首小诗，我略做修改，抄录于此：

她的脚下铺满荆棘，

她的青春充满苦难，

而她却在微笑中安然前行。

一张大学录取通知书，

打破了大山的宁静。

周耕烟

"五十而知天命。"1985年考上大学的同学，如今都到了"知天命"的年龄。50岁之前，都是战天斗地、人定胜天的奋斗故事，全力以赴，希望有所成就。

而到了"知天命"的年龄，虽然仍有人废寝忘食、乐以忘忧，但对个人名利都已看淡了。尤其是经历过大起大落的人，甚至已经参透生死荣辱。

怎么参透的？

就像陈百强唱的《一生何求》的歌词：

冷暖哪可休，回头多少个秋！寻遍了却偏失去，未盼却在手。一生何求？迷惘里永远看不透！没料到我所失的，竟已是我的所有！

菩提本无树，明镜亦非台。这个年龄的人，基本都明白"谋事在人，成事在天"的道理了。

但凡人生，无非长、宽、高：做人或思考问题有高度，做事有深度，至于人生宽度，则在自己的把握和机缘之中。毕竟，我们只是生活在三维空间。平静的日子，看似平淡无奇，其实最为幸福。

有的同学，看到傅红梅青春时的磨砺，也回想起自己刚毕业那年，留在厦门自主择业和不断碰壁的往昔：曾经历过的没有宿舍、有时要到同学住处去凑合、吃了上顿没下顿和"血汗工厂"的艰难日子。

也有的同学，毕业后租房，一年内搬家数次，随身携带的行李越来越少，而行李中的书本却越来越多。那些日子，就连做梦似乎都在搬家找房子。找到的房子，没有一处超过 7 平方米。有的住处连窗子都没有，仅能放下一张床铺。

这一切的一切，随着时间的推移，早已化作一缕淡淡的云烟。

人年过半百，最希望的是平平淡淡，岁月静好。可偏偏有位师妹，前些年查出宫颈癌，做了子宫切除手术；没过多久，又被查出乳腺癌，乳房也被切除了。不论换作谁，都会痛不欲生。

可她没有，坦然地接受了这一切。

她更加热爱家人，热爱朋友和邻里，甚至是陌生人；她也热爱身边的一草一木。

认识她的人都说，她是世界上最美的女性，一位好妻子、好母亲、好女儿、好儿媳。

夏天，她和家人远离热浪，到景色迷人的长白山，去看"一山有四季，十里不同天"的山色。天池上空白云飘飘，水面波光粼粼。她欣慰地微笑，觉得自己还有幸活在人间仙境里。

她到贵州六盘水去看喀斯特石林，在浙江"江南第一山"莫干山的清泉翠竹和变幻云雾中尽情呼吸。

她发自内心地觉得：要以平和宁静，来回报大自然的厚爱。

她乐观地过好每一天，尽力拓展自己人生的宽度，生活中充满了她开朗的笑声。

她，就默默地站在我们同学中间，从不抱怨。因为她觉得每一天，甚至每分每秒，都是上天对她的恩赐，十分宝贵。

2020年10月12日上午,我收到旅居澳大利亚的曾彬彬小妹的微信,问我:"这期的随笔准备好了吗?"

我回复说:"基本写好,但还要修改。"

她期盼我能以最快的速度,赶写一篇有关周耕烟同学的随笔,而且最好这周就发出来。

我奇怪地问:"周耕烟?在85微信群里吗?为什么要写他?"

接下来几天,我了解到他的一些传奇经历。

周耕烟,国际贸易85级学生。但他好像比我们年长两三岁。

他的家在福建省德化县雷峰镇荐解村,坐落于大山深处。那里山连着山,一望无际,山与山之间是一片片梯田和无尽的田垄。那是个被繁华世界遗忘的角落,被四周的山一层层围起来,像笸箩一样;笸箩外面,又套着一圈圈的笸箩。

周耕烟就在这个穷乡僻壤的山村长大,名副其实的山里娃。

小小年纪,他就背负起生活的重担。爷爷是地主出身,那个年代,"剥削阶级"的成分,比头顶上压一块巨石都要沉重。因此,周家人一直是小心翼翼地夹着尾巴做人。

"我不想一辈子爬山种地!我要读书上大学!"长大些,周耕烟稍微明白了点儿什么。

一次耕地劳作之后,他向着远山大喊:"山外面能有什么?我不想一辈子穿草鞋——"

到山外去!不想再穿草鞋,成了他的梦想。

家里人几乎从没出过大山,此刻听了这"离经叛道"的话,吓得急忙关窗闭户。

到雷峰镇上中学时,少年周耕烟肩上背着半袋子粗粮和一包咸菜,赤脚走过一道道田垄,然后翻过一座座望不到边儿的山梁,用几天几夜的时间走到乡里。

到了镇上他才发现，大家的日子其实差不多，几乎都是粗粮咸菜，没几个天天吃炒菜的。就这样，他开始了艰苦的求学生涯。

每天早上，一碗凉水，就是早餐；中午和晚上，半碗米饭，再加上一块咸菜。年复一年，他读完了初中和高中。不过，苍天并没有因此而稍稍眷顾于他。

第一年高考，他落榜了；第二年高考，他又落榜了。

吃了整整八年半饥半饱的粗粮咸菜，没日没夜啃了厚厚一大摞课本儿，最后还是榜上无名。

家里再也供不起他读书。他痛哭了一场，心甘情愿地做起乡村教师。

在乡里的土房，他每天面对一群和他当年一样的孩子，都是背着粗粮咸菜，走了几十里山路来读书的。

教了语文教数学，教了数学教美术，周耕烟渐渐习惯了这种周而复始的生活。只是偶尔，他抬头仰望朵朵飘向远方的白云，心底发出轻轻的叹息。

快过生日的时候，他爬到山顶。本想把随手带的一本书垫在屁股下面，无意中翻开，立刻被书中内容吸引。

这是一本语文书。吸引他的文章是《七录斋集》中节选的《五人墓碑记》，其中有这么一句话："终老于户牖之下。"

盯着这句话，想象自己将要终老于这望不到边儿的崇山峻岭间，不觉哭出了声。

从那天始，乡村教师周耕烟每天晚上都要翻开那几本已经翻烂了的高中课本，专心致志重新复习。其他科目都没问题，他面临的最大困难是，在这飞鸟都见不到的偏僻之地，英语得靠自学。"拼了！"他心想。

功夫不负有心人，第三次高考，这个普通的山村教师居然考出全县第二名的好成绩！

收到厦大录取通知书的那天，周耕烟心花怒放。他特意用开水冲了半碗米饭，又多添了两块咸菜，一边大口吃着，一边望向山顶飘来的一朵最大最白的云。

其实,他的录取通知和口语测试通知,比省里所有同学都晚了几天,因为山区路远,交通不便。从厦门到他的家乡,一封信要走一个多星期。信件先辗转寄到德化,再分发到雷峰镇。之后,邮递员要扛着自行车,翻过道道山梁和沟沟坎坎,还要脱掉鞋子,赤脚迈过一道道田埂,可谓千辛万苦。

1985年,被厦门大学录取的周耕烟,还面临着比千百条田埂和座座高山更难的一道坎儿:国家当时急需国际贸易人才,因此外贸系招生时规定,考生入学录取前,要先进行英语口语测试。

相比于千军万马过独木桥的高考,这个口语测试成绩不太重要——但如果想要被热门的国际贸易系录取,这个测试至关重要。

国际贸易意味着出山、出海,周耕烟渴望到外贸系读书。

走出大山来到厦门,他也要和邮递员一样,先得爬几天大山。有时走到天黑,就在田埂旁打个地铺,睡上一觉。好不容易深一脚浅一脚走到县城,又在长途汽车站的角落凑合一宿,次日再坐一天多的长途汽车,这才颠簸到厦门。

进了厦大校园,骨头都快散架的周耕烟还没来得及高兴,就直接面对老师们的英语提问,顿时又蒙了。

其实老师问的题目都不难,无非是你叫什么、今年多大、家里都有什么人、为什么要考厦大外贸系。

听着熟悉而陌生的英语,周耕烟的心底涌出千言万语,就像家乡纵横交错的田埂和横亘着的无数山梁。

他都听懂了,可说不出来。他结结巴巴地喘息着,脸色苍白,汗水湿透了衣衫。

他想向老师要一张纸和一支笔,把心里想的答案都写下来。可这次是口语考试。

想说的话在心头,这些词汇和语句堵在喉咙里,最后化成无尽的委屈。

他慢慢站起身，默默望着面前正襟危坐的老师们，然后深深鞠了一躬，一言不发低头走出面试教室。

泪水淌过他的脸颊，滴在他的嘴里，落到胸前和地面。

他不知道，在他的身后，老师们正在进行激烈的讨论。大家都为这个学生感到遗憾，可又没有办法。

"得给贫困山区的学子一个机会！"一位老师拿着周耕烟优异的笔试成绩，又看看他填写的籍贯——德化县雷峰镇荐解村，说道："他们那个偏远山区，谁教孩子们说英语啊！"

望着周耕烟单薄的背影，她把表格捧在胸前，环顾四周，大声地说："不收这个贫困山区的学子，我不甘心！我们这么好的大学，这么好的条件，他有的是开口说英语的机会！"

老师的这句话，彻底改变了周耕烟的命运。从此，他对恩师念念不忘。

当年外贸系85级共有60个学生，分成三个小班。朱晖、黄苹、曾彬彬、黎玉涛和周耕烟分在一个班里。

刚上大学时，周耕烟的生活十分拮据。他常常躲着大家去吃饭，因为没钱，那些琳琅满目的菜肴，自己可以使劲儿闻，可以仔细看，但买不起。虽然厦大有着全国大学最好的食堂，可对周耕烟而言，香喷喷的饭菜只能是脑子里的想象。一个学期下来，别人都是红光满面，他却面黄肌瘦。

大一时，曾彬彬所在的女生宿舍和周耕烟所在的男生宿舍结成友好宿舍。寒假前，两个友好宿舍约好一起到食堂吃饭。彬彬买了几只鸡腿，分给男生们。

周耕烟捧着那只鸡腿，手却轻轻抖起来。闻到鸡腿的肉香，他的眼睛有些湿润。彬彬见状，好奇地问："你怎么了？看见鸡腿就看见家乡啦？这么想家？这不马上就可以回家了吗？"

周耕烟半晌才吞吞吐吐地说，这是他这学期吃到的第一块肉。说这句话时，他的眼神竭力回避着众人的目光。几乎是含着泪，他慢慢吃下了碗里的鸡腿。

曾彬彬吃惊不小，她恍然意识到，原来同学中还有这么困难的人！

后来，周耕烟每个月得到24元助学金。这笔钱，他每个月只花一半；另一半全部寄回家里，因为弟弟们也要读书。

假期回到家乡，临近春节，他热心地给同学们寄来贺卡。在厦门的朱晖收到贺卡，一看邮戳日期：从德化山区寄到厦门，整整用了一个星期！

毕业后多年，大家有了一定的经济实力，周耕烟积极组织外贸系同学到德化旅游，大家戏称为"德化会议"。

周耕烟把大家带到家乡，拿出德化最好的食品招待大家。山里人实在，什么红烧德化土猪肉、炖黑鸡、德化淮山（薯仔）、黄花菜……最有意思的是，当地人看到耕烟带这么多大学同学来，热情地拿出自家酿的酒，请大家开怀畅饮。那酒真好喝，有点儿酸，有点儿甜。

第二天早上，大家觉得周身舒服。有个大老爷们儿头晚没少喝，此时肚子里还有些发热。摸摸半秃的头顶，似乎还长出几根嫩毛儿来。

他拉过周耕烟，悄悄地问："这酒真好，肚子舒服！是啥酒？"

耕烟憨厚地一笑："这种酒从不给普通人喝，除非贵客！"

"既是好酒，我今天还要喝。"

"这是我们山里人自酿的、专门给产妇补血的酒。"

"产妇？我喝了产妇的酒？"

……

曾彬彬定居澳大利亚。1996年到2014年，她都没机会给自己的父亲过生日。2015年3月初，彬彬抽出时间，专门回国给父亲祝寿。

为了给父亲一个惊喜，她没通知家人，而是让周耕烟来接机。不巧的是，临上飞机前，她把脚踝碰伤了。起初没在意，登机后脚却肿起来，连走路都困难。

半夜接机，周耕烟把她送到酒店，忙完已是凌晨2点。早上，他特地向前台要了轮椅，推着彬彬去吃早餐，然后亲自开车，把彬彬送回泉州。

有一年，泉州的同学正月十五搞聚会，周耕烟特地从汕头开车来参加，第二天一大早，他就把车开回汕头，又去验货了。

周耕烟做的是陶瓷出口生意。他的家乡德化是中国著名的陶瓷之乡。德化窑始于新石器时代，兴于唐宋，盛于明清，技艺独特，传承至今。

不过，海外陶瓷贸易有一定风险，比如，日本对陶瓷质量的要求近乎苛刻；欧美则对造型和花样更为讲究，当然，质量必须一流。如果遇到质量不合格退货或货款收不回来，损失惨重。德化的一些陶瓷商人，就是因为这些原因，企业一夜之间倒闭，乃至倾家荡产。

周耕烟既聪明又勤奋。

他最先从事陶瓷订单生意，后来又做库存货出口业务。库存货与订单货的最大区别，在于订单商品风险更大，常常会遇到质量和回款问题，而库存货则是现成商品，只需向海外市场寻找买家。与单纯靠接订单出口的陶瓷商相比，受过国际贸易大学教育的周耕烟，其实无形中开辟了中国陶瓷出口的新模式，这就是：摆脱纯粹的海外订单加工，直接把中国产品推向国际市场。

只有面对世界，才能创造更有价值的经济链条。

周耕烟特别能吃苦耐劳，常常三天两头不分昼夜地开车到汕头等地收货。他也是一个非常敬业的人，口碑好，信誉好，事业蒸蒸日上。

写到这里，就是一个标准的勤奋敬业的励志故事。为什么要把他的故事插在这里呢？

曾彬彬长叹一口气，说周耕烟目前因肝癌住院，同学们都在为他的健康默默祈祷。

周耕烟是在 2019 年中秋前后被确诊为肝门胆管癌的。

他很平静地问医生："能活多久？"医生没言语。

周耕烟想起家人，心里一阵酸痛，又试探着问："两年？两年够吧？"

医生叹口气，沉默地望向窗外。周耕烟似乎明白了，不甘心地再问："一年或一年半的时间，能有吧？"

医生转开头，轻声叮嘱他尽快治疗。

周耕烟回到家，把这个消息告诉家人。全家都惊呆了，而周耕烟语气平淡地说："人，总是会死的。"

只是他心里难过，觉得这个年龄离开家人，对他们太残酷；而这个年龄离开世界，自己也有些不甘心。

他积极治疗，让大家别把他当病人。在北京 301 医院，医生告诉他，没法开刀手术，只能尝试各种靶向药。到后来，靶向药都无效了，他开始接受化疗加免疫治疗。化疗到最后，他说自己感觉就像死过一样。可等体力刚刚恢复，下一个疗程又开始了。

一年后，癌细胞转移到肺部。他发烧住院，虚弱至极，见到同学话都说不出来，只是无力地用手比个叉，意思是可能只有 10 天左右。

外贸系的同学们都在为他鼓劲。大家说，只有周耕烟这样坚强乐观的人，才有毅力和病魔抗争！他的豁达心态，令人敬佩。

大学四年与周耕烟同班、上下铺的陈伟强，毕业后两人一起被分到福建省第一家股票上市公司（福建福联股份有限公司），之后四年，两人同部门、同办公室、同宿舍。

对于周耕烟的病，陈伟强万分感慨："我们都贫穷过，拼搏过，到了奔小康的关键时刻，身体垮了！"

想起多年的情谊，陈伟强含泪说："人渐老，情依旧，彼此两相知！相知至感言无语，但愿人长久！"

彬彬告诉我，周耕烟并不在 85 微信大群。因为去年同学们聚会时，他就已经被确诊，并且住进了医院。

她转来周耕烟妻子的微信。耕烟妻是个非常明事理的人。我说："外贸系的同学们希望我能写写耕烟的故事,您是否同意?"

她平静地回答:"可以。"

我又问:"我写的是随笔,可能有文学色彩。"

她说她替周耕烟感谢大家的关心,也希望这篇随笔能给众人留下对周耕烟的珍贵回忆。

为了写这篇随笔,我又联系了外贸系的朱晖同学。她讲了周耕烟曾做过山区教师,却从不放弃高考的故事。

周三下午,她给我发来几张照片,照片上的低矮土房,就是周耕烟当年位于德化山区的家。

当晚,她又发来外贸系陈志红同学的微信截图。截图共有九张照片,照的都是周耕烟的家乡,还有外贸系 85 级同学"德化游"的留念。

这个叫戴云山的地方,南北最长处约 200 公里,东西最宽处约 180 公里,面积约 18000 平方公里。当年的山村教师周耕烟,就从这茫茫大山走向厦大,又从厦大走向世界。

周耕烟大学和毕业后不同时期的影像

耕烟的妻子会把这篇随笔读给病榻上的丈夫。

耕烟,你听到了吗?

今天,所有厦大学子,都在为你祈福!

你是戴云山的儿子,你是厦大 85 级的同学,我们为你骄傲!

大时代中的一滴水，
都有可能化作海。

大时代里的老四

厦大东边社出过著名歌手，也生活过默默无闻的更多学生。

那时的流浪歌手，因为发型独特被称为"北京猿人"；而后来成为歌星的艺人，当时的名气还大不过普通的"老娘"两个字。

这里还出过一位白手起家的校友，他不是"北京猿人"那样混在东边社的杂牌军，而是正宗的厦大毕业生，并且在20世纪90年代波澜壮阔的时代背景下，演绎了一出轰轰烈烈的创业故事。

就叫他"老四"吧。

时势造英雄，英雄助时势。据我所知，来自北京的老四是厦大85级毕业生中第一个赤手空拳成为千万富翁，也是第一个成为亿万富豪的人。

上大学第一年，很多人常把我俩搞混。就是前几天厦大85级的微信群里，还有人把我自己在厦大的照片发给我，说："这就是当年闻名厦大的老四，你认识吗？"

我看着年轻时自己的照片，心里说："自己，你好！久违了。别人可以认错人，我要是连自己都不认识，那不成痴呆了？"

当然，这个世界上不认识自己的人，有好多。

一晃 30 多年！

可这是我，不是老四。

想起那句绕口令：十四是十四，四十是四十；十四不是四十，四十不是十四。

他是老四，我已四十加十四。

我不是他。

我和他倒都是北京学生，都是一米八的个头，都戴眼镜，都比较瘦，上大学时都有些鬈发。只不过，他的鬈发是天然的，我的鬈发是人工的。

那时，我是瓜子脸，他是国字脸，两人都有首都学生的豪气和粗犷。但现在回头看，我的瓜子脸象征着内心的细腻，所以最后成了教课写书的教授；他是天生的国字脸，两腮明显凹进去，而下颌两边凸出，象征着冒险和果决。

他也住过东边社。

当年的他，有个浙江女友。后来他们结婚成家，至今婚姻幸福，是厦大为数不多的大学期间恋爱、毕业后结婚，又一起慢慢变老的人。

回首往事时，他们一定会发出会心的微笑。

想起求学那些年，博学楼外常飘来浓郁的郁金香。可厦门的夏季，一到夜晚总是那么闷热、潮湿和难熬。真不知那时是怎么熬过来的。记得刚到厦大的一个闷热夜晚，热得实在受不了，我就一个人跑到白城沙滩去睡。

那时在海边，还能听到金门岛对大陆喊话的大喇叭广播。播音员是个女的，说起话来轻声柔语，与大陆电台女播音员的铿锵有力，形成鲜明对比。

赤条条躺在黢黑一片的沙滩上，迷迷糊糊地想着，如果此时能在胡里山炮台抓个泅渡的国民党女特务，倒是一件快事。又想到睡着后如果被金门岛的国军抓去怎么办？刚想到"宁死不屈、破口大骂、大义凛然"几个成语，就在缓缓的海浪声中，迷迷瞪瞪睡着了。

本来以为枕着海浪、听潮入睡是件浪漫的事，可躺下没多久，就被蚊子的

"嗡嗡"声惊醒，迷迷糊糊中的第一个念头，就是可恶的国军不宣而战发起空袭。嘟嘟囔囔用北京土话喊了一句"姆们（我们）是共产主义事业接班人"，奋力睁眼一看，被蜂拥而至的蚊子叮得全身是包。刺痛难耐，于是跳到咸咸的海水里，瘙痒感瞬间消失。然后稀里糊涂回到芙蓉八斜斜的石阶上躺下，但四周仍是蚊子。最后热得实在受不了，又跑到风雨楼那边的水井，顺着铁梯子泡在冰凉的井水中，才感到舒服一些。

最热的一晚，我曾经十几次光顾风雨楼的水井——深夜里一丝不挂，就在冰凉的井水里泡着，直到逐渐失去意识，"扑通"一声坠入井底，骤然清醒，然后又愣愣瞌瞌地爬上来。

现在想想，也算福大造化大，当时要是内裤沉入井底，我可怎么回宿舍啊！

掉到井里时，才发现四周都是平时落下的塑料水桶，等于砸在一堆桶上。

后来美术系的郑文东告诉我，他曾经打捞过那口井里的水桶，最多时能捞上来十几个，然后拿到三家村去卖。

他深夜时分开始打捞，在水井里爬上爬下十分不易。第一次捞到这么多掉落的水桶，文东心想："天上掉馅饼，我郑文东让井水里出真金白银！"一个水桶卖1块钱！勤工俭学的如意算盘既然打起，越想越心花怒放。

那时，食堂早餐的一碗稀饭是3分钱。

他站在三家村东张西望，刚要吆喝嗓子开卖，一个女生急匆匆经过，猛然停住脚步，仔细端详一下说："这个粉色水桶是我的！上次打水不小心，掉到井里了！"

文东十分痛快："好，拿走！"

又一个女生路过："咦，那个绿色水桶是我的！你从水井里捞上来的吧？谢谢！"

"好，拿走！"

……

一来二去，十几个水桶都被原来的失主认领走了。只剩下一个水桶，一个男生急赤白脸跑过来："多少钱一个？"

"1块！"

"便宜2毛钱吧，八嘎（闽南语，8毛）？"那男生学着文东闽南口音的普通话，也用半生不熟的闽南话套近乎。

"贵银（多少钱）？"文东没听懂。

"八嘎？"那男生想8毛钱成交。

"你才八嘎！"文东大怒。

文东低头看看脚边的水桶，这才发现，最后一个水桶原来是自己的，总不能8毛钱卖出去再花三块五买一个。他不由得叹口气。

怅然地拎着自己的那个空桶，彷徨地站在三家村树影下，心想：白忙活一场！想去东边社宗成小吃店喝啤酒炒田螺的美梦，算是泡汤了。

这真是：香港李嘉诚卖水桶，亿万富豪迈出第一步；厦大郑文东卖水桶，好人好事失物招领处。

话说当年，老四找了浙江嘉兴女友的消息传开，大家都在上下铺的宿舍里聊起了嘉兴。

同学里有远大志向的，就想起嘉兴南湖，那里有中共"一大"召开时的红船。

那时没手机和百度，全靠平时积累的知识。宿舍里有个福州小伙子，从上铺跳下，站在桌上高声吟诵董必武关于嘉兴红船的诗歌。

他的声音抑扬顿挫，黑暗中传出响亮的声音：

革命声传画舫中，诞生共党庆工农。重来正值清明节，烟雨迷蒙访旧踪。

他知识如此渊博，又朗读得如此铿锵有力，把我们大家都镇住了。

寂静和沉默后，宿舍里传出一片热烈的掌声。我们发自内心地觉得，他将来一定能成为杰出的共产主义战士。

受到大家夸奖之后，他那几天对我们不断嘘寒问暖，颇有人民公仆为人民的温暖姿态。

30多年过去，他从南到北、从北到南转了一大圈，命运曲折起伏。知天命之年，最终回福州家乡落脚，开了一间小小的诗塾，专门教当地幼童唐宋诗词，并以此谋生。

和他通电话，说起当年的仰望星空。他呵呵一笑，说人到中年才算活明白，自己就是个普通的无产阶级战士。

"人面不知何处去，桃花依旧笑春风。"他诵完这句唐诗，轻叹一声。

岁月！当你终于认识了自己，已经变得十四不是四十、四十不是十四了。

其实，又有什么可叹的呢？李白云："古人今人若流水，共看明月皆如此。"

当年，从未仰望星空而脚踏大地，汗流浃背地躺在床上，七嘴八舌聊起老四的嘉兴女友，又聊起嘉兴粽子、平湖糟蛋、姑嫂饼、大头菜、印花糕和藕粉饺，馋得龇牙咧嘴。

宿舍的同学来自天南地北，饿了、馋了就聊家乡土特产，而且越馋越聊，越饿越说，越没有越比——我们30多年前，就通过这种方式，第一次了解到舌尖上的中国。

老四毕业后带女友去了深圳，好像在一家报社工作。

几年前，一位校友提起刚毕业时的老四，对我说："我90年代初到深圳，看到老四在搞广告，然后带我坐他的夏利车出去兜风。我很惊奇，说：'你这么早就买了车？厉害！'"

我说："他那个人，敢闯！"

他愁眉苦脸地接着道："老四得意扬扬地请我上车。我一拉门把手，车门哗啦就掉到马路上，我吓了一跳！老四不慌不忙，从车里找了把钳子，然后熟练地拧紧螺丝。可能螺丝拧得太紧，我坐在里面，车门掉不下来，可又死活打不开了。

好不容易开起来，尾巴突突冒烟，像灭火器一样。后来开着开着，遇到个大坡，结果车趴窝了，坏在那里。我和老四下车，两个人愣是把汽车推上了坡，累得满头大汗。"

他至今心有余悸，悻悻地说："那应该是辆二手车。那车坐得，比拖拉机还累。"

群里也有同学跟我说，他早年去深圳，曾坐过一辆出租车。出租车司机从反光镜里默默盯了他一会儿，然后回头问他："我在文史食堂和生物食堂见过你，你是不是厦大毕业的？"

他说那位司机一嘴漂亮的京片子，有点儿像老四。另外，那人是天然的鬈发，戴着厚厚的近视镜，眼珠子似乎要从镜片后面凸出来，但说出话来，依然带着受过高等教育的灵慧。

其实，无论是玩笑还是传言，那时白手起家的人，都有无数艰辛，都被抛到风口浪尖，然后中流击水。

20 世纪 90 年代是一个大起大落的时代。稍不留神，你就发财了；稍一打盹儿，你就落伍了，接着就平凡了。失之毫厘谬以千里，以后你坐火箭都追不上。慢慢地回头一看，当初一同听发令枪起跑的，如今竟有云泥之别。

那阵子，深圳第一次发行股票，很多人觉得这是资本主义的东西，不敢买，也不想买，怕犯罪，怕钱被没收，更怕政府哪天后悔，然后抓人上街游行。有关方面无奈之下，只好强行派发。

那时安徽有个女孩儿，妈妈捡破烂供她上大学，毕业后到深圳做财务，其实就是为单位收债。当时企业三角债遍地，法律也不健全，只能用人去催钱，还出过人命案，可就是收不回钱来。

女孩儿最大的愿望，是尽快赚点儿钱，然后给她苦命的母亲买台电风扇，让辛苦一生的母亲享受盛夏的凉意。

那时，一台普通电风扇的价格大约 100 元。当时的人均工资是四五十元，除去吃喝，买一台电风扇至少要攒半年的钱。

小姑娘毕业后来到人生地不熟的深圳，企业让她去收三角债，要回的钱算成工资结账。

她被逼得走投无路，因为所有欠债的企业都还不起现金，结果只把不值钱的股票拿出来，折价还给她。她死活不要，但除此之外，也没任何办法，只好哭着抱了一篮子股票回单位。

心惊胆战地到了办公室，老板铁青着脸，把她的工资按照股票价值，让她拿走同等价格的股票；然后冷冰冰地告诉她，剩下的股票公司不要，只要现金，让她把股票带走，接着去催债。

回到欠债人那边，人家也铁青着脸说："我已经用股票付账了，没现金。"她只好坐在人家公司里赖着不走。不吃不喝，一坐就是两天两夜。

第三天早上，欠债人无可奈何地说："这样吧，我手里还有50万的股票，每股1元，我就算5分钱，你都拿走吧。"她拿不到现金，急得在地上哭天抹泪，满地都是她的泪。

欠债人也急了，大喊一声："我就是没钱！这股票白给你了，全拿走！滚！"吼完就把50万的股票扔给她。天女散花，撒了一地。

她躺倒在那一堆股票里，哭得死去活来。

一来二去，她手里有了价值几百万元的股票。当时如同废纸一样，债主拒收，欠债人不要，都窝在她手里，上天无路入地无门，死的心都有。

她绝望到了极点，想上吊，想自杀——唯独当年那颗初心没变，要为拾破烂供她上学的母亲买一台电风扇，然后自己再去死。

一觉醒来，深圳的股票忽然公开上市，原来每股1元的股票，顿时井喷，价值翻了百倍以上。那女孩儿简陋的住房里，满屋满地都是当初没人要的股票——现在，变成了金库。

兑现后，她一下子坐拥上亿元资产。

有了钱，别说电风扇，就是找100个金童玉女，给她家老太太天天吹气儿，也能吹几十辈子。

当初那些把股票白扔给她的债主和欠债人，这回风水轮回，一个个捶胸顿足，一头撞死的心都有。

北京玫瑰园别墅，大家听说过吧？郭德纲花两三千万购买师父侯耀文的宅子，然后为师父的闺女继承遗产提现，就是那地方。

玫瑰园有很显赫的背景，当时是中国面积最大的别墅开发区，是首都第一个赴港招商的房地产项目，一度被誉为"首都第一别墅"。如今住在北京玫瑰园的，都是中国非富即贵的知名人士。可当初这朵带刺的玫瑰，曾让多少港台开发商黯然神伤，败走麦城。

90年代初，中国地产低迷，玫瑰园多个开发商的资金相继断裂。一位从前在山东农村打铁挖煤的包工头，在玫瑰园工地带一群农民工，没日没夜地一直默默盖房，可就是拿不到现金，最后，他的手里除了历任开发商扔给他的一大堆玫瑰园房本，一分都没拿到。

一套房子，卖20万都没人要。后来降到10万，眼巴巴好不容易等来一个买主，一言不发绕着别墅转了三圈儿，然后翻着眼皮冷冷说道："我就带了35000元现金，要不你们开个张、卖一套？"

年复一年，从冬到夏，从昼到夜，身无分文。打过铁的汉子欲哭无泪，泪水哗哗地往心里流淌。

他用大车从老家农村拉来十几车晒干的老玉米棒子："我们只能天天吃这个！大家省着点儿吃啊！"

他小心翼翼地收起那上百个房本，又用塑料袋包好，然后埋在地下——那是大亨们欠账的凭证，他们何时能从海外回来结算工钱啊？

当初约好的两年很快过去了。第三年、第四年、第五年……

让那些同样心灰意冷的港台地产大亨做梦都想不到的是，这位打铁出身的农民工，最后凭借过人的胆识，竟然熬到了中国房地产市场井喷的第一个春天。

一夜之间，一套房几百万上千万，而且挤破脑袋，买都买不到。他手里那一大堆不值钱的房本，最终让他一战成名，一度以 20 亿元身价跻身胡润排行榜百强。

他拉住那群和自己日夜厮守的农民工兄弟，仰天高喊："五年！我们整整吃了五年的玉米面儿啊！连猪肉是什么滋味儿都忘啦，老天！"

这人叫梁某森，您可以上网查一查。

讲了这么多，还是为了说当年的厦大老四。

他毕业后在深圳做广告，收不上广告费，最后别人用股票来抵账。

面对一堆一文不值的废纸，老四千愁万苦，终日长吁短叹，没想到后来和那个深圳收债女孩一样，股票瞬间在中国第一次井喷。

他膀不动身不摇，眨眼间就赚到了滚滚的第一桶金。用这笔钱，他到香港，迅速买了当地不少别墅和房产。那时的香港，正处在回归之前的飘摇之中，地产价格一路狂跌。

之后，他又遇到地产市场在内地和香港的井喷，于是财富再一次被放大。

如果说，第一次的股票有偶然成分；那么，人家用股票赚的钱大规模投资地产，就不是偶然的了，这是见识和胆略。

读书，可以拿到文凭；见识和胆略，却不是读书能读来的。这时的他，还不到 30 岁。

毕业后，他和很多厦大人失去联系。大家在北京只听说他第三次投资是做高档电器产品，销售好的时候，一年利润七八亿元。

2002 年 3 月中旬，我回到国内，当晚打开电视机，央视正在播放 315 晚会，一款宣称纯正丹麦皇家血统的电器，其实是彻头彻尾的国货。

举国哗然。铺天盖地的压力之下，生产商被工商执法、经销商退货、坐落于东莞高步镇的工厂人去巢空，各大商场产品下架，直营店全部关闭。年销售额数亿元的大厂，至此轰然倒塌。

今天，如果你在网上搜索，已经很难找到当年的这条消息了。你也找不到他的名字。

很多年过去了，还常有人提起当年的惊心动魄。有人说，老四在加拿大潇洒地生活；也有人说，他还在国内，只是默默地生活在一个我们不知道的地方，指挥着他庞大的商业帝国。

毕业当年，老四南下闯深圳时，兜里只有不到 100 元。可国字脸的老四从来就没屈服过，是我这辈子见过的最顽强的人之一。

有时我想，老四要是现在大学毕业，他能做什么呢？

书写至此，我抬头望向窗外。街上，是一群骑着送货车的快递小哥，风霜，正侵蚀着他们年轻的面庞。

奋斗，是最美好的回忆。

师兄们

北京的梅涛师弟在留言中写道：作为上世纪远赴"前线海岛"求学的京都厦大人，几乎都对近 50 小时的绿皮火车有着噩梦般的记忆。不过随着岁月流逝，那"难民"一样的痛苦记忆慢慢变成一种"怀旧的甜蜜"。

外文系 86 级的伊琳娜留言说：随笔慰藉着那个年代的厦大学子，回忆竟是如此美好！曾经年少不懂厦门的美，现在时常想念这座城市，想念美丽的厦大，曾经的过往也成了自己人生中最宝贵的经历。

定居新加坡的鄢敏说：一直觉得在厦大读书是多么幸运！得天独厚的地理位置，青山绿水、蓝天白云、海风逐浪的优美环境，温润质朴的闽南文化，来自全国各地的学生带来的多种文化撞击而形成的多元性校园文化……她充满感情地写道："斑驳陆离的时光里，抓一把，全是影子……往事依稀浑如梦，都随风雨到心间！"

漳州的蔡秋仲感慨：读完随笔，总有一丝丝的惆怅！

福州的赵金华老弟讲：不老的海风！不老的传说！

深圳的南雁则觉得：不老的海风，半百的同学！

深圳的沈剑用一句话做了言简意赅的总结：记忆深刻！

的确，浓浓的厦大情结，随笔写的是当年厦大最普通的同学，是充满烟火气的柴米油盐，是一代人的逆袭奋斗。

没什么富贵贫贱，没什么山珍海味，写的就是普通的灵魂和生命，写的就是有血有肉的平凡，写的就是情怀！

简单的文字，让平凡者更平凡，让清澈者更清澈，让世界变得更为简约。

我用心所写的，都是实实在在接地气的人：郑文东、宗阿伯、陈伯、陈卫、周耕烟、梁薇、傅红梅……他们是能打动读者心灵的人，是代表那个时代的普通人。

——这就是厦大 85 级人的情怀吧！

定居南美的外贸系 85 级陈革非，性格外向，有什么说什么，从不藏着掖着，坦诚、直率，有情怀，也有悲悯之心。

有一次，他对我说："写写当年我们贵州的同学吧！那时从贵州到厦门，一路颠簸坐绿皮火车是多么不容易！"

回首上世纪 80 年代中期，经济刚刚起步，一切都还比较落后。而贵州在那个时代，又是全国比较落后的省份。由于自然条件和交通的局限，当年贵州同学到厦大读书，要先从贵阳坐绿皮火车，经过几昼夜颠簸，然后在江西鹰潭换乘上海到厦门的火车。大部分外省同学，都是在鹰潭换车，没座位。

我认识一位贵州女生，说自己当年在鹰潭换车，站十几小时到厦门，双脚和小腿都肿了一圈儿。可她总觉得班里有更贫穷的同学，于是大学期间放弃了所有助学金申请，为了尽可能帮助更加困难的同学。

她聊起自己的近况，觉得平平淡淡过日子，做一个平凡而照顾女儿的母亲，挺好。她的父亲，当年还是贵州省军区的一名高级军官。如此谦逊和低调，值得尊敬！

王国初说，从那个时代走过来的大学生，对国家都心怀感恩。

当时助学金根据学生的家庭状况分成几等。国初清晰地记得，自己拿的是第三等，每个月 13.5 元——在 80 年代中期，这笔钱相当于半个月伙食费。

国初毕业后在厦门海沧区工作，和企管系熊庆海同学有过工作交集。以前写过熊庆海的故事。他来自贫困的闽西乡下，月助学金 11 元，曾因没钱买 7 元的长途车票，假期滞留校园。

他当年在厦大为老师抄写，304 格的稿纸，抄写一页的酬劳是 1 角钱。一般一天抄写 5 页，不能抄错一个字、一个标点符号。他凭借一手工整的好字，每个月挣 10 元抄写费，最好时挣 13～14 元。

他还积极给大学广播电台投稿。稿件一经采用，每篇 1 元。运气好时，每个月能赚五六元钱。

这样下来，庆海一个月的总收入少说也有 25 元，他把伙食费控制在 16 元以内，剩下的钱寄给家乡的弟弟妹妹做学费和生活费。他有五个弟弟和一个妹妹。因为吃不饱饭，其中一个弟弟只得送给别人！

记得有一年，庆海年底得了 30 元奖学金。他从没见过这么多钱，当即都寄给了父母。那一次，弟弟妹妹们在家乡吃上了肉。

穷人的孩子早当家。后来，庆海的弟弟妹妹们全部考入大学。在知识改变命运的时代，这真是惊人的奋斗奇迹。

外文系 85 级的一位同学回忆，大三那年，她在湖里工业园的卷烟公司实习，当时有工资，还有班车和免费午餐，车间的员工们非常辛苦，也都很友善。

免费米饭，曾吸引了多少贫困的厦大子弟！

有一位师姐，在厦大时是班干部；毕业后，她在政府机关做过"小干事"，也曾在翻译岗位上兢兢业业。一天，她偶然翻阅杂志，看到一对中国夫妇在国外做速冻食品的故事，心里为之一动。1994 年年底，她投资 5 万元，带着几名员工，在几十平方米的店面做起了食品加工。当天晚上收账，营业额 54 元，让她十分激动。

多少年过去了,她在厦大外文学院设立了"小荔奖学金"和助学金。她还发起倡议,为学弟学妹们的米饭和矿泉水买单,计划10年,每年大约600多万元。她第一个认捐。

这位师姐就是孙小荔,厦大外文系81级校友,深圳市合口味食品有限公司董事长,有媒体称她为深圳"水饺皇后"。

师姐说,之所以要做这件事,是为了"传承感恩文化,固化大爱形式"。

她说,不是学生吃不起饭,而是为了让来自贫困地区的学弟学妹能和来自城市家庭的孩子在吃饭方面没有任何区别,从而使他们能把所有注意力都放在学习上,也能把感恩文化传下去。

小荔是一位真正有情怀和大爱的企业家!

美哉师姐!

磨难,令人伤感;战胜困难,则会成为财富。

计算机系85级的朱创雄老弟是潮汕人,精通多地方言,他至今记得姚明的白鹭书社。

当年每个周末,他们都到白鹭书社,一口气借十几本武打小说。大家迫不及待地回到宿舍,一本一本换着看,熄灯后点起蜡烛接着读。

创雄感慨道,那时年轻,记忆力奇好,一会儿读《天龙八部》第一部,接着又读《雪山飞狐》第二部,然后再读《天龙八部》第四部,又读《雪山飞狐》第一部,打乱次序居然还能穿在一起,很久都沉浸在金庸仗剑天涯的武侠世界里。

创雄说,年轻时读金庸的武侠小说,最早被书中所描绘的那些绝世武功所吸引。随着年龄增大,开始感慨主人公跌宕起伏的命运。再以后,心中有时也幻想执剑在手,千里仗义,助弱除霸。而到了知天命的年龄,终于明白"侠之大者,为国为民",乃是一种崇高的境界。

是啊,随着年龄增长,宽容和善良在我们心里占据越来越多的位置,我们开始有了"老吾老,以及人之老;幼吾幼,以及人之幼"的悲悯情怀。

今天主要说说几位师哥的故事。

三位82级师兄,都是福建人,分别来自福鼎和闽西,大学时住同一间宿舍,毕业后被分到北京同一个单位。

三位师哥的名字分别是:定魁、海哥和彪哥。

海哥和彪哥高中同班同宿舍,大学时又是同班同宿舍,实在难得!

"定魁"的名字,源自客家话"树定魁"——树魁,树之魁首也;定魁者,乃定树之王,定魁师哥觉得这个名字比学名更霸气。"海哥"的名字来自"海蛎饼",大概是海哥爱吃海蛎饼的缘故。而"彪哥"的名字,确实有点儿舵主的感觉,也和他的身份相符。

三位师哥,都是单位的中流砥柱。他们见多识广,知识渊博,平日谈笑风生,没有一点儿架子。

最难忘的就是大学军训。当时三位师哥和班里的同学一起,都在如今芙蓉湖的地点练习射击。那时还没有芙蓉湖,这里是一片菜地。

师哥们端着枪,满头大汗趴在地上,不停地练习瞄准。

定魁师哥大汗淋漓,悄悄对海哥和彪哥说:"太阳把后背晒脱了皮,这么趴在田垄上,实在太难受。"

海哥和彪哥也被晒晕了,不过尽管迷迷糊糊,却隐藏不住青春的活力。他俩偷偷对定魁说:"要是这里变成一间洞房,你就默不作声了吧?大概让你怎么趴着都行?"

定魁师哥一乐:"难道你们不是吗?"

当然是!海哥和彪哥也乐了:"定魁,你就把这里当成洞房,太阳就是房顶的灯光,规规矩矩趴着吧!"

三个人嘻嘻哈哈地偷笑,没想到被排长听到了。

"你们三个娃子想啥？趴着打枪竟然想到洞房！打枪时不许想洞房！洞房也不准打枪！"

几位师哥见排长接话接得天衣无缝，不由得哈哈大笑。

排长一愣，立即意识到什么，自己也笑了。

刚到北京时，三位师哥吃不惯北方的面食，觉得食堂的馒头又硬又硌，龇牙咧嘴无法下咽。他们都还保持着南方人的饮食习惯。无奈之下，只得每餐就开水，一口馒头一口水，硬着头皮咽下去。

大白菜、土豆、萝卜，当年这北京的老三样食材，曾经吃得他们死去活来。一晃几十年下来，别说馒头，就是什么烙饼面条，都是风卷残云，一扫而光。

三位师哥年轻时，都曾被派到国外工作，分别是欧洲、韩国和日本，他们是改革开放后第一批派驻国外的人员。

被派到欧洲的定魁师哥，身高一米八三，人高马大，长相英俊，又是单身。一位在同一单位工作的美女，多次有意无意地过来找他，要么学中文，要么聊天，甚至聊家里的事，还热情地邀请他到自己家做客。

"亲爱的，你长得好英俊！"那位姑娘旁若无人，直视着定魁师哥。

定魁羞红了脸，当即低下头。

"你害羞什么？你真好看！"那姑娘用半生不熟的中国话说道，"我喜欢你！"

中国人内向。师哥听了这话，咽了口唾沫，头更低了。

"你叫什么？"姑娘火辣辣地盯住他问。

"我……叫定魁！"师哥结结巴巴说出自己的名字。

"钉锤？"姑娘嫣然一笑，"这个名字好！有力气！"

她大大方方伸过手来："亲爱的钉锤，你好！"

"啥？"师哥蒙了，"啥钉锤？"

"我喜欢你，亲爱的钉锤！"

师哥这下不干了,他抬起头来:"我不叫钉锤,我叫定魁!"

两个人的目光碰在一起,他们的手也轻轻握在一起。

那时驻外人员有严格的纪律,其中一条就是:严禁在国外谈恋爱!无奈,一段原本美好的异国恋,还没开始就结束了。

那时中国改革开放不久,被派到国外时,三位师哥感触极深。

海哥被派驻到韩国汉城(现今首尔),中韩尚未建交,两国之间的来往都是通过天津直航。亚洲"四小龙"之一的韩国,处处是热火朝天的景象。

韩国人热情似火,和海哥相处得十分愉快!不过,有些韩国人喜欢喝完酒就侃大山,有时说得云山雾罩。记得有一次,他们带海哥去韩国的景福宫参观,郑重其事地告诉他,这是韩国的"故宫",比中国的故宫还要大很多(因为他们没来过中国)。见多识广的海哥一愣,可当他看到说这话的韩国人发自肺腑,也就微微一笑。

后来,这几位韩国人有机会来北京,海哥特地安排他们参观故宫。当晚设宴,海哥问起他们对故宫的印象,他们沮丧地垂头小声说,韩国的"故宫"还不如中国故宫的一个角落大。

彪哥当时得到一家日本企业资助,在东京求学深造。

那时的日本,经济如日中天。在"二战"废墟上重新站起来的日本,奇迹般恢复了所有的战争创伤,迅速实现了资本主义现代化,成为与美国齐头并进的经济大国,经济增长率远高于世界上其他发达国家。

90 年代初,日本企业的 QC 管理风靡世界。日本人民也极端自律,深夜即使一个人走在街头,也严格遵守红灯停、绿灯走的交通规则,这些都给年轻的彪哥留下深刻的印象。

那时的中国,人均月工资 100 多元,而同期日本人均收入折成汇率后则为 1 万元。日本人消费了全球 70% 的奢侈品。每一个节日都成了狂欢购物的好时机,动辄上万的消费比比皆是。东京深夜的马路上,全是喝得醉醺醺的男人和女人。

大学毕业生面试时，可以收到几百到几千块不等的红包。少数人天天周旋于各家公司的面试场，一个月的面试收入高达好几万。有一部纪录片叫 *Good Night, Tokyo*，真实地记录了当时日本纸醉金迷、灯红酒绿的繁华生活。

冲击！冲击！这就是彪哥在日本留学时的最强感受。

90年代初期，驻外有一个好处，就是购买电器方便。

那位定魁师哥，在北京城只有居委会才有12寸黑白电视时，买了二十几寸的大彩电，然后辗转托运回福建龙岩老家。电视机摆出的当天，轰动了整个乡村。村民们纷纷从家里跑出来，到他家去看"电影"。

大家来到定魁家，都傻了眼：他家有不少从国外买回来的电器。

村民们排着队，从厨房开始，一间房一间房地参观他家里的电器摆件，看得大眼瞪小眼：冰箱、彩电、洗衣机、电风扇、照相机、吹风机，这些现在最平常不过的物件，在当时都是稀罕物，因为乡下从来没人见过。

"你家出了大地主啊！"村主任感慨地对定魁的父亲说，又表情复杂地看看院里正在播放节目的彩色电视机，"你儿定魁有出息啊，竟然买了个能把世界装进去的玩意儿！"

村主任把彩电包装的纸盒子拿回家，把那上面的电视机图形剪下，摆在自家屋里，然后天天教育后代子孙，要好好学习，争取上厦大读书，也到国外去给家族挣台彩色电视机回来，光宗耀祖。

过几天，乡长和乡里的领导们特意跑到他家："听说你家有个电器博物馆，咱们也过来看看！"

一群乡政府的干部围着那台二十几寸的彩电，爱不释手，啧啧称羡。乡长转圈儿看了半天，拍拍腿，对自己也是对周围的人说："中国人啥时候家家都用上这个，咱们就进入共产主义社会了！"

对于驻日本的彪哥来说，买电器更是方便。

他买了一堆电器，就放在北京的宿舍。从墙壁到客厅，再从客厅到厨房，只要是来的人，看了这些当时世面上见不到的电器，没有不傻眼的。

那时北京流行三大件——录音机、自行车和手表，很少有人见过冰箱、洗衣机和彩电，冰箱、洗衣机和彩电，是碾压一切的绝对实力。

登门为他介绍对象的络绎不绝。

春节快到了，当地派出所特地把彪哥找去："您家财万贯，家里都是值钱东西。一到过节，我们得专门到您的宿舍楼多溜达几趟。干脆您装扇防盗门吧，千万别让贼偷了去。再说，这么多贵重东西，谁赔得起啊！"

彪哥笑着说："这些电器在国外很普遍、很普通。"

派出所警察们都不信："这里就您一个人实现了共产主义，您就别再说我们没见过的了。这台大彩电在国外很普通？不可能！"

彪哥也犯了难："要不我春节回福建探亲前，把彩电先放派出所，你们大家先看，等我回京再搬回去？"

话音刚落，派出所里一片欢呼，笑语不断。

所长热情地握住师哥的手："要说我们不该这么做，可您的彩电太贵重，放在我们这里更安全，贼连惦记的心都没了，谁敢到派出所偷东西啊？"

他回头对大家说："咱们也过几天共产主义的好日子！"

海哥也是这样，新婚那天，宾客盈门，大家出来进去的都直了眼。

"哟！这是冰箱吧？怎么两扇门儿啊？"

"嗬！洗衣机！你家太太有福啊，洗衣服不用手！"

"这啥？是录音机还是啥？咋这么漂亮？"

"这是音响。"

人人把羡慕的目光转向他："海哥，您真行！不言不语，家里有这么多值钱的电器！"

三位师哥的买房故事，也集中反映了中国房地产几十年的变迁。

定魁师哥，早在上世纪 90 年代就开始购置房产。他听人说北京西客站将要修建开通，于是特意跑到那里，花 8 万元买了一套房。

我们那代人考大学，根本就没有家教和补习中心，那时也没学区房的概念。不过，"要想富先铺路"的说法深入人心。定魁每次从福建坐火车来北京，想着西客站建成后，将是全国和亚洲最大的火车站，到时一定人潮汹涌，房价也错不了。他还特地跑去电话局，花了五六千元，专门申请了一部电话，摆放在客厅，方便租户使用。

谁知西客站修好后，他的房子一直租不出去。那时外地人来北京，还需要居住证明，房子即使租出去了，房东也要对租户的很多行为负责。

后来好不容易有租客了，定魁师哥三天两头要往西客站附近的房子跑，一会儿去派出所，一会儿去街道登记，不停地为租户做证明，还要每个月跑去交水电费，一排队就是几小时。最要命的是，有位租户最后欠下 1 万多元长途电话费，没交就跑了！

为了让原租户到电话局交费，定魁师哥不知费了多少心、跑了多少路。那时家庭没有汽车，他骑坏了几辆自行车，总算追交成功，后来一怒之下，索性把房子转手卖了。买房花了 8 万元，卖掉后到手的现金还是 8 万元，算是没赔没赚。几年后，房价开始"噌噌"上涨。定魁师哥当年买的房，如今已经是天价了。

都说早起的鸟儿有食吃，可定魁师哥实在是太早，只能叫"先行者"了。

海哥也有意思，从国外回来后，一直住单位分的房子，从没想过买房。

这天领了年终奖回家，心里痛快。坐公交车路过长安街，偶尔看到街上的广告，心里忽地一动：这房价定的，怎么和自己的年终奖金一样，不多不少，正好 10 万元！正好当天没事儿，干脆下车散散心。

他信步来到售楼处，想想自己多一套房子也不错，于是凑热闹买了一套——只当是自己今年没发奖金。

房子买好后，就丢在那儿，再没往心里去。

没两年，北京的房价开始飙升。当时 10 万元投资的房产，如今市值已经超过 500 万元！对于普通工薪阶层来说，500 万元要是靠工资，得攒多少年、攒几辈子啊！除非是遇到难得的地产红利。

海哥呀海哥，大海里捞针，真让你给捞着啦！不早不晚，偏偏是那时候买房！偏偏是在寸土寸金的北京！

海哥，你咋这么先知先觉呢？不愧是当年驻外的高才生！

还有彪哥，他的传奇可不能落下。

彪哥后来做到副总经理的位置。由于也是单位福利分房，一直没有再买房的念头。

那时单位效益好，年终奖金不少，攒来攒去，也有几十万元了。

按照当时的物价，彪哥觉得自己就算是不上班，这一辈子也够花的了。

这天，他陪领导去看城南的联排别墅，领导让他也买一套，售楼小姐也过来凑热闹。彪哥心想，我家里有房，还买房干吗？再说自己是南方人，将来退休后说不定回南方去住。

可他又不好意思直接拒绝，于是就看着领导家的别墅，坐在那里对售楼小姐信口开河挑毛病："你们的房子没有这样那样的吧？"

闭着眼睛，见多识广的彪哥提了一大堆条件，什么向南的阳光房、日照充足的大阳台、向南向北的双重小院、外飘窗、楼顶天台等一堆条件，目的是吓跑售楼小姐。他不停地提，售楼小姐不停地记，完了以后冲他鞠个躬，然后一溜烟跑了。

彪哥高兴，总算把售楼小姐吓跑了。没想到过了一会儿，勤奋的售楼小姐回来了。

她还真在小区里找到这样一套房子，又含笑把目瞪口呆的彪哥领到那个优质房源。这下，彪哥把自己逼到角落，说出去的话也不好收回来了。

家里有积蓄，又东拼西凑了几十万元，最后花 100 多万元买下了这套别墅。

现在，彪哥的这套别墅，已经涨了十几倍。人人都夸彪哥眼力好！

定魁、海哥、彪哥如今坐在一起，提起当年往事，都是微微一笑。

说来有意思，当年82级外贸班男生，一共两间宿舍，一间住的都是性格外向的学生，另一间则相对比较内向。外向型的这间宿舍，一到晚上欢声笑语，争辩不断，另一间宿舍却静悄悄没什么声音。

他们毕业后的命运也完全不同。性格外向的学生分配在北京的居多，工作单位基本都从一而终，轨迹简单；另一间沉默宿舍的人基本都跳出原单位，选择自我创业。

那些创业者中，有一位名叫萧恩明。2006年，厦大85周年校庆之际，他捐资380万美元，在芙蓉湖畔建起了恩明楼，作为厦门大学科学艺术中心。

师哥们赶上了最好的时代。他们奋斗过、拼搏过，伴随着共和国几十年的发展不断成长，直到自己变老的这一天。

他们见证并书写了中国改革开放的辉煌历史。

那就是艾林,

最后一个离开图书馆的大眼睛姑娘!

刘艾林

  几位导演最近和我联系,建议把《那年,海风吹过厦大》拍成电视连续剧,从而把我们所经历的那个时代展现出来。

  那是一个什么样的时代?

  滚滚的历史洪流,正好是中国由穷变富、民族奋进的时代!每个人的点滴,最终汇成时代大潮。

  《火山也温柔》和《梅花香自苦寒来》发出后,当晚的点击量迅速攀升到2000,就连当年的物理系足球队群、澳大利亚移民群也都进行了转发。

  大家喜欢开篇的白话版本,更羡慕蔡茹虹、张静、苏文等人的姐妹情谊以及傅红梅坚强不屈的奋斗经历。

  定居休斯敦的化学系86级赵晖说,读完本文,"老泪差点儿落下"。

  有位女生钦佩茹虹仗义直率的真性情,说大学时要能与茹虹同宿舍就好了!她也喜爱"山口百惠"无瑕飞羽的肝胆相照,并写道:"就冲苏文从外地打飞的、手把手教张静给新生儿洗澡,我就觉得这个人值得交!"

  茹虹父母对女儿同学的慈爱关心,也深深感动了很多校友。

而定居南美的陈革非同学，生性乐观，豪爽通达，诙谐幽默。他的留言特别有趣："原来阴盛阳衰由来已久。元帅出生于衣锦之家，混迹江湖行侠仗义，文进武出，双料文凭……文中提及的女主都不简单！"这句话后面，是洪钟大吕般的大赞：三个"当当当"！

而蔡茹虹评价傅红梅时说："传奇的人生经历，忠贞的爱情故事！"

企管85级福州的琳芳看到红梅恋，由衷地赞美："才子配佳人！"

Matin同学一边看傅红梅的坎坷传奇，一边着急上火。他特地留言："文章到最后才说傅红梅和心上人重逢，真让人着急啊！"他被傅红梅的忠贞感动，看到有情人终成眷属，他发自内心地祝福："真为他们开心！"

傅红梅回忆，男友消失的那个清晨，她独自一人坐在食堂，边吃早餐边落泪，引来周围无数诧异的目光。不知那一天，她是怎么熬过来的。

居住在美国伊利诺伊州的郑卫对我说，他1989年毕业后，曾在南光七见过傅红梅。他至今清晰地记得，傅红梅始终对男友不离不弃，她娇小的身体透着坚强和不屈！郑卫感慨，没想到红梅毕业后，还经历过那么一段走投无路的困境，他说他打心底里钦佩红梅！

深圳的叶子说："红梅的那段艰辛，我竟是在这篇文章中才了解！作为同班同学，惭愧！"

梅花香自苦寒来！

最让我感动的，是红梅的母亲看到了这篇随笔。时隔30多年，她第一次知道女儿当年竟遭遇过如此艰难的困境，红梅从未和家人说过自己毕业后的挫折。八旬老人老眼昏花，一笔一画录下85级陈兴标的一段感言："南方之强，风景如画；一时多少豪杰，看我八五天骄！"

而随笔《周耕烟》的周末点击量更是达到3600，所有读到这篇文章的厦大校友，都为周耕烟同学默默祈福，希望他能够战胜病魔！

耕烟的好友陈伟强评论道："厦大85级成长的那个时代，甜酸苦辣齐全。我们贫穷过、我们拼搏奋斗过、我们幸福过——耕烟同学的励志故事就是我们85级的人生缩影！"

德高望重的南雁兄总结：85微信大群，每个周末都有红包雨。而本群出现过三次红包雨的自动停发：第一次是群里同学哀悼阿牧母亲去世，第二次是九一八事变纪念日，第三次就是500人的微信大群为周耕烟同学接龙祈福！

他由衷地感慨："85微信群体现了厦大人的温情、友爱和道德高度！"

86级泉州涂憙师弟说："难得随笔有这么多厦大校友感人的回忆。"他觉得自己周五晚上阅读随笔，犹如享用丰盛的晚餐，让人回味无穷！

中文80级冯连胜师哥留言："随笔每周一读，像当年校园的每周一歌。"

丰盛的晚餐和余音绕梁的每周一歌，好啊！——就让往昔岁月在笔下重新唤醒，让当年校园的每周一歌继续回响，让那年的海风继续吹拂……

话说30多年前的企管系，有的哥们儿虽没勤工俭学，不过阴错阳差，勤工俭学还是拐弯抹角碰到了他。

1986年五一假期，猛男隋建人一拍脑袋，决定随上海同学钱江到魔都逛逛。游城隍庙观外滩，吃阳春面嚼烧卖，走马观花不亦乐乎，回厦门时麻烦来了。

买票时才意识到，这几天玩儿得开心，钱包就剩下区区3元，回厦门的车票钱不够了。

开学在即，时间紧迫。无奈之下，花5角钱买了张站台票蹭上火车。

也不知隋建人二人这一路是怎么熬过来的，反正有座儿就坐会儿，没座位就挤着站着，看见列车员就赶紧躲进厕所。他想得挺好：若是遇到查票的，就说自己刚上车。补票，3块钱差不多吧？反正……那什么，就3块钱了！

幸运的是，一路上没遇到查票的。不过，三番五次躲进狭窄污浊的列车厕所，隋建人被熏得眼泪直流，走起路来直打晃儿。

离厦门越近，他心里越打鼓。厦门是终点站，没票怎么出站呢？

他茫然地望向窗外，突然发现，火车正减速在漳州站停靠，漳州之后是集美，集美之后到厦门！心慌意乱之际，一眼瞥见漳州车站围墙有个豁口，四周空无一人。隋建人灵机一动，拉住同样钱包空空的钱江匆匆下车，然后从豁口猛地蹿了出去。

一摸口袋，除去路上吃喝，两人还剩5毛。

听说不远处就是漳州女排训练基地，隋建人豪气顿生，没准儿能碰见郎平？对！找女排姑娘去！

当年企管系85级七个锃光瓦亮的秃瓢儿，让女生们误以为是僧侣驻厦大办事处，弄得七个秃子眼巴巴眺望石井楼，望洋兴叹；不过这回，兴许能和国家女排结成友好宿舍呢！那不就成了厦大第一友好宿舍啦！两个人昂首阔步，大步流星走向国家女排训练基地。

基地里空空荡荡。转悠一圈儿出来，没见到排球女将。隋建人发了愁："到这地步，干脆走回厦门吧！"

两个小伙子咬牙切齿正要开步走，忽听路边拐角有人长叹："稳龟（驼背）顶石板（力不从心）！"

闻声扭头，只见一位瘦弱的漳州司机正费力地将一袋沙石往货车上搬。怎奈太瘦弱，怎么也扛不上去。

围观的人直起哄。

老板笑道："你要能把这40袋沙石搬上车送去厦门，我给你100元运费！"

隋建人本来就爱打抱不平，一听要去厦门，兴许能搭个便车，急忙奔过去。他身强体壮，众目睽睽之下，愣是把几十袋沙石扛到了车上。

围观的人傻了眼，这是哪里来的大力神？

司机接过老板递过的100元，乐得一蹦三尺高。

此时，想搭便车的隋建人，在众人簇拥之下，如同铁塔立于中间。

但见他：

身材凛凛，相貌堂堂。一双大眼放金光，两道弯眉浑似苍！胸脯起伏，肩扛重物共逾千斤；仗义豪爽，齐鲁大汉武松二郎。兜里五毛，想回厦门心发慌；手指六合，宛如狮子要称王。真是山东太岁神，飞沙走石第一人！

货车开了几小时，直接停在厦大门口。

司机望望庄严的学府大门，又看看身边端坐的书生钱江和彪形大汉隋建人，心里直纳闷。隋建人得意扬扬，亮出学生证来。

司机这才知道，扛沙石的大汉原来是天之骄子。赶忙道歉，说自己还以为他是北方民工，路上也有点儿担心他是杀人越货的逃犯。说着真诚地拿出50元钱，算是酬劳。建人侠肝义胆，哪里会要这钱。

告别时，货车司机羡慕地看着建人："棺材里放贡枪（惊死人）！你身体堪比天驴（本来想说天炉）！"

建人一愣，这是怎么说话儿呢！

口音极重的司机不大会夸人，只是竖起大拇哥夸赞个不停。

隋建人悻悻然，可司机还不知自己说错了啥："你上辈子，肯定是威风凛凛的天驴（天炉）！"

钱江见隋建人越听越不爽，轻轻在司机耳边说："再多说一句，踢你！"

司机急忙闭嘴，看着猛男远去的背影，拼命用汉语拼音纠正自己的发音："L—ü—驴……不！L—u—炉！天——炉！"

饿得头昏眼花的隋天炉直奔圆形餐厅，当晚一口气吃掉3斤米饭。

和他通话，他谦虚地说："瞎编！我哪儿是勤工俭学呀？"

后来和阿雁说起此事，阿雁大笑："人家货车司机说得不错！他上辈子肯定是神呗。啥神不敢说，反正就是天炉！你看我这个广东人发音准吧？L—u—炉！"

说到这儿，他在电话那头儿自言自语："不对呀，不是炉吧？a、o、e、i、u、

ü、b、p、m、f、d、t、n、l……"

我笑得前仰后合:"诸尊菩萨摩诃萨,摩诃般若波罗密!"

南雁博学,拼命摇头:"更不对啦,这是《西游记》的结尾诗啊。汉语拼音是a、o、e、i、u、ü!"厦大毕业生,知识没有不渊博的!

闲来无事,我替隋建人查了查星座。

仙女?"隋仙女"显然不合适,就算被火车厕所那么重的口味熏过,出来照样精神抖擞,从未弱不禁风。孔雀?"隋孔雀"又有些怪异,大老爷们儿哪有叫孔雀的?给人一种诡异感。干脆,上应狮子星座!

正是:

若在战国为大将,威风凛凛隋门神。狮子星座天炉星,厦大硬汉第一人!

狮子座天炉星——这就是企管85级开怀大度、豪气冲天的齐鲁大汉隋建人!怪不得,后来迎面撞火车,蒸汽机头都瘪进一大块,建人安然无恙!

天炉星侠肝义胆,是厦大男生的刚猛写照;而南方之强的女生们,则充满废寝忘食的青春励志传奇。

刘艾林,就是当年囊萤映雪、勤学苦读的厦大女生之一。

我第一次见到艾林,不是在她的实验室,而是在一个阴雨天的火锅店。

初秋的北京,下起蒙蒙细雨。这时,有人轻轻敲门。

拉开餐厅房门,我看到一位气质文雅、皮肤白净的女士。

她身穿天青色外衣,在阴郁的天气里,像是蓦地带进一片晴朗明亮的天空。她客气地叫声"师兄",轻轻摘下口罩,静静地洗了手,然后端庄入座。

艾林得知我的眼睛做过几次手术,喉咙也不好,特意带了一些药品,仔细放在桌上,让我异常感动。

那天聊起出书的事儿，她平静地安慰我道："厦大藏龙卧虎，我们都愿尽力！"

这就是刘艾林，我们厦大 85 级的科学家，诚恳、厚道、乐于助人。

当年学霸们报考全国重点厦大，是因为成绩优异，而刘艾林考入厦大，却是因为两次疾病：一次肺炎，一次气管炎。

因病考学，没听说过吧？

高二那年的冬天，在山东济宁金乡一中（以前叫王杰中学）读书的刘艾林得了感冒。

她从小身体健康，没把小小的头疼脑热放在心上，只买些川贝糖浆服用。谁知过了两星期，咳嗽不见好转，每日早起后背都是湿的，身体极度不适，这才匆忙赶往县医院。

因感冒没及时治疗，她的病转成肺炎。医生检查之后告诉她"必须住院"。

艾林那时年纪小，顿时吓蒙了。她含泪看着医生："我要回家读书，还要孝敬爹妈，我不住院。"

医生没注意面前小姑娘的神色变化，低头给她开了一周的青霉素、链霉素针剂和当时最好的消炎药："肺炎是传染病，不住院也要回家单独居住，不能上学。"

打针吃药一周后，她的身体恢复正常，便匆匆返校。

高三冬天，艾林再次感冒，并转为气管炎。疾病对于身体的折磨，让年纪不大的她，开始静静思考自己的未来。

由于就读的金乡一中没有暖气，艾林误以为北方的大学冬季也没有暖气，她觉得自己应该到四季如春的南方去。

就这样，高考填报第一志愿时，她毫不犹豫选了"南方之强"——厦门大学。

优异的成绩，让她顺利进入厦大。

不过，在拿到入学通知书短暂的欣喜之后，她没料到：南下求学的路程，竟是如此遥远艰辛！

那时交通落后，济宁的孩子去厦门读书，要换乘两次长途汽车，还有两次火车。最苦的是火车换乘。

从山东出发，中间在南京或上海转车。去厦门的火车两天才发一趟，有时转车，要在候车室等大半天。如果没计算好时间，就要在候车室的硬座上苦熬一两天。

绿皮火车的艰辛、硬座夜晚的煎熬，很多同学刻骨铭心。

到厦门后，刘艾林惊喜地发现：这是一个气候宜人的旅游胜地。琳琅的美食、如画的风景，让她觉得，厦门就是自己的诗和远方。

厦大的四年生活，不仅让她学到知识，也让她的身体恢复如初。

大学时代的刘艾林

大学时代起，她就和我们文科生不同，像两个平行世界。

理科特别是化学系，课多：理论课＋实验课。白天上课做实验，晚上做作业或写实验报告；一个学期除了期末考试，还有期中考试，都是闭卷；除了专业课，还有英语学习。每天紧张单调，不像文科生的生活那么丰富多彩。

宿舍，只是她睡觉的地方，而她每天在图书馆或教室学习直到熄灯，常常是最后一个离开。

文科生老乡们觉得不可思议：这小妹怎么整天跟高考似的，为了学习连轴转？

艾林微微一笑。她就是爱学习、爱钻研。

因为从小数学成绩出众，刘艾林当年报考的第一志愿，其实是厦大数学系。谁想到，高考前三天的连续失眠，导致第一天语文、数学发挥失常，没考好（每门100多分都算没考好？）。接下来，她的化学、物理等科目发挥正常，最后被厦大录取，从此与化学结缘。

要是高考第一天的数学成绩发挥正常，中国肯定多了一个陈景润，而少了一位药物研究科学家。

厦大化学系，是当年教育部在全国设立的三个化学教育基地之一，师资力量雄厚。在这样的氛围下，刘艾林度过四年紧张的大学生活，后来又攻读了硕士和博士学位。

回顾自己的学术成长经历，逻辑思维严谨的艾林概括：自己的人生轨迹，仿佛北斗七星，也算是七个转折点——上大学（厦门大学）、第一次分配工作（山东）、读研（南开大学）、第二次分配工作（北京）、单位内部调整、读博（澳门大学）、出国访学（普渡大学）。

她感慨，每次转折，要么是千军万马过独木桥的高考，要么是对当时的状态不满，要么是因为工作需要。

她是真正的学霸，是科学道路的真正挑战者。

眼下，疫情肆虐蔓延，刘艾林博士正在抗击疫情第一线，加紧抗新冠病毒药物的研究。每天在病毒实验室，从早到晚，她早已习惯了这种忙碌的紧张生活。

艾林说，人生是一个不断充电、不断否定和不断前行的过程，也是不断磨砺、不断觉悟、不断践行的过程。

她珍惜自己本科毕业的厦大，觉得厦大是她的第一个人生转折点。南方之强，成为刘艾林生命的底色，护佑她勇敢前行。

她有时想，假如当初没有高中那两场大病，她的人生将会怎样？

那可能是另一个平行空间的事儿了。不过，能肯定的是，她的成绩会上北大、清华或任何一所名校。

她依旧会是一位科学家。她的学术研究和日常工作，十分繁忙。

我随机看了她一天的日志（她坚持写日志，这些日志也承载了她的主要工作），顿时眼花缭乱：繁重！

一天之中，涉及科研、教育、实验室和党务管理等多项工作，这些工作往往平行运行。作为一线科研人员，其辛苦程度可见一斑。

这期间，刘艾林积极参与了 2003 年的 SARS、2009 年的甲型 H1N1，以及 2020 年突如其来、气势汹汹的新型冠状病毒肺炎疫情防护工作。

抗感染药物的发现和研究是她团队工作的方向之一。她坚守在科研第一线，以期为临床治疗新冠肺炎提供更加有效的治疗方案。义不容辞，她觉得这是她的神圣使命！

忙碌的工作期间，她攻读了澳门大学的博士学位。

由于是非脱产学习，原来承担的各种课题的实施、结题，以及党务、实验、教学、会议等日常工作，都要继续正常进行。

澳门大学是一所国际化综合性公立大学，在澳大攻读博士，最大的特点是所有考试都用英文，所有的管理都很规范。很多内地学员由于第一次考核没过关，往往放弃继续深造。

艾林是个顽强的科学家。她利用所有业余时间恶补英文，认真规划博士论文的题目、研究内容，并开展具体实验研究。

最艰难的时刻，澳大的老师和同学们给予她很多鼓励、建议和帮助，令刘艾林备受感动。

而她的论文，都是利用晚上别人休息时完成的。说来你可能不信，刘艾林攻读博士期间，从没去过大三巴、澳门塔、大炮台、澳门博物馆等名胜古迹和旅游景点。她全身心地投入学术研究，常常工作到凌晨两三点。经过这样连续五年的艰辛努力，刘艾林顺利通过了博士论文答辩。

答辩主持人、副校长马汀斯教授面对如此勤奋刻苦的学生，向她致以尊敬的目光。

天有不测风云，她的父亲因肝硬化住院，因此艾林答辩结束当晚，便与老师同学告别，次日匆匆飞回老家，看望病重的父亲。

父亲在农村算是文化人，读过高小、闯过关东，经常代人写信，邻里有事总是喜欢找他帮忙。他在农业银行做信贷员多年，所以十里八乡的人都认识他。

在刘家，父亲像一棵遮风挡雨的大树。他对家人的照顾无微不至，可唯独没照顾好自己。"子欲养而亲不待"之痛，成为刘艾林一生中最大的遗憾。

科学对于科学家而言，调皮而充满魅力；科学家对于科学而言，也是充满温柔和执着。但柴米油盐酱醋茶的日常生活，却和严谨的科学研究风马牛不相及。

艾林不经意间回顾以往，叹息自己的人生阅历过于简单、过于单纯。想起已经去世的慈父，艾林默默流下泪水。

她爱上了哲学，每周五也着迷于我写的随笔。

她觉得：无论是欢声笑语，还是艰难坎坷，都是那个时代跳跃的音符。不过，她应该没有想到，自己也会成为随笔里的主人公。

有一次，我问她病毒研究所面临的危险时，她谦虚地说，自己似乎忘了曾经发生过的一切：没有"危险"，也没有"印象深刻的故事"，一切都很平常。

她对我说，人生最难的事就是认识自己：我是谁？我从哪里来？我又往哪里去？

艾林感谢大学同学和好友魏岚、迎春、文苑、童纹、益仙、羽群等人，在她人生情感的低谷，她们给予了她关心和温暖。

我对大学时的艾林至今还有印象，作为厦大的学生，应该都在校园里见过她。只不过，不是在舞场，不是在林家鸭庄和南海渔村，也不是在充满油烟气的海边大排档——那时的她，就在图书馆里静静地读书。那个在熄灯时最后一个离开图书馆的大眼睛姑娘！

石韫玉而山晖，
水怀珠而川媚。

朱晖

    1985年到厦大报到后不久，班里组织去南普陀游览。

    回来经过勤业楼，同班阿茹停住脚步，向路边一位高中同学介绍我们。那位穿白裙的女生，站在树下，抬头含笑看了一眼，算是打招呼。

    那时觉得这姑娘的眼睛特别清澈，像清泉。

    依稀记得和土楼游子说，这女生的气质有点儿像阿茹，眼睛长得很好看。一看就是厦大子女：规矩、文静，仿佛出水芙蓉。

    30多年前，她那明亮的眼神曾给我们留下很深的印象。那是一种带着高中生气息的清纯少女之美。那眼神，如碧玉、似明月，仿佛纯粹的云。用词汇来形容，就是清澈见底、澄江如练、水清如镜。

    2020年，我在厦大85微信群加了一位叫"阿珠"的女士。她发来当年厦大的照片，霎时就把我拉回35年前那次路边擦肩而过的邂逅。

    原来，阿珠就是我大学同班同学阿茹的高中同学、外贸系85级朱晖。

    和她聊起那次勤业楼路边的邂逅，她朦朦胧胧还有印象。大家都感慨，岁月流逝太快。

流光容易把人抛，红了樱桃，绿了芭蕉！

有时想想，当年都是孩子，怎么转眼就成了人之父母？

前几天，看到音乐系梁薇妹妹的剧照。

梁薇是台湾艺术研究院副院长、副书记、一级演出监督。作为著名艺术家，她的戏剧扮相楚楚动人、明润妩媚，眉目间凝聚了戏剧与传统文化的精华。

这么可爱的梁妹妹，前些日子发微信：自己10月底要当"婆婆"了！

真为"梁婆婆"高兴，又觉得有点儿恍惚。记得当年的梁薇，曾随音乐系赵老师到晋江金井表演。35年前的女孩儿，如今居然做了婆婆！

王励红前些天发微信，小孙子刚过3岁生日。

样板戏《红灯记》里有句台词："奶奶，您听我说！"对，在广电部门工作的励红，已经做了奶奶。

她的儿子是美国伯克利音乐学院研究生，在西班牙浪漫的地中海城市瓦伦西亚邂逅同校香港女孩，两人毕业后回国创业。

励红的孙子从小随父母在音乐工作室耳濡目染，已经开始显露音乐天分。厦门的广电同行都笑称她为"广电一奶"。对这个称号，励红开始不太习惯。后来一想，自己本来就是50岁荣升祖母大位，于是对这个善意的称呼欣然接受。

梁婆婆、王奶奶——所以，别再问时光都去哪儿啦，时光都随儿女长大，又开始随孙儿辈流淌啦！

长江后浪推前浪，花叶一片飞西一片飞东。

那天和朱晖的通话，也仿佛把三十几年时间一下子翻篇儿到现在。

兴高采烈地聊起渔民电影院，又聊到沙坡尾避风坞。当时那里还有家酱油厂，我的初恋厦门女友宋姑娘，就住在附近。

我人生的第一次接吻，是在沙坡尾酱油厂路边、一根没灯泡的电线杆下。那时想去搂宋姑娘的纤纤细腰，双手却死死抓住她身后粗糙的电线杆儿。

一边儿恨自己双手不争气（同时更恨那根电线杆），一边幻想着电线杆子就是宋姑娘的细腰。

初恋之美，就在懵懂。

初吻那一刻，幽暗、灿烂、温热、清凉、犹豫、断然、战栗、迫切。嘴唇像碰到有温度有湿度的凉粉儿，仿佛一下子轻轻抹了蜜。这么多年过去，颤抖的初吻依然忘不了。

宋姑娘后来去了香港。回头再看当年，原来彼此都是打酱油的！难怪第一次接吻，是在酱油厂旁边！

20多岁谈了几次恋爱，凉粉儿慢慢没了，感觉都是肠粉；30岁是口条，40岁是肥肠；而现在这把年纪，已经由满汉全席变成全素斋了！

扯远了。

朱晖是标准的厦大教工子女，家住敬贤楼。她熟悉厦大的一草一木，说自己有位小学老师，就住东边社。

东边社当时很干净，村民住得宽敞：独立带门的小院，居民在院内种花。一到春季，海风习习，鸟语花香，宛如人间仙境。

朱晖父亲曾被下放，返校工作带着全家，先后住过招待所和西村平房。那段漂泊，让童年的她，非常羡慕东边社居民姹紫嫣红的小院和悠然自得的生活。

朱晖告诉我，芙蓉湖以前是良田，东边社村民都在那里种菜。后来挖土造湖，一部分居民被安排到厦大后勤部门，一部分则被安排到食堂。

我问："既然有东边社，当年是否还有西边社？"

朱晖很认真，特地去问了父亲。老人家说，当年圆形餐厅附近位置真有个西边社，基本是独门独院的小洋房。"后来西边社被推倒重建，盖成今天的勤业楼了。"老人家说。

朱晖回忆，西边社有个爱养花的阿姨，种了很多玫瑰，似乎要和东边社比美争春。

她从小喜欢花，于是和妹妹常去阿姨家玩儿。一边擦桌洗地做勤快的小劳动委员，一边偷偷去看那些鲜花，又教阿姨的女儿学骑脚踏车，这才换来她和妹妹一人一盆盛开的玫瑰。

提起阿姨的女儿学骑车，朱晖至今心有余悸："阿姨的女儿比我们大好多，可偏偏学起骑车来慢条斯理，几天都学不会，费了好大劲。"她感慨，"这两盆玫瑰花，来之不易！"

大学时代的朱晖

大学毕业后，朱晖被分到厦门一家工艺品公司。报到时赶上清理仓库，公司要扔掉一批放了很久的小工艺品。

这么好的东西居然要扔掉，朱晖觉得心疼，便拿去厦大女生宿舍卖。别人是上学时勤工俭学，她是毕业后勤工俭学。

每天，她骑车下班，经过沙坡尾、厦大医院和群贤楼，又一步步登上石井宿舍，然后把小工艺品推销给女大学生们。

10元钱一个的小工艺品，女大学生们抢着买，争相挂在床头、摆上书桌。80年代上学时，10元钱能吃十天半月。

这是朱晖第一次做生意。如果继续工作下去，今天的朱晖，很可能是国企的朱总或朱书记，而不是私企的陶瓷经销商了。

几年下来，她积攒了一批海外客户。此时一家私人公司给她开出万元高薪。他们给她讲人生、讲梦想、讲发展，最后把她说服了。

月薪过万，令人心动。那个时候，公务员大概只有150到300元工资，5元钱够用一天。

她就这么下海了。不过她可没想到，海里是汹涌的浪涛，她会像法国儒勒·凡尔纳长篇小说《八十天环游地球》里的主人公一样，经历无数的冒险、传奇、曲折和艰难险阻，还要想方设法克服各种困难。

跳槽后，她白天晚上都要加班，一天才睡三小时。报到时的小苹果脸，很快变得精瘦。

回忆起这段经历，她笑着说自己年纪轻轻，就被"万恶"的私企节奏折磨得人不人、鬼不鬼。

不过，这么没日没夜拼死拼活，却没啥用。人家看中的，是她手里的海外客户。当所有客户关系和订单交接完成后，她的薪资直线下降。

她不明白为什么。其实那意思明摆着：钱，就这点儿了，爱干不干。

为啥？

能为啥？因为你的客户，都归俺们了。

她心里十分愤怒。

都是比她年纪大不少的人，都有身份地位，怎么可能因为几十份订单就把她的一生给耽误了呢？要知道，自己的第一份工作是国企啊！这些人怎么就不想想别人的一辈子？

就是不想，想不着你。

幸好，她手里还有个台湾的订单。

降薪逼她走的人也没想到，宣布对她大幅降薪的当天，一位台商给她打来电话。绝望之中，老天给她留了一线生机。

既然被逼上梁山，就用这最后一个订单，捍卫自己的尊严！

台湾经销商订的是出口日本的电香料炉，四款加起来20万个。

乍看上去，香料炉的外观设计十分简单，就是一个直筒罐子。但麻烦在于，炉底有个比较特殊的结构，为安装线路配件之用。

台商之所以把这个订单给朱晖，是合作过多次，对她的人品放心。背水一战，朱晖破釜沉舟，毅然接下这份订单。

不过，事情远没有想象的那么简单。

打样时，工厂规规矩矩。样品做出来，台商一看，满意！合同顺利签了下来。

签过合同后，麻烦也接踵而至。

第一个麻烦是，台商要求：这份订单不能在德化县城做，要到偏僻的德化山区去找生产厂家。台商的想法是：县城有几千家陶瓷加工厂，样品很容易被抄袭仿造，因此工厂要选在远离县城的山区。那里山连山、岭接岭，山高路远，交通不便，没了同行间的觊觎；更因为山区厂家接单不易，因此会认真完成任务。

理论上都没错，但是，买的不如卖的精。

按照台商要求，订单发给德化山区一家工厂，但经验丰富的厂主其实就是从县城特意挪到山区的——他专在这里等订单。瓮中捉鳖，老江湖们早就熟悉了台商的套路。

他接单后，凭空赚差价狠狠砍了一刀，然后转包出去。朱晖发现后，这家老板立即甩锅，叫她直接和下家联系，自己撂挑子不管了。

初出茅庐，半路杀出程咬金。光天化日之下，一大半利润就这么被截和儿了。

接包的工厂更不叫人省心。因为量大，所以这家很少开张的企业绞尽脑汁，开始偷工减料。从哪儿偷减？陶瓷用土、燃料上都能省钱。

陶瓷土的价格不同。如果选用黏性差的土，价格便宜，但会影响成品质量；烧窑温度达不到火候，工厂也可以省燃料费，但产品会半生不熟；工人赶工导致操作速度过快，也是大忌。

订购这批货物的几个日本技术员赶到，他们在县城买了凉席和枕头，就住在山区的车间，亲自监督产品流程。朱晖也住在工厂附近一家简陋的招待所，每时每刻监督着从选土到烧窑的整个生产过程。

装配时出了问题：一个好端端的香料炉，外表看一点儿毛病没有，可经验丰富的日本技术员举过头顶一看，底部竟然有裂纹。返工！

好不容易解决了这些问题，包装盒又出了麻烦。台商提供了样稿，让朱晖赶快去德化县城制版。

一家制版公司的厂主信誓旦旦，拍着胸脯说自己绝对能安排好一切。他这么说，是对自己有把握。不就是制版吗？县城里便宜的制版公司和彩印厂，满大街都是，和苦菜汤、大肠羹、猪血汤一样多。30多年前，客人提供的都是纸质资料，对稿、对文字，印刷出来的颜色需要对色，还要打样寄给客人确认，非常麻烦，也很花费时间。

等到出货才发现，包装盒的制版质量跟日本原件相比，天壤之别，根本达不到要求。

厂主暗暗吃惊，但又不说出来。这种事儿他经历多了，也有自己的如意算盘——反正交货日期越来越近，拖到最后，你不得不用这些次品，总不能让香料炉光着身子出国吧？

细心的朱晖去了制版公司，立即发觉不对。老板却玩儿起了失踪，即使见面也装糊涂，最后索性翻脸。朱晖欲哭无泪。

又费了无数周折，好说歹说，才把样本带回厦门，重新赶制包装盒的制版。这一耽误，又是几天工夫。

顶着台风和大雨，坐长途汽车返回厦门，偏偏赶上制版公司附近修路。此时，台风倒是停了，可一大堆被刮倒的树木横在路面，火热的骄阳照在头顶。

推土机轰鸣着，把狭长的地面挖得东凸西凹；挖掘机则在乱七八糟的路面上横冲直撞，长长的挖掘臂在半空中不停地挥舞。朱晖奔走在坑坑洼洼、充满泥泞的道路上，几次差点儿被挖掘机长臂砸到，又几乎被晒晕。

麻烦事一波接一波。

贴香料炉的花纸有玫瑰花、草莓、苹果和樱桃四款图案。除了玫瑰花和草莓，樱桃和苹果的图案，在厦门本地挖地三尺也找不到。

热心的台商对朱晖说："听说潮州的花纸厂有这两个图案，你去找找看。"她并不知道潮州哪里有这样的厂家，心急火燎之下，当即买了长途车票，赶往潮州。

下车后在长途车站找个三轮车，开始大街小巷寻找花纸厂。

潮州的市面熙熙攘攘，小吃十里飘香。车水马龙的街边，是清末民初的旧骑楼，石柱上长满斑驳的青苔，飘香的饮食店传出悠扬婉转的潮剧，茶楼老人摇着蒲扇，时间仿佛被定格。喷香的狮头鹅、酸辣的腌蟹、令人垂涎欲滴的糕粿，数不清的潮汕美食，就散落在骑楼街巷两旁的烟火中。

朱晖可没时间品尝这些美食。她坐在简陋的三轮车上，颠簸着一路经过江畔栈道、绕过湘子桥末端的牌坊路。找了一路，急了一路，也失望了一路。

三轮车"咯噔咯噔"地走过高高低低的青石板街，终于，在小巷深处，她看到一家花纸厂。

"这里可能有樱桃和苹果！"朱晖欣喜万分，急忙叫师傅停车。

等老板把水果花纸拿出来一看，樱桃苹果的图案只是类似。

火急火燎跑去打长途电话，日本客户要求必须和原图一模一样。无奈之下，她回到花纸厂央求老板，可否设计一版同款花纸？老板眯起眼仔细端详朱晖手里的日本稿样："没问题！但这玩意儿费事，你要给我30万朵以上的订单！"

朱晖傻眼了：订单一共才20万，四款每种5万，别说单款，就是总数也不够30万啊！

纸厂老板看朱晖人老实，便实实在在地告诉她，江西某地有这样的花纸。朱晖听闻，当即决定连夜回厦门，再去江西！

这时天色已晚，最后一班长途车早已开走。

三轮车师傅在路边有滋有味地吃着芋头糕和咸水粿，见朱晖奔波一天都没吃饭，便说："姑娘，你够挂（整个下午）都没吃东西，难道不饿？"

朱晖摇摇头，心急如焚要连夜赶回厦门。

三轮车师傅佩服这个小姑娘的不屈不挠："长途车错过了，不过没关系，我带你到韩江桥那里，看能不能碰到广东去福建的客车！"

他豪爽地说:"正好带你去看看潮州的桥。我们潮州有句老话:到潮不到桥,枉自走一遭!"

潮州城没有金碧辉煌的宫殿,也没有独具匠心的精巧园林,却有历经风雨洗刷、连接闽粤的大桥。

天空下起蒙蒙细雨。孤零零一人站在深夜冷飕飕的桥头,朱晖忽然感到,自己这些天就像桥面上的青石板一样,经历着狂风暴雨的不停洗刷。看着面前慢慢沉寂在黑夜里的古城,她恍惚觉得,自己原本平静的生活,就这么一下子像被刀切过一样,跨过大学灿烂的青春长廊,直接来到一个陌生的沙场!

一辆辆汽车呼啸而过。细雨转为瓢泼大雨。雨水从桥头、屋檐、树叶纷纷落下,先是如断线的水珠,接着化作倾泻的水柱。

朱晖站在路边,拼命挥手拦车。谢天谢地,总算拦到一辆去福建泉州的大巴。不过,这车不经过厦门。

司机看着雨夜中孤独无助的朱晖,顿生恻隐之心,说可以把她捎到厦门郊区的同安收费站,但接下来,她要自己想办法回厦门岛。

她全身发冷,又饿又累,觉得能回福建就好,到了福建,就离有樱桃和苹果花纸的江西更近一步!

上车后,车厢里有几个大汉,在后面座位不停地大呼小叫,玩牌赌钱。好心的司机关心她的安全,让她坐在身后不远的座位上。

连轴转了几天,朱晖上车就睡着了。她做了个梦,梦见20万只漂亮的电香料炉漫天飞舞,最后化成一道彩虹,飞往日本。她高兴极了,静静地看着彩虹……她舒了一口气,刚要开口说话,就听耳边一阵雷电轰鸣。她打个寒战,心想:怎么霹雳闪电这么大声?

迷迷糊糊睁开眼,发现车子已停在厦门郊区的同安收费站,司机站在过道,正大声喊她。

她在收费站又等了很久,终于等来一辆去厦门的货车。可到了厦门,货车司机把她撂在东渡码头的路边就扬长而去。

码头空无一人,她忽然感到一阵害怕。没办法,她只能咬着牙,一步一步走回家。

从坐长途汽车去潮州,再到清晨回到家,这一天一夜,她用两条腿走了近百公里!不管怎样,问题就要解决了,美美地睡一觉再说。

可事实上,烦心事哪儿有个完呢?

从江西回来,她坐长途车到德化山区的工厂催货,却突然发现:她在的时候,工厂赶她的货;她不在的这几天,工厂赶别人的货。

离合同规定的日期越来越近,几乎没有多少时间了。朱晖找到厂主理论:"你们怎么能这样?我们的货这么急,你并没有全力以赴赶货!"

对她来说,赶工刻不容缓,时间就是生命!合同如果延期一天,就意味着自己从此坠入不可想象的深渊!

工厂老板人不错,看到年轻的朱晖落泪,他也挺不好意思,答应全力赶工。

那些天,朱晖每天黎明即到车间,深夜才返回招待所。最后几天,几乎都是通宵达旦。

又过了几天,所有产品基本烧好出窑了。

她满心欢喜,端起泡面刚要吃饭,忽见厂房里的工人们分成了两帮,各站一方,彼此虎视眈眈。她觉得奇怪,放下碗筷正要去问,就听到声嘶力竭的几声呐喊,工人们手持木棒、铁棍,凶猛地冲向对方!

原来工厂有两批工人,一批福建本地人,另一批是江西人。闽赣工人之间有隔阂,双方约好晚饭后用木棒铁棍解决。那些刚烧好的香料炉陶瓷制品,就摆放在两旁的柜子上。

朱晖急了,她忘了害怕,几步冲到他们中间,厉声呵斥大家住手。两帮怒火满腔的人离得只有半米距离,中间隔着一个弱女子。

"你们应该赚钱养家,把钱寄给家乡父母老婆孩子,而不是打架打到头破血流！"

她奋不顾身，说得慷慨激昂。而工人们群情激奋，几次冲向对方。

朱晖被裹在人流中，拼命拉住领头的两位，大声劝道："一年才回家一次，要是打架受伤，到时家都回不去！再说家里人会不会伤心？"

"大家都是工友，还分什么福建江西！"劝到后来，她自己泣不成声了。

人心都是肉长的。一帮大老爷们儿被她说得心服口服，平息了怒火，各自回到工作岗位。

直到半夜，朱晖看着全部产品打包，才筋疲力尽地离开工厂。

从厂房到招待所，路上有一大片树林。

天气热得像蒸笼，一群光着膀子的福建工人，点了一盏汽灯，在树林缝隙间打牌；还有一群江西农民工，躺在草地上大声聊天儿；几个细心的福建工人蹲在树下，借着月光，用树枝在地面划来划去给自己算账。另一边，则是一群江西工人站成一圈儿，看人下棋。避免了一场流血冲突，闽赣工人们此刻都在享受单调而和平的宁静。他们看见朱晖路过，热情地向她打招呼。

远处，一对夫妇摆了个小摊儿，正满头大汗吆喝着卖面。面汤两毛，里面放些葱花和几粒碎香菜，面条一块五。喝汤的多，买面的少。从不叫苦叫累的农民工们，收入微薄，哪敢随心所欲花钱呢？

朱晖加快了脚步。

……

经历了提心吊胆和没日没夜的拼命，产品终于被按时送上去名古屋的货船，朱晖长长地出了一口气。从此，她走上陶瓷代理商之路。

为扩大市场，她开始去广交会。一个人拎着六七个行李箱，里面装满陶瓷样品，坐着长途车，一次次风尘仆仆地往返于厦门和广州之间。

凭着流利的外语和大学学到的外贸知识，她通常都能拿到不错的订单。

不过，广交会给朱晖留下最深印象的，是一位德化妇女。

那位乡下中年妇女是个大龅牙，一笑就露出红红的牙床，土里土气，不会写自己的名字，连一句普通话都不会讲，更不用说英语。

中年农妇满口德化方言，也交不起广交会摊位费，吃力地挎着两个装满陶瓷样品的竹篮，见到巡逻的保安就躲进女厕所。后来，女厕所成了她的展厅。

她把装满陶瓷样品的竹篮放在厕所地上，拼命用手比画，也不知究竟是怎么和外商交流的，最后外商们纷纷去女厕所看货，把女厕所挤得人满为患。几个男保安站在女厕所不远处，怒不可遏。

被保安轰出展厅后，似乎从来不吃不喝的德化妇女，又挎着竹篮到餐厅、停车场和外商住的宾馆。到后来，也不知怎么弄的，就连保安都帮她拉上了生意。广交会上，她的陶瓷海外订单最多。

再以后，她积累了万贯家财。参加德化当地的标会，一次标的2000万，她毫不犹豫地甩出钱来。熟悉她的人都说，这只是她个人财富的冰山一角、九牛一毛。

朱晖一辈子都忘不了这位勤奋、天才的德化妇女。她不用英语不用嘴，却用不停比画的双手和两个竹篮，在广交会的女厕所打开了庞大的海外市场。

其实，在第一批做海外贸易的德化陶瓷企业家里，有不少和那位妇女一样，连自己的名字都不会写，但在改革开放的大潮中赢得了先机，完成了原始资本积累。

回首往事，朱晖不禁长叹。她感慨，最初的德化陶瓷商非常勤奋，却只是为家族赚取财富，而没有把企业做成跨国企业；即便父母是陶瓷厂的贴花工人，也要拼命赚钱，把来之不易积攒的钱财留给儿女。

一整代人吃苦耐劳的打拼，只是为了摆脱贫穷，后来是为了聚财，却没能发展出有核心竞争力的跨国企业与品牌。

我问朱晖："为什么要做代加工贸易？难道不能把这些精美的高质量产品卖到

国内市场，或者直接做精品出口吗？"

她说："国内市场还没发展到几百元买一个花盆的消费力；各地的陶瓷加工厂，数量虽多，但规模都不大；出口，就要请外国设计师。几百万的薪水，一般企业主没这个实力，更没这个意识。而没有优秀的设计师，产品只能长期靠低价接单。如此一来，循环往复，自然很难创立自己的品牌。"

朱晖很痛心，中国陶瓷产品和国外相比，价格上便宜太多，例如，比葡萄牙的价格就低一大截。

品牌，是摆在今天中国人面前的一个普遍而严峻的课题。

回顾自己的奋斗历程，朱晖觉得几十年做海外陶瓷贸易，简直像走钢丝，稍不留神，就会有闪失。

从大学时代不敢看男生的腼腆少女，到成熟的陶瓷商人，朱晖不容易。

她是一个沉着冷静、善良真诚、敬职敬业、坚持不懈的人。

这天，我给朱晖打了视频电话。视频里，一位颇有气质的中年女性，看上去不过30多岁，谈吐得体，语速和缓。看到视频里的我，她微微一笑。我顿时回忆起刚入大学时的邂逅，想起那明亮的眼神……

从少年到中年，

改变的是目光，由清纯而犀利……

澳门晓白

近日，厦门阿妹迎春寄来陈皮茶。泡来细细品尝，初闻有甜香，其味清淡；再泡汤浓，香味更浓，入喉醇厚。我自己血糖本来高，喝了这茶，感觉神清气爽，也更加怀念厦门，怀念厦大的兄弟姐妹们。

80年代的大部分厦大学生，住在南光、凌云、风雨、石井、丰庭和芙蓉等宿舍楼。除了芙蓉和丰庭，其他好像大部分是80年代的建筑，反映出当时中国经济向上发力的良好势头。

我一直觉得，厦大最有建筑特色的是始建于上世纪五六十年代的芙蓉楼群。楼群共五栋，以芙蓉湖为圆心，形成半合围状的外廊建筑，中式楼顶、西式屋身，主体建筑高三层，有的地方加高四至五层，充满艺术气息。

芙蓉楼室内的光线似乎没有凌云、石井这些新楼透亮，记忆中是木质上下铺。粗大深棕的木材、凌乱的蚊帐，加上潮热的天气，带给人的感觉，是岁月的沧桑与沉闷。那些木床的年龄，似乎比当年十七八岁的我们还要长。

1985年8月底，我们晚上到达厦大，然后去芙蓉二找同学。从南光楼走出来，站在三家村环顾四周，却看到一模一样的芙蓉楼。因为初来乍到分不清楚，顿时迷糊，在芙蓉二和芙蓉四这两座楼之间，耗子一样没头没脑乱窜。

在学校的南光、凌云和石井楼宿舍，房屋中间是书桌，靠墙四个上下铺，可住八人，均为蓝漆铁架木板床，没电扇，更没空调（那时没空调的概念）。要说那时的"天然空调"，就是打赤膊光膀子，还有海风、海水、井水和雨水。

穿短裤泡水井、光屁股游到深海，上岸时套上一条短裤，在沙滩上懒懒地躺下，此时最好再下一场斜斜的小雨，这是最惬意的。

当然，在入夜微微的细雨中，轻轻搂住身边女友，或依偎在男友怀中面向大海，则是最甜蜜的时光。就像闽南歌曲《小雨》中所唱的：

今夜风雨飘飘落裸离，阵阵雨声滴滴带情意。热恋时的天气，像今夜的晚暝；小雨啊，你甘搁会记。拿起初恋写信彼支笔，轻轻写出一句"我爱你"！

没恋人也没关系，一个人呆呆地坐在沙滩上，静静地思念远方的亲人，想念单相思的梦中情人，任心里七上八下、海阔天空，也是一种痴痴的美好。

当年这样肆意的青春，大概谁都想再回去一次吧！

本科生住在芙蓉楼，而研究生住在凌云楼，两人一个单间，条件比本科生优越。

芙蓉八和芙蓉十的几座楼，好像盖得比石井楼更早些。其中，芙蓉八201房间靠近男厕，这间房和楼上的301至701室都比较大，能住10人。

芙蓉八201房间靠近去石井楼的道路，因为是上坡路，所以成了第一层；之所以叫201，是因为下面还有一层。这间宿舍特别有意思。从宿舍门口向外看，下几步楼梯就与马路平层，算是一楼；而从窗子向外看，则是二楼向下俯视，正好看见女生们婀娜多姿地进出石井楼。

芙蓉七住的是留学生。那时在厦大，留学生基本都来自欧美、日本和东南亚。后来，原籍石狮的菲律宾华侨蔡清洁先生捐建了专门的留学生楼——清洁楼。

有些留学生刚到中国，汉语还不太灵光。看到自己住的宿舍名叫"清洁楼"，再听到"清洁工""清洁车""清洁袋"这些词汇，总是一头雾水，怎么也搞不清楚"清洁"二字究竟代表着几层含义。

留学生里也出过名人。85级的黄毅同学回忆，崔健摇滚乐队中有一位著名的日本乐手，就曾住过芙蓉七。据说此人刚来厦大时，根本不会弹吉他，后来芙蓉四有一位85级贵州同学教他，从此琴艺大长，以后才有了和特立独行的中国摇滚之父崔健的合作。

那时男生曾一度流传，西方男女学生白天在芙蓉七楼顶裸晒。这算是一条撩人又撩心的传闻，传来传去，最后闹得企管系85级的几名男生连续几个中午，偷偷爬到楼顶去验证。

估计他们悄悄上楼，不是为了看裸男，那应该没啥意思。不过，不仅裸男没见到，就是传闻中的西方裸女，也一次没碰到过。

还有几位男生，本来受邀去芙蓉七跳舞，可在楼下恰巧碰到一位高个儿日本美女，坐在一名西方男留学生腿上，两人旁若无人地打情骂俏着。

对当时的厦大男生们来说，跨国婚姻想都不要想，但跨国食品却勾起了很多人的馋虫和食欲。既然芙蓉七有外国留学生，自然也就有外国食品。

猛男隋建人，当年穿得暖、吃不饱，手里掂着留学生们送的铁圆盒罐装黄油，心中大喜。听说能吃，立即急不可耐地打开罐头，一看金灿灿的黄色，以为是大雪糕，眉开眼笑地拿起来就啃。黄油到了嘴里，马上腻歪得愁眉苦脸，建人心想：这啥味道啊？

留学生解释说，这是涂抹在面包上吃的。于是，企管系几个人凑了钱，一窝蜂地跑到厦大门口百货店去买面包，之后专心致志地把黄油涂在面包上，哑吧着嘴品尝鬼佬鬼妹的洋口味。

黄油融化的油脂被面包吸收，脂肪＋碳水化合物的魅力显现，立即增添了面包香甜的味道。

大中午的，建人吃得香，一口气吞下十几片面包加两大罐黄油。到了晚上，一向饥饿感强烈的他，愣是没觉得饿。可有一样，全身火热发烫，总琢磨着要上房揭瓦。

永健、小兵等同学看不下去，笑着建议他，不妨探头看看楼外花枝招展路过的姑娘们。

隋建人紧闭双眼，大叫不能！心想这要是一探头，保不准蹿出去，说不定就要犯大错误。那股子劲头，一直憋到毕业后在广东三水活生生迎面怒撞火车。

唉，两大罐外国黄油，竟然铸就了齐鲁大地新一代辟邪门神——钢铁就是这样炼成的！

这是在集体宿舍，而临湖的芙蓉二和芙蓉四后面的东边社，则另有一番接地气的景象。

80年代中期，自从美术系学生郑文东和当地的鳏夫宗阿伯用一锅咸菜番薯粥开创了东边社的葱姜蒜烟火气后，开始有大学生租住这里的民房，但基本都是非富即贵。

记得1986年，新闻系招收了一名来自澳门的学生晓白。

晓白个子不高，穿着我们内地学生从未见过的T恤，用的双肩拎背包也是我们没见过的。起初我们以为他背的是降落伞，心想这个澳门小兄弟有趣，怎么背着空军装备就上学来了？

土楼游子郑重其事地问："他不会在凌云楼顶练习跳伞吧？"阿天说："不至于吧？这要是被海风吹到南普陀尼姑庵，降落伞把他和尼姑们罩在一起，到时说不清楚啊！"

当时我们用的基本都是军绿色小挎包，有的上面印个五角星，有的印着"农业学大寨"字样。还有个学生，蓝色小挎包上是"人民邮电"几个字，估计父母是邮政局的。

有几位女生，每天上课还骄傲地提着塑料编织袋。现如今，估计那玩意儿除了在四线城市的农贸市场里还得一见，其他地方都见不着了。而在当时，编织袋可是时髦货——物以稀为贵呀！

　　澳门学生晓白打扮得干干净净，出来进去很有礼貌。尤其是他的头发，梳得整整齐齐，看着就那么清爽利落。我们内地学生，第一次意识到发型的力量。

　　来自城市的孩子，用自来水和手指梳头，就算对得起自己的仪容了。没几个男生有梳子，即使有，也把梳子小心翼翼地锁在自己的抽屉里，那是私人用品，也是贵重物品，因为一把好梳子要两三块钱，那时人均月收入才几十块钱。

　　男生们觉得晓白时髦，便向晓白学习，也偷偷用梳子打理头发。可梳来梳去，再看人家的发型，还是不一样。后来知道，他有一个小巧的吹风机，是专门用来吹头发的。

　　那时候，人们到理发馆理发，才用海鸥牌洗发膏和吹风机吹一次头发。理发馆用的，一般都是焊枪似的长风牌电吹风机。

　　我们几位正黄旗胡人从未见过这么精巧的吹风机，便想方设法借来，捣鼓半天，总算长了见识。有一次，下铺的福清同学阿福酣睡之时，我们偷偷用吹风机好奇地吹他的眉毛。没想到热风"呼"地涌出来，把那哥们儿从睡梦中一下烫醒。

　　阿福惊醒的瞬间，睁开眼睛吓得大叫，以为我们手里握的是一种新式手枪。大家冲睡眼惺忪的他高喊一声："火焰喷射器！缴枪不杀！"

　　阿福也风趣，明白过味儿来后，用手向胯指指，一脸无奈地对鞑子们说："枪在下面，谁需要？拿去！"

　　大伙儿哈哈大笑。

　　我们费了半天劲，总算学会了吹风。可等我们学会了吹风，和人家晓白的发型还是不一样。这才知道，世界上除了梳子和吹风机外，还有一种东西叫"发胶"。

　　我们从初中时候起，整理头发一般用水蘸，要不就是帽子压。发胶？以前没注意过，也没听说过。

晓白在集体宿舍住了些日子后，就一个人到东边社租单间居住。那时东边社七八平方米的单间，每月租金10元，10平方米的20元。晓白出手阔绰，一下给房东甩出20元钱，把东边社顶级的总统套房拿下。

房东大喜，迟疑着说道："这位澳门同学，要不你出50元，我家就全租给你了？"

晓白愣住了："那你全家去哪里住？"

房东垂下头，很快又抬起头，豪爽地挥手道："我们都是普通百姓，可以到水库搭棚子去住，反正厦门没冬天。"他叹口气，又说，"孩子都大了，用钱的地方多，可家里实在缺钱啊！"

于是，晓白又多花10元钱，为几个爱凑热闹的同班同学在房东家租了个单间，专供大家读书和聊天喝茶用。这种大资本家的豪阔做派，让他顿时成了86级国际新闻班里的领军人物。

房东家每月多了30元收入，相当于多出一个上班族，从此也直起了腰板。

后来晓白告诉我，那时他父母每月的薪资，分别是数千澳元。

那时对于大部分厦大学生而言，每月要是花30元租房，剩下就只能喝西北风了；而同时期的港澳台，人均收入已经数千，随便出手三四十元，根本就是九牛一毛。大家真是搞不明白，怎么港澳台那么有钱，咱们就这么拮据、紧巴？

回想我们这些内地学生，和澳门的晓白对比，曾是那么强烈！那么分明！

进入厦大三年后的夏天，勤工俭学的晓白带一个台湾旅行团，先是去了北京，之后就离开大学，也离开了内地。

前些天，他看到我写的厦大随笔，加了我的微信。我们再次通话，已是31年后。

他告诉我，自己在澳门特区政府工作，是特首最得力的助手之一。

晓白的同班同学，告诉了我当初他在厦大东边社租房的"豪阔"传奇，也讲述了他在厦大的爱情故事。

晓白第一次恋爱，是用系里发的奥林帕斯相机，偷偷拍摄了一位心仪女孩儿的倩影。照片洗好后，他特地从澳门买来精致的镜框，然后琢磨着怎么把照片送给那个小鸟依人的姑娘。

这一天，他在新闻系一群光棍儿的起哄中，鼓足勇气，乘着姑娘去食堂打饭出来，怯生生拿着洗好的照片上前说道："小妹，这是你的照片吗？"

那女孩看了看照片，十分诧异和惊喜："这是我啊！"

晓白期待地望着面前的女孩："小妹，照片给你。你的照片真美，人更美！"

那女孩红了脸。晓白呢，脸也烫得和赤道似的，可他依然保持着礼貌的微笑。

姑娘突然面容严肃起来："你怎么会有我的照片？"

"啊？"

"你在哪儿找到的这张照片？"

"……"

"谁给我拍的？"

"……"

"说！"

"小妹，我觉得你很美，很清纯，我很喜欢你！"

这么大胆直率的表白，让女孩儿天旋地转。愣了一会儿，她看看斯文纯净的晓白，问道："同学，你是哪一级的？"

"86级的。"

"我比你大！"

"啊？那没什么吧……"

"我不是你小妹，你应该叫我姐！"

"小妹，不！姐，我喜欢你！"

一位男生从食堂打饭出来，看着女孩儿，又看看一脸通红的晓白。

女生冲晓白一笑："我男朋友来了，抱歉。"

晓白眼睁睁看着心仪的女孩儿亲昵地挽住那个男生的手臂离开，泪水夺眶而出。内心憧憬的兄妹恋，刹那间变成姐弟恋；可这段美好的姐弟恋还没开始，就结束了。

他的同学讲起这些往事，哈哈大笑，之后又长叹一声。这声大笑和轻轻的叹息，把我们都带回到美好而懵懂的青葱岁月。

我对晓白说，虽然他当年看上去十分腼腆斯文，但大家都知道，他是一位十分浪漫、勇敢和有情怀的人，爱学习、爱生活、爱同学、爱国家。晓白呢，通过微信，把从前和现在的照片发给了我。

他曾在东边社最豪华的总统套房留下一张照片。这张照片，不仅是他本人的纪念，更是东边社当年难得的记忆留存。照片上，晓白身后的房屋，就是当年厦大东边社最好的房子。

厦大时的晓白，是一个羞涩的少年；而现在的他，已是一位目光犀利而坚定的中年人。

当年在东边社和如今在澳门的晓白，岁月沧桑，昔日的清纯少年，如今已是目光犀利的中年人

每个人的生活，
都有自己的坎坷。

指导员和连长

我所写的故事，是整个厦大85级对30多年前的记忆；是情怀，是真话，是青春的傻纯美。

厦大是一所综合性大学，院系和专业众多，因此85级新生入学时军训地点不一。文科生在金鸡亭莲坂，理工科生在厦大校园和胡里山炮台。化学系是大系，在厦大篮球场、操场和上弦场进行队列和正步训练，单兵技术则安排在音乐学院后面的田野中。其他专业也有在情人谷水库练习射击的。

洛阳的于博同学回忆，当年他们军训是在胡里山炮台斜对面的一片荒地上。他至今还记得演练匍匐前进的一个典型动作：迅速卧倒匍匐在地，右手紧握上刺刀的步枪，左手则撑地前进。

一次，一位解放军班长演示向下扑倒时，不小心枪刺扎透左手。边上一位首长见出了事故，当场脸色铁青。那血淋淋的场面，把厦大学生也吓坏了。

一位高师兄，现定居北美。他于1978年考入厦大，此前曾在军队服役五年。上大学参加军训时，排长都没他服役的年头儿长，见了面还要给他敬礼。

他问排长："排长，我去走正步吧！"排长恭恭敬敬地给他敬了个礼："首长，从今天开始，给你一辆自行车，你想干吗就干吗。"

我的一位黄师兄，福鼎人，他 1982 年入学，如今担任某著名央企的高管。他说当年考入厦大后的军训，就在今天芙蓉湖的位置。

黄师兄说，那时还没芙蓉湖，四周有几个不大的水塘，中间是大片开阔的菜地，供东边社社员种地，四周连个树荫都没有。学生们头顶烈日，趴在菜地里练习瞄准，晒得全身出油。谁会想到，这里后来会成为象征厦大心灵的美丽湖畔呢？

还有个 93 级的蔡师弟，他是军训时的班长，其实他当连长都没问题，因为蔡师弟是全国专业的手枪射击运动员、福建省冠军，射击水平肯定压过当时的部队连排长。

军训时，大家每天都是汗流浃背，晚上汗水干了，军服上就留下白色汗渍，一圈儿连着一圈儿，好像地图。

可就是这样，据说还有不洗澡的。定居美国的郑卫告诉我，当时有个姓苏的哥们儿，每天不冲凉、不洗澡，弄得大家掩鼻而走，苏倒是哈哈大笑，说蚊子从不咬他，要咬也咬细皮嫩肉的南方人。

郑卫来自经济学院，军训时不用操正步，但被安排做定型标兵，一站就是几小时，要求纹丝不动。

莲坂是当年的军官教导团营地。记忆中，好像离厦大很远（其实并不远，只是当时交通不发达），到处都是大片未开发的荒郊野岭，到了晚上连灯光都没有，一片漆黑。

我们新闻系和外文系在一起军训，至今还记得外文系部分男女同学的名字，比如，陈卫、李江、鄢敏、董爱兰、许淑燕、潘小芳等。

女生军训比男生更苦。曾彬彬告诉我，她印象最深的就是如同刷锅水一样的一桶汤，只是多了些盐和味精。彬彬至今记得半夜突然集合，把大家搞得晕头转向、迷迷糊糊。为了不耽误事儿，女孩子们每晚都是和衣而卧，就怕集合时手忙脚乱。

许淑燕曾在大学经历了换肾手术，当时的费用是 40 多万元，这笔钱若是换算到现在，得上千万元，幸亏那时不用个人负担医疗费用。据陈卫提供的线索，这笔换肾费用，是当时外文系学生会组织募捐出来的，那时李江、吴彦玉等同学，为了这笔善款，可谓历尽艰辛。

陈卫毕业后去了经贸部，2001 年中国加入 WTO 后改为商务部，成为一名优秀的经济外交官。李江毕业后被分到央企，后来常驻俄罗斯。真替他可惜，自己单身去的，也没找个勤俭、爱喝热茶的俄罗斯美女做老婆，他辞职后又在北京开酒楼，现在成为资本管理商。潘小芳则在厦门兴业银行的管理层工作，鄢敏定居新加坡，董爱兰好像在北美。大家天各一方，不知是否还记得当年莲坂这个山清水秀的偏僻之地？

军训时的指导员，是一位身高一米八、眉清目秀的湖南人，军校毕业，长得白净，平时和颜悦色，说话彬彬有礼。

连长来自江西，个子不高，两腮凹进去，皮肤较黑，整个人精瘦，看上去精明强干。据说曾参加过对越自卫反击战，是真刀真枪从战场上出生入死杀出来的。他一天到晚不说话，总是阴沉着脸，而且从不正眼看异性。我们暗地给他起了个外号：赣版杜秋。

至今不知道连长的姓名，只记得他是江西人

第一天训练结束，集合时听说午餐六个菜（或者八个？），大家欢呼雀跃排好队，急不可耐地到食堂等待就餐。

同学们穿着绿军服，虽然疲惫，但精力旺盛，有说有笑地坐在一起。

第一道菜上桌，大家马上傻眼。看似大盘的菜，分量很少，没什么油水，像是用水煮出来的。大家用筷子一夹，马上见底儿。狼吞虎咽地吃完，翘首以盼第二道菜。

这回大伙儿不再客气，都是急忙欠身夹菜。动作慢的，可能只夹到一片青菜叶。三口两口，风卷残云，只不过，吃了这几口东西，只能算填牙缝儿，肚子反而更饿了。

第三盘菜端上来，同学们彼此没了禁忌，争先恐后地起身夹菜。

到了第四盘，要想把菜吃到嘴里，就完全靠抢了。一时间，食堂秩序大乱，到处都是抢夺之声。手中的筷子也成了武器，筷对筷如同棍对棍拼在一起，彼此为一片菜叶或一粒葱花较劲儿。动作快的，抢到菜；动作慢的，啥也没有。再看盘里，瞬间空空如也，转头去抢别人筷子上已经夹好的菜。

有几桌同学争吵起来。各桌解放军班长见此情形，厉声呵斥，命令大家规规矩矩地坐好，然后每桌推举一个"公正人"，尽量公平地分了饭菜。但每个人都觉得厚此薄彼，于是争吵、埋怨、嘟囔，人人都没吃饱。

那天，由于油水太少，所有男生最少吃了八个馒头。有的人饭量大，用筷子穿起三四个馒头，一顿就吃四五串，总计十几个馒头。李江、陈卫、阿雷、阿雁、晓东和我们几个，一顿都吃了十三四个馒头，上床时还愁眉苦脸地四下张望，摸着瘪瘪的肚皮喊饿。

当天最荤的菜是肉末豆腐，豆腐切成八九片，肉末总共四五粒。

大伙儿骤然见到油腥，再也控制不住，不管三七二十一，噼里啪啦又是一阵猛抢。阿铮手疾眼快，一下把半盘豆腐倒进自己碗里，当即惹怒旁边的岑同学，对着他"啪"地就是一巴掌，声音既脆又响。大伙儿一时都愣住了。

"把你碗里的豆腐倒回来，重新分！"号称厦大正黄旗第一悍将的岑同学怒吼道。

阿铮本来脾气暴，但遇到比自己气势更猛的岑，再加上确实理亏，只得铁青着脸，把自己碗里的豆腐又倒回菜盘中。

其他餐桌上，似乎没出现这样的强人政治，因此更是乱成一团。有大呼小叫的、起哄架秧子的，更多则是对食物的拼命争夺。混乱之中，几个盘子掉在地上，哗啦四碎。

平时不苟言笑的连长走进食堂，当即大怒，立刻吩咐把其中几位闹得最厉害的学生，连同没管好秩序的解放军班长，一起拉出去罚站。

晚上躺在床上，觉得军营的伙食远远比不上厦大，饿得直咽口水，辗转反侧。

后来才知道，士兵的伙食比我们还不如；学生们尽管吃得素，但还是伙房节省了士兵的用餐标准，给大学生们多省出两个菜。那时，普通士兵的用餐就只有两三个菜，而他们每月收入也就十来块钱。

当年经济落后，军人们曾经历过多么艰苦的岁月！

记得军训时练习步枪瞄准，大家卧在滚烫的野地里，一趴就是半小时，非常不舒服。对男生来说，尤其要命的是，裤裆硌得慌。

我们组的班长是位姓田的解放军战士，好像是河北香河人。田班长看到男生们龇牙咧嘴地动弹，严厉命令我们一动不动地趴好，还说战场上如果这样动来动去，会暴露目标，成为敌方狙击手的靶子。

两天下来，又闷又热，又饿又累。关键是裆疼，心想如果太监练这个卧倒瞄准，应该没这份生理负担。

这天进行实弹射击训练，走到一处田垄，对面是突兀的石壁，田班长忽然命令："原地趴下，瞄准前方敌人！"

大家立即卧倒。

不巧，我裆下正好有几块大小不一的碎石，我被硌得龇牙咧嘴。

田班长见连长站在不远处的树下，急忙向我低声示意："忍住！别动！"

我仰头看着班长，尽量学着河北香河话套近乎："半张（班长），单（蛋）疼！"

田班长一愣："你咋这难揍（坏）哩？打个卯的事儿（一会儿就完了）！"

我疼得受不了："半张（班长），要碎了！"

田班长大怒："忍着！"

"忍不了！"

田班长不安地望望连长，一个劲儿小声重复："百裹乱（别捣乱）！"

肉长在我身上，疼在我心里。咬牙忍了半天，硌得实在受不了，索性心一横站起，冲着连长方向大喊："报告连长！我有重大敌情报告！"

田班长没想到这个，顿时脸色惨白，愣在原地。

连长瞪一眼田班长，然后向我点点头，示意我过去。

我总算离开了那块差点儿把裤裆硌破的碎石堆，连跑带颠跑到连长面前，给他敬了个礼。

"有啥敌情？"连长直视着我。

"报告！敌情在裤裆！"

"啥？"连长一愣。

"每次卧倒，地面石头硌得裆疼，又不让动弹，要碎！要断！要残疾！实在受不了！"

连长阴沉了脸，一言不发地绕着我转了一圈儿，又向四周所有卧倒的男女同学望望。空气十分紧张、压抑。

"你一条汉子，还不如那边卧倒的姑娘们？"他冷冷地从牙缝里挤出这句话，又指指趴在远处田垄上一动不动的女生。

"报告连长，女生没蛋！"

"啥？"连长又愣住了。

"报告！地上石头硌得蛋疼！再说那玩意儿断了咋办？"

连长一言不发，慢慢逼近。

我的心"怦怦"直跳，又做出愁眉苦脸的表情："连长，实在是硌得蛋疼！"

连长表情僵硬地走到我身边："低头！"

我低下头，准备挨打。

连长踮起脚，凑近我耳边一字一句低声说道："教你个法子。卧倒时，把裤裆下的泥土挖个洞，把裤裆里那玩意儿放到洞里，朝前放，这样就不疼啦。记住没？"

"啊？"我半信半疑地看着表情严肃的连长，"真的假的？"

"归列！卧倒！"连长突然向我大喝一声。

我急忙跑回队列，按照连长的吩咐，在地面掏了个小洞。邪门儿了！连长说的法子，不仅解决了硌的问题，咋还感觉那么舒服呢？

正在这时，连长命令道："瞄准！开枪！"

"啪！啪啪啪！"枪声大作。

那一次，因为这个让人安心、舒适的小洞，我开枪时全神贯注，命中率极高，五发五中。

集合时再看连长，还是阴沉着脸，有意无意看了我一眼，目光中似乎带着一丝笑意。突然觉得，连长这人，可爱。

后来连长告诉我，这是当年他们在自卫反击战的战场上，用鲜血总结的经验：趴在地面瞄准时，只要有条件，士兵一律在裤裆下的地面掏个洞，以免影响射击。

实践出真知。

当晚，拿着去延安使用过的那台相机，我到连部找到连长和指导员，吞吞吐吐说想为军训拍照，回厦大后办个大学生军训摄影展，同时也把战士们拍进去，留个纪念。

指导员笑容满面，一个劲儿点头，几位排长也兴高采烈。连长望望他们，黑着脸一言不发走了出去。我心里一沉："得了，算没说！"

闹了一会儿正要走，忽然闻到一阵饭香。扭头一看，司务长用盘子装了蛋炒饭、一盘油渣炒豆腐走进来，后面跟着脸黑黑的连长。

连长看着司务长把热腾腾的饭菜放到桌上，犹豫一下，斟酌着对我说："咱连队没相机，没这么贵重的装备。很多士兵直到退伍都没能在队伍里留一张照片。"说到这里，连长抬头看看指导员和站在四周的几位排长，轻轻叹口气，迟疑着缓缓说道，"连队每年有不少退伍老兵，只能弄个小笔记本签名留念。也有很多新参军的战士，家里父母惦记着。如果能有张照片寄回家，家乡父母安心。唉！"

他顿了一下，羡慕地看着我手中那台小相机，低下头，然后咽口唾沫，艰难地说："咱连队没这个宝贝东西！对越自卫反击战那阵子，很多上战场的士兵，人倒在前线，可连张照片都没留下来。"说完这些，他沉默了。

指导员也感慨道："这照相机金贵啊！咱买不起。士兵收入太低，一个月就8块钱！"

连长的眼睛湿润了，扭脸望向黑漆漆的窗外。房间顿时安静下来。

连长沉思片刻，对我小心翼翼地说道："同学，你看这样行吗？从明天起，你不用训练，给同学们拍照！也给咱连队战士拍几张？"

他非常难为情，又舔舔嘴唇说："咱连队有传令兵，有卫生员，可就是没摄影员。那么多的念想，只能凭心里记，一记就是几十年哪！要是有了照片，念想随时就在眼前。"

连长说着，从口袋里掏出叠得整整齐齐的20元钞票："这是咱自己出的胶卷和洗照片的钱，够不够？连队一张集体合影，每个排、每个班一张合影，然后新战士们每人照一张，总共11个新战士！"

我推开他的手："钱我不收，胶卷我有！"

连长把钱又推给我："你是学生，收下！"

我看着他黝黑凹陷的脸颊，坚决地摇摇头。突然，几个排长把我按倒，硬是把钱塞进我的口袋。

我扭头对连长说："连长，钱没用，我……饿呀！"

连长微微一笑，但立即收敛了笑容，然后压低声音道："每晚 9 点，悄悄来连部开小灶。注意保密！"他说完后，把香喷喷的蛋炒饭、油渣炒豆腐推到我面前。

那顿饭，吃得饱，吃得香，吃得痛快。

连长给我倒了杯水，然后示意指导员和几位排长一起走了出去。

我美滋滋地吃完小灶走出连部，看见连长一人孤零零站在远处大树下。指导员走过来，拍拍我的肩膀，又指指远处的连长，说："他在越南打过夜仗，也打过狠仗！听说带一个排上去，全都牺牲了，只有他一个人重伤，侥幸活了下来。"

军训结束后才知道，为了我每晚的小灶，连长、指导员和几位排长，都主动减少了自己每天的用餐标准，连长更是吃了一个星期的汤泡饭。

最令我内疚的是，我全然忘记了当年这位连长的名字！连长啊！我至今记得你的模样，可你贵姓啊？

记得一天熄灯后，我一个人偷偷溜去吃小灶。指导员和排长们都在，连长则去巡夜。几个排长热火朝天地聊起军训的女生们。指导员十分矜持，却又竖起耳朵听得特别仔细。

我见排长们说得笨嘴拙舌，就对指导员直截了当道："外文系喜欢你的女生很多！"

指导员本来耷拉着脑袋，听了这话猛然来了精神："喜欢我？谁？"

"他咋知道，他也是男的！"一位排长偷眼看看我面前的热炒猪肝，舔舔嘴唇。

指导员立刻对他板了脸："闭嘴！他们都是学生，情报是准确的！"他注意到那位排长注视炒猪肝的热切目光，立即用手指向他，"向后转！"

排长嘟囔一声："吃不着，看一眼不行吗？"

"不行！向后转！原地踏步走！"

指导员又向我扭过头来："真有喜欢我的？你开玩笑吧？"

"对，女生都喜欢你！比如……那个谁……"我拿捏起来。

"究竟谁呀？"没谈过恋爱的指导员脸红了，"说啊！"

我边嚼猪肝边笑："说了也没用！你又不能娶人家！"

"指导员至少有个精神安慰，是不是？"背对着我们原地踏步的排长说道。

"谁喜欢我呀？"指导员轻轻捅我一下，又皱眉扭头看看那位原地踏步的排长，"你！到院里踏步去！"

"鄢敏喜欢你！"我眉开眼笑地说。

指导员大喜，努力在记忆中搜索着："鄢敏？谁呀？长什么样子？"

"大高个儿，大长腿，大眼睛，白皮肤。"

指导员一脸迷糊："女生好几个大高个儿啊！"

我坐在指导员对面继续编："不过，董爱兰更喜欢你！还有这个……潘舒燕也喜欢你！"

指导员立即纠正我："我记得一个叫许淑艳，还有一个叫潘小芳！哪有潘舒燕？"

"都喜欢你！"

指导员有些茫然："这么多女生都喜欢我？不太可能吧？……"

"还有个四川的……"我低头掰着手指头，"天天背后夸你，提到你就竖大拇哥，心里真有你。"

指导员顿时笑得合不拢嘴："天府之国，好！四川姑娘长得美，也最能吃苦……谁呀？"

"指导员，那人大高个儿，苗条，身高一米七七！"

"这姑娘真不赖！"指导员似乎有些心动，"我们家乡都喜欢大高个儿，能干活，生孩子也有力气！"

"生不了孩子！"

"啥？"

"男的，外文系李江！"

"一个大老爷们，喜欢我有啥用？"指导员失望至极，也越听越糊涂，"你们同学里面，有没有对连长有好感的？"

"有啊。"我说。

"谁？"指导员和排长们都凑近了脑袋。

"我呀，我有好感。"看着面前的炒猪肝和大热馒头，我大咧咧地说。

"连长那么严肃，你不怕？"指导员压低了声音问。

正说着，就听房外不远处连长有力而短促的话语："你一个排长，这么晚了在院里原地踏步干什么？去给大学生烧些紫苏！别让蚊虫咬孩子们。去！"

我急忙冲指导员和排长们眨眨眼，然后把两个大馒头塞进胸前，又拉灭电灯。

指导员顿时急眼了："别和连长开玩笑！他不是能开玩笑的人！"

"你们再说，我把相机砸了！"我横眉立目威胁道。连里唯一的重武器装备在我手里，大家立刻不言语了。

连长说到就到，开门进屋："怎么这屋漆黑一片！灯泡坏了？"

趁他不备，我一把抓住连长的手腕子，又把他的手使劲儿往我胸口上按，同时捏着嗓子，用温柔的女声说道："连长，我是小香！"

我小时候练过京剧，年轻时能装出梅兰芳一般温柔的女声。连长在黑暗中骤然听到温柔女声，又看不见人，顿时吓坏了。

他的手被我死死握着，又触到我塞在胸前的热馒头，像过电般一哆嗦："谁？你胸口咋这么软——热？哎哟！坏了，小香同学，请自重！快开灯！"

他慌乱之中，向旁边一跳，我胸口的馒头也掉了一个。

"粗野！把我乳房碰掉一个。连长，我疼，嗯嗯嗯——"

连长真吓坏了："指导员！哨兵！来人！"

"你赔我乳房！"我再也忍不住，哈哈大笑。

指导员急忙打开灯，再一看旁边的几个排长，个个目瞪口呆。

连长涨红了脸，一言不发地看着我。指导员狠狠瞪我一眼："装神弄鬼！罚你禁闭！"连长咬着腮帮子说话了："我看是吃得太好，吃饱了撑的！"

我摸透了连长外冷里热的秉性，又是一阵嬉皮笑脸："连长，那大馒头摸着又温又软，像不？"

连长一脚把我踢出门外。

军训快结束时，连长到军区出差，因此来不及告别。

送别会上，指导员唱了一支湖南山歌《锄棉花》，我们几个男生把大眼睛忽闪忽闪的董爱兰推出去，和指导员一起跳了个舞。

指导员拉着董爱兰的手，兴高采烈地跳了起来。那舞跳得比董爱兰还董爱兰，"锄棉花"也变成了软软的"踩棉花"。

我们把皮肤白皙的成都姑娘鄢敏推出去，和指导员接着跳舞。指导员柔溜溜的"踩棉花"，这回变成了顺溜溜的"纺棉花"。

这之后，我们又把明眸流光的潘小芳推出去。再之后，我们又吆喝着，把蒙了盖头的男生李江推出去。那盖头，其实就是炊事班的一块大抹布……

告别时，大家坐上返校班车，指导员哭了，战士们哭了，女孩子们都哭了。

再一看李江同学，手里拎着那块大抹布也哭成了泪人。我们急忙凑过去："人家指导员和女孩子哭，你哭啥呀？哭指导员啊？"李江急得跳脚："我兜里的学生证丢了！里面还有20块钱，快帮我找找！"找了半天，原来他把学生证忘在军营炊事班了。

半年后，田班长退伍，顺便到厦大看我。这才知道，连长有两个孩子，其中一个是残疾，而他家中的母亲和老婆，多年前死于泥石流。可能担心有了后妈就有后爹，这么多年来，连长从没接触过一个女人。他家乡的孩子，是多病的老父亲带大的。

田班长说，他曾亲眼看见连长的眼睛湿润过两次。一次是我们军训走后，他出差回来，直接到我们住过的空荡荡的宿舍；另一次，是收到我寄往莲坂的战士们的照片。

当英雄回首,

满目都是感伤……

乡村演出与激情创业

我们这代人在物质匮乏的环境下长大,年少青春赶上改革开放,有了勤工俭学的机会。

厦门成为特区后,有关单位引进了国外的铃木小提琴教学课程。音乐系田老师联系了厦大幼儿园作为试点,让小提琴专业的学生们去授课。音乐系85级的王励红,就这样当上了兼职教师。

幼儿园一个班20个孩子,家长陪同上课。小朋友站前排,家长坐后面。

充满朝气的励红第一次走进教室上课。她本来胸有成竹,但一看到教室那阵势,吓得汗都出来了。要知道,小朋友身后的这些家长,都是厦大老师,这不等于在给大学教授们上课吗?励红当时也是孩子,只不过是个刚上大学的孩子。

开弓没有回头箭,只好硬着头皮坚持下去。从那时起,当年厦大音乐系的黄毛丫头,开始了在厦门的教琴之路。除去专业工作,这条教学之路,王励红一走就是30多年。

高中毕业时的励红,小提琴已达到专业水准。刚考入厦大时,还经历了一次"吓大"。

8月的一天,她突然接到一封信,让她尽快去厦门歌舞团报到。令人费解的是,这封信用的是厦大信封,而通知书所盖的公章,却是厦门市歌舞团。

励红又难过又着急,半天也没搞懂:自己是被厦大录取了,还是被厦门市歌舞团录取了?难道厦大去不成了?可要到厦门市歌舞团工作,自己只是高中文凭。

在那个"知识就是力量"的时代,她觉得自己的学历可能从此止步,竟伤心得哭了。哭完之后,她又觉得纳闷,这信怎么会是厦门大学的信封呢?

原来那年8月,厦门整合了全市艺术界的精兵强将,创作和排演大型组歌《嘉庚颂》,并要求厦大音乐系84、85级的优秀学生加入,参加9月中旬在省会福州举办的福建省"武夷之秋"文艺会演。

这是王励红第一次经历"吓大",也是她进入厦大后的第一次勤工俭学。

大二时,音乐系赵老师接到晋江一个电话,对方说要为学生们创造一次社会实践活动。赵老师鼓励学生们知行合一,于是带着励红、梁薇等同学,拿着乐器,坐上晋江派来的面包车,兴高采烈地去参加社会实践。

那时交通设施落后,他们从厦门一路颠簸着到了晋江。本以为总算可以松口气了,可司机一踩油门,汽车又奔向晋江所属的金井镇。

镇里也不是目的地。在金井镇稍事休息,又接着上路。上下起伏、七拐八绕地经过一个多小时的乡间土路,过了几座山,这才来到一个古老村落,面包车直接停在村里戏台前。

上千名村民围在那里,向汽车里的客人们欢呼。

下了车才知道,这次的社会实践是:一位菲律宾侨商在村里盖了豪华的三层别墅,希望找个乐团来庆祝乔迁之喜。原来,这座1000多人的村庄,竟有5000多海外游子。

赵老师和学生们面面相觑,哭笑不得。

站在戏台上,励红和大家放眼村落,到处是古厝、宗祠,斑驳的墙面上、石头缝隙之间，都整整齐齐插着红瓦，坚固好看。

几位热情的阿公阿婆，特意为师生们端来热茶。这是当时最隆重、最体面的待客之道。

三四十年前，由于燃料短缺，中国农村曾普遍饮用井里河里的生水。那时保温瓶的年产量，最高值不过1.5亿只，大都集中于城市。到了改革开放十几年后的1997年，保温瓶在中国才达到2.7亿只的峰值。十几年中多出来的这1亿只保温瓶，这时才开始普及到乡下。

菲律宾华侨十分热情，看天色不早了，就招呼大家吃晚饭。就餐地点没桌椅，村民们黑压压地蹲在戏台前的地上就餐。

村民大都穿戴简朴，甚至有些寒酸，招待学生们的宴席却十分丰盛：海鲜冷拼盘、红烧羊肉、清蒸小龙胆、过水九节虾、清蒸红膏蟳、汤汁鲍鱼片，最后还有甜汤——这顿货真价实的大餐，让大家吃了个够。

吃饭时，戏台扯起电灯。十几盏灯泡被村民用五颜六色的漆精心漆过，把戏台照得灯火通明、五彩缤纷。

酒足饭饱，学生们拿出看家本领。吹拉弹唱、歌舞表演、独唱合唱，还有几段声情并茂的高甲戏。坐在地上的村民们，从没见过如此高水平的专业演出，掌声与喝彩声此起彼伏。

励红的小提琴、梁薇的古筝、陈萍的琵琶，这些节目把现场气氛逐渐带入高潮。压轴的是赵老师，他被誉为"中国古埙第一人"。

埙是人类发明的最古老的乐器之一。赵老师那天十分投入，他用气吹、舌吹和灵巧的指法技巧，让大家沉浸在埙乐古朴悠扬、空灵典雅的韵律中。

菲律宾侨商听说老师吹奏的是新石器时代就出现的古老乐器，再看看自己身后富丽堂皇的高大别墅，几千年的反差和跨度，让他心潮起伏。

侨商向村民挥挥手。按照当地风俗，村民们拿出春节才用的鞭炮，一拨又一拨地登台而上。刹那间，霹雳闪电、火光迸射，烟花、连珠炮、二踢脚、麻雷子，在戏台上到处炸响。身处戏台中间的师生像是进了地雷阵，只好一边演奏，一边跳脚躲避。

激情和欢呼声中，几名音乐系男生拉出电子琴、架子鼓，大家把所有的乐器都拿出来一起招呼。《敢问路在何方》《死不回头》《一块红布》《假行僧》，气势夺人的摇滚音乐声震村头，把全场气氛推向了高潮。

我要从南走到北，我还要从白走到黑！我要人们都看到我，但不知道我是谁！假如你看我有点累，就请你给我倒碗水；假如你已经爱上我，就请你吻我的嘴！

台下那些地道的青年农民听到这里大笑。在震耳欲聋的乐曲声中，大家把鞋子一脱，纷纷拥上台来。他们伸腰挺胸，双手拍打全身，一边摇头，一边跳着蹲步，动作诙谐，妙趣横生。

再接着，戏台下的空场上，全村的男女老少，都在激昂的打击乐中跳起了迪斯科。

辛苦劳累多年，村民们终于在这一刻放开了。他们拍击身体，发出的声响节奏统一，洒脱自然。在一拍一笑中，把闽南百姓的纯朴乐观宣泄得淋漓尽致。

这个偏僻村落的父老乡亲们，在 80 年代的中期生活依旧穷困，但厦大音乐系的学生们，通过简单、有力、直白和强烈的音乐节奏，为他们带来了轻松快乐，也带来了希望。

王励红在电声乐器的伴奏下，用小提琴演奏起节奏鲜明的《卡农》，全场一片欢腾。一位白发苍苍的阿婆，颤巍巍地被搀上戏台。她一把拉住王励红的手："首长，你们是中央和省里派来给我们农民演出的吧？我们感恩啊！"

励红一下子就哭了。老师也哭了，音乐系的学生们都落了泪。乡村的老百姓们多么纯朴！多么善良和容易知足！

菲律宾华侨也泪流满面。晚会结束后，他豪爽地把厚厚一叠钞票发给音乐系学生们，大家乐开了花。

厦大音乐系学生，至此发现一个勤工俭学的商机，回校后，立即组织了厦门第一支电声乐队。

至于乐器，什么电子琴、合成器、萨克斯管、电吉他、贝斯、架子鼓、琵琶、小提琴、古筝、二胡、手风琴，应有尽有，西洋乐器与民族乐器合而为一。

照理说，电声乐队应该是西洋乐，而民乐团则是民乐，但男生们把所有这些乐器七拼八凑，土洋结合，演奏效果别具特色，外出商演大受欢迎。

他们演出的地点，就是当时最豪华的金宝酒店，还有轮渡的海鲜坊。这两个地方，80年代中期入学的厦大学生一般都记得，不过，却没几个人进去过，因为口袋里没钱。

如果说，厦大是花园，那美轮美奂的金宝酒店、各种美食应有尽有的轮渡海鲜坊，就是金碧辉煌的天堂。在那个正在奋力脱贫的年代，天堂，从来都只是让人仰视和远观的，而音乐系的学生们，每个周末都在金碧辉煌的天堂里挣钱。

王励红有时在周日和大家一起去商演，加上家教，她每个月能赚百八十块。

一次，在金宝酒店的舞台上，她用小提琴演奏了德尔德拉的《纪念曲》。丰富的演奏技巧、美妙而迷人的音色、强劲的穿透力和无与伦比的艺术表现力，让王励红在那一刻成了音乐星空的女神。客人们无不陶醉在音乐的美好世界里。

这时，台下角落突然传来一阵号啕哭声。众人正诧异，一位台湾老兵冲到台上，直接给励红深鞠一躬。

他泪水涟涟，指着励红手里的小提琴，用带着台湾腔的山东话哭着说："丫头，你这二胡拉得好，让俺想起了山东老家。孩子，你就用这西洋二胡给咱拉一段山东《一枝花》，俺家乡没亲人啦，可俺思乡，想死去的爹和娘！"

《一枝花》是典型的山东民间乐曲，原名《壮别》，曾用于电视连续剧《武松》中。这支乐曲的音调具有浓郁的山东地方色彩，高亢嘹亮，悲壮激越。王励红就用手中的小提琴演奏了这首山东乐曲。

那一刻,"此夜曲中闻折柳,何人不起故园情",台湾老兵闭着眼睛聆听,又痛快淋漓地哭,哭得人心凄惶,哭得昏天黑地,留下满地的思乡泪水。

演出结束后,老兵直接给了励红500元钱。

——1986年的500元啊!当时,1斤大米1角8分、1斤猪肉9角3分、理发2角、"海鸥"牌手表100元、"红灯"牌收音机100元、"飞鸽"牌和"永久"牌自行车150元。而手表、收音机和自行车,是那时结婚的"三大件"。

王励红用小提琴拉了一首山东小调,等于挣了当时新娘们最羡慕的一套豪华嫁妆:一块海鸥表、一台收音机、两辆自行车。

几十年过去了,现在的励红,已是某传媒集团的主任编辑。和她聊起当年往事,一切历历在目,恍如昨日。

她说,艺术是有灵性和灵魂的。直达心灵深处,才是接地气和有生命力的艺术。说到那年在晋江金井的演出,说起当地善良朴实的村民,她至今难忘。我能感受到她内心深处的情怀。

1985年入学那一年,美术系办公楼里,还款款走来一位漂亮迷人的小姑娘。她落落大方,轻轻敲开办公室大门。

小姑娘明眸皓齿,含羞带笑地轻轻开口:"听说你们需要模特?"

女教师刚接待完东边社宗阿伯,头也不抬:"脱衣模特?有了。"

小姑娘吓了一大跳:"不!我报的是国画班的穿衣模特。"

女教师顾不上看她,忙着整理桌面的一沓表格:"你叫什么?"

"我叫梁薇,音乐系的。"小姑娘脸色通红,"我看到你们国画班要招聘穿蒙古袍的写生模特,我想报名试试。"

老师回过头,用审视的目光挑剔地扫了门边的姑娘一眼。梁薇心里一凉,转身要走。

这时，女教师猛然正过身。她看着眼前面容姣好、身段苗条、笑意盈盈的少女，说："别走！你这身段，穿上蒙古袍肯定漂亮。整个儿厦大，你最合适！"

穿衣模特的酬劳大约一次 10 元，小姑娘梁薇倒不为钱，而是打心底里喜欢那些漂亮的蒙古服饰和文化。当她穿上蒙古袍时，一个魅力无穷的科尔沁格格乌日娜出现了。

美术系教师们闻声过来。大家看到面前光彩照人的"蒙古族"姑娘梁薇 - 乌日娜，不约而同鼓起了掌，纷纷让她唱一首蒙古歌曲。

梁薇用舒展的嗓音和优美的舞姿，为在场所有人展现了千里之外的美丽草原风情：

蓝蓝的天上白云飘，白云下面马儿跑，挥动鞭儿响四方，百鸟齐飞翔。要是有人来问我，这是什么地方？我就骄傲地告诉他，这是我的家乡。

她的舞姿优美，她的嗓音舒展，她的眼神似水，她表现出了浓郁绚丽的民族风格。

"这就是我们的草原儿女啊！"美术系教师们的眼睛湿润了。

当年的梁薇

时光荏苒，今天的梁薇，已经是厦门市台湾艺术研究院副书记兼副院长、一级演出监督、著名艺术家。

也许30年前，她曾在美术系的楼道，与为养家糊口的模特宗阿伯匆匆擦肩而过；也许在那时，台下美术系的学生郑文东，正精心描绘着眼前这位梦想中的北国女神……

那时，美术系学生是幸运的。他们和音乐系学生住在同一宿舍楼，男女生都是同层居住：往往一层楼内，第一间宿舍是美术男生，第二间是音乐系教师，之后是音乐系女生，再之后又是美术系教师……

混搭才是艺术。

真为那时的文东遗憾，半夜三更的，干吗老去深不见底的水井捞水桶呢？一群美女就在隔壁，都亮着台灯，找谁唠嗑不好？

与其傻乎乎地捞水桶，不如给音乐系女孩子们接着写生啊，至少可以做个知心哥哥、暖心东东——多好！既然同处一楼层，幸福的天堂就在两边，明明是向左转、向右转的事儿，却偏偏要向下去，非要钻到黑乎乎的井里！这个朴实无华的郑文东啊！这个天生海底捞的傻纯美！

要是能娶个音乐系姑娘，不仅自己能免费听立体声，就是后代将来也比常人多一门家传手艺，说不定优质基因里又出个郎朗。

前几天，我和几位师兄聊起当年的厦大美女们，大家都后悔得跺脚：当初校园那么多美女资源，都是真善美的原生态，可男生们身在福中不知福，不知忽略了多少珍珠玛瑙！现在回头看看，哪个厦大女孩儿不是美若天仙？个个都是七仙女下凡！

——傻啊！当年傻纯美的厦大处男们！

我倒是觉得，应该成立一个厦大85级傻男冤屈委员会：东边社开山鼻祖郑文东知行不合一，放着鲜花不采，却去摸黑捞水桶，是不遑多让的委员长；隋建人呢，五颗星的憨男模范，打架无比英雄，泡妞无比狗熊，憋得最后去撞火车头,算是当之无愧的常务副委员长;处级先锋阿雁,摸女生手都觉得是罪恶,现在却养成了爱啃酱猪手和吃凤爪的饮食习惯,而且无爪不欢,姑且算是秘书长吧;还有哲学系的赵金华,这哥们儿来自盛产美女的南平,却是四年如一的标准处男,别说女孩儿的手,就是女孩儿的香水都不敢去闻,绝对是根红苗正的唯一正式委员。

四兄弟仿梁山泊座次排名:文东"天冰星",建人"天清星",阿雁"天玉星",金华"天洁星"。

这四位被"追认"的"80年代处男委员会"领导人,现在虽是"阅尽江湖"的四大佬,可当年合起来,正好是"冰清玉洁"四小僧。

大学四年,可谓净身而过,不带走一片云彩。

不过,话说回来,虽然很多男生没谈过恋爱,但他们在特区大学,出于对经济的敏感,很多人开始了做家教,假期倒腾电子表、服饰用品和摆地摊的社会实践。很多有趣的故事,我会在今后的随笔中慢慢叙述。

如果说,王励红悠扬动听的小提琴,梁薇荡气回肠的古筝、婀娜多姿的蒙古舞姿和音乐系男生电声乐队风起云涌的演奏,正式拉开了厦大学生80年代勤工俭学的序幕,那么,当年在芙蓉楼有一位默默学子,正在寂寞和孤独中,冷静而敏锐地观察和探索着社会实践的道路。厦大学生勤工俭学的历史,注定要把他写入最辉煌的篇章。

他的故事,要从1988年开始;而他的观察视角,就是厦大这个人尖儿云集的上万学子在读些啥及要读什么。

不鸣则已,一鸣惊人。这个人,就是姚明!

1988年,他将在厦大横空出世。再以后,他在厦门乃至整个福建天马纵横,甚至成了风起云涌的美国商务部对华反倾销反垄断诉讼中,在美国胜诉的第一位中国企业家。

他的故事，现在还没开始。

故事没开始的，还有王励红、梁薇的一位同门师弟。

这时的中国，已正式进入第一代企业家叱咤风云的时代。他们摸着石头过河，在没任何参照的基础上，砸烂铁饭碗，又迫于生计接手濒临死亡的集体制企业，开始创业生涯。柳传志、段永基、褚时健、李经纬，带领着联想、四通、红塔山、健力宝横扫全中国。

这之后，第二代中国企业家开始慢慢涌现。王励红和梁薇的师弟，就是第二代企业家中的代表人物。

他是闽西客家人，据说特能喝酒。朋友聚会，他一晚上和十几人拼酒，什么西北东北、湖南四川汉子，能喝酒的主儿都喝不过他，自愿甘拜下风。因为别人是喝酒，他是往死里喝酒。

不过，他虽然酒量惊人，却寡言少语。和朋友聊天，一整天绝不超过三句话，只是静静地微笑倾听。兴致高亢时，他会站起来，用经过专业训练的歌喉，唱几曲男高音，之后笑着坐下，一言不发地听别人唱歌、聊天。

毕业那天，他把音乐系硕士毕业证放进手提箱，然后悄然走出厦大校门。他的身影被阳光长长地映照在地面，他就这么孑然一身地走着，坐上门口的公交车。

谁能想到，这之后，他将在厦门娱乐界一战成名，并将经历由草根到喷发再到爆发的精彩。那惊天动地的气势和过程，堪比大气磅礴的交响乐，足以与惊涛骇浪同日而语。

不过，刚毕业时，他还处在穷在闹市无人问的境地。他得谋生，养活自己。

这位86级的师弟，孤独地踯躅在厦门的大街小巷。他磕磕绊绊，终于在厦门松柏小区门口停下脚步，然后迟疑地四下打量这个陌生的地方。

那时，福建有家连锁的闽客隆超市，生意红火。可在松柏小区这里，还没什么卖东西的店铺。没多久，松柏小区的松客隆超市开张了。

他是音乐硕士，本来对于美学、演奏、作曲、声乐、乐器如数家珍，如今却要时刻打理日杂、蔬菜、油脂、布艺、被套。尽管他苦心经营，可超市生意并不好做，不是因为别的，而是有些杂货店卖假货，而他卖的都是货真价实的东西。

又过了几年，他忽然意识到，不管经营啥，一定要和自己的特长配套。这个特长，就是强过别人的地方。

可自己究竟什么地方异于常人呢？总不能算喝酒吧？喝酒，别人倒是喝不过自己。对，就是酒！至少他自己喝酒，还没遇到过对手。

创意一来，立即行动。不久，一间独特别致的酒吧诞生了。这比超市经营要顺手得多，因为他既能喝酒，也颇懂酒。

酒，是一种人生，是一种情怀，是一种回味和领悟。酒似人间沧桑。比如，酱香美酒，第一口入嘴味甜，继而舒适滋润、醇美浓郁，又有绵柔口感；第二口，酸味辛辣适中，醇厚甘冽，爽快刺激，酒中苦味恰到好处，止渴生津、胃口大开；第三口，更觉酒中辛、咸、涩、怪四味，味味如同涟漪波涛，仿佛多愁悲秋，又似吹梦长风。

懂酒的他经营酒吧，生意奇好。

夜深人静之时，他常常倚窗而坐，静静地仰望星空。银河渐升，星汉纵横，天地浩荡无极，正似杯中琼浆和无尽的人生。

他还有音乐硕士的专业背景，这是最大的优势。

之后，他又开了一间规模更大的酒吧，并且把厦大音乐系的乐队引进酒吧。这主意，现在谁都想得到，可在几十年前，这是开山的创举。

这以后，他进入了事业辉煌期。

"人生得意须尽欢，莫使金樽空对月。"在他的规划下，一家前所未有的夜总会在厦门横空出世，营业面积近3万平方米。

一个标准足球场是7140平方米，3万平方米差不多是4个足球场。您沿着足球场跑四圈试试？

光停车位，就有近千个。但这家夜总会还不止这些。

光彩夺目的灯光秀、情如烈焰的劲爆音乐、时尚前卫的装修风格、贴心愉悦的服务方式，处处都是辉煌和精彩。

那个地区，也是厦门唯一经过整体规划的娱乐功能区。这种经营环境，在整个厦门没有第二家。

励红和梁薇的同门师弟，就这样独具匠心地布局和创造了一个行业标杆。由于这个标杆，这家夜总会达到了别人难以企及的高度。这个高度，就是高端奢华、时尚潮流、前卫另类的娱乐巅峰圣地。

这个巅峰，还有一个功能，就是傲视和引领。曾经，这里的夜晚总是飘过厦门星空最辉煌的彩云；曾经，这些彩云让多少同行瞩目和自叹不如。

又过了些年，他投资失误，最终离开了自己一手打造的绚丽江山。这家夜总会名花易主。

在厦门工作的国初告诉我这段故事，令人唏嘘。他说那位音乐系硕士有着异于常人的行动力。"天生我材必有用，千金散尽还复来！"只是，那位从一家小超市起家，巅峰时期傲视群雄的娱乐界至尊，至今没能王者归来。

也许，他正在某个地方，为自己的东山再起积蓄力量；也许，像唐代诗人王之涣诗里说的那样：

蓟庭萧瑟故人稀，何处登高且送归。今日暂同芳菊酒，明朝应作断蓬飞！

时代和时机都变了。

有时我想，他还喝酒吗？也许喝，也许不再喝了。不过，对于酒的内涵内蕴，他一定比我们体会得更深更透。

六七十年代出生的这批人，是改革开放后的第二代企业家。他们中的代表人物，有史玉柱、马化腾、刘强东、李彦宏等。他们受过系统良好的高等教育，一些还具有海外留学背景，使得他们与第一代企业家相比，不再专注一成不变的低成本，而是进行经营模式的本土化、高端化、引领化，因此比上一辈有更加不俗的亮丽表现。

有一首歌唱道：

鸿雁，向苍天！天空有多遥远？酒喝干，再斟满，今夜不醉不还！

在那家依旧辉煌绚丽的夜总会门前，有没有曾经的过客，想到那些惊心动魄的璀璨往事，而在心底隐隐发出微微的叹息？

一切都是过眼云烟。不过，流星即使从夜空掠过，毕竟也曾达到过所有山巅都难以企及的高度。壮哉！

自古风云多变幻，不以成败论英雄。谨以一首小诗，献给这位令我尊敬的音乐系师弟：

曾有一位勇士遍体鳞伤，
在山巅呻吟并艰难回望。
夕阳映照他遍身伤痕，
发出璀璨瑰丽的血色金光。
他在战场上杀死的敌人与妖魔，
比你在这个世界见过的所有活人还多！

地上本无路，
但只要走过，
便也成了路……

白鹭书社

周日上午写随笔，看到微信闪过几条消息，赶忙接通了新闻系86级广告专业林国泰的电话。

国泰兄弟语气沉重地告诉我，同学任泽林昏迷两天，周六被送进ICU抢救，周日早上不幸过世了。

那几天，86级广告班的席春梅、杨存旺和桂屹三位同学，特意赶到湖北的医院，陪伴泽林走完最后一程。

深厚的同学情谊，绵延几十年，实在是亲人般的情分。就像土楼游子所说，战友一起扛枪，同学一起长大，这就是兄弟。

春梅说，在送别泽林时，那种夫妻、父女、兄弟姐妹之情和同学之谊，让她真切感受到爱的流淌。她感慨，人生无常，所以任何时候都要爱美、爱朋友、爱生命里的每一个遇见，把善意与温暖带给他人。

大学期间，我曾和泽林一起上课。他好像是湖北十堰人，很整洁，爱干净，不太爱讲话。但每次听我讲笑话，总是微笑地注视着我。

因为上学时吃得多，我曾有几次向隔壁宿舍的泽林借过饭菜票。他从未拒绝，总是不紧不慢地用钥匙打开抽屉，拿出饭菜票，然后抬头冲我默默一笑。泽林的音容笑貌，至今还清晰地印在我脑海中。

时光，是那么短促；生命，和鲜花一样美丽而脆弱。

30多年前上大学时，苦中有乐，欢声笑语，那时谁去想悲欢离合、谁去参悟生死？到了知天命的年龄，才开始理解菩提本无树。

我曾写过两首诗：

（其一）

昨日像那东流水（起笔是抄袭的），波涛渐去心渐平！如今落叶风骤起，秋来看绿自多情！

（其二）

雪落世界白，明早是泥痕。推窗不见月，无念即清心。

借用《我是一片云》的歌词，献给天堂的任泽林同学，献给我们共同的青春记忆：

我是一片云，天空是我家。朝迎旭日升，暮送夕阳下。我是一片云，自在又潇洒。身随魂梦飞，它来去无牵挂。

化学系85级的胥德峰，为人豪迈爽直。他对我说："宝庆兄弟，咱们既然无法抗拒时光流逝，那就一起走进随笔，重回厦大。"

德峰说："回忆是第二次青春。"

定居美国的蔡茹虹也说："青春的点点滴滴，就是我们的历史印记。"

今天的点滴在哪儿呢？继续说说勤工俭学吧。

大学期间，卖点儿运动鞋、倒腾点儿香烟、卖些钥匙串小礼品，对于没任何人脉的在校生而言，靠这种地摊经济赚外快，其实真的好难。能挣点儿饭菜票或者打打牙祭就不错了。都是老百姓的孩子，不容易！

厦门学生稍微优越些，因为家在本地，没了坐绿皮火车的痛苦，打牙祭的机会也比外地学生多些。

外贸系的阿晖和会计系的阿斌两位厦门本地小姑娘，本打算假期留在校园好好读书，结果第二天跑去白城海边，在朋友开的大排档帮忙洗菜。两人觉得好玩儿，里里外外忙了10多天，也没要人家一分钱，只是聚餐管饭。

说是一顿饭，其实绝对上档次：顿顿清蒸老虎斑、清蒸龙虾、太子香辣蟹、白灼红虾、辣炒花贝，外加喷香的炒面线。

阿晖对我说："给人家风风火火帮工，脚不沾地忙乎十来天，从没想到勤工俭学那样的高度，算是友情帮忙。"

厦门是经济特区，阿晖和阿斌又都是厦大高级教职工子女，基本衣食无忧，因此打零工只是为了丰富单调的校园生活。那些回忆，是鲜美而温馨的。

而80年代更多的学生，来自经济尚不发达的农村、山区和边远地区。他们的家乡贫穷落后，没有任何家底，囊萤映雪挑灯夜读，最后考入厦大成为天之骄子，其实背后有很多心酸。

化学系有位湘西同学，每次假期回来，都带着大包小包的辣椒酱。吃饭时，他要等到食堂基本没人才去打些米饭，然后躲在食堂角落里，或是在湖边找个僻静的地方，米饭配辣酱，一吃就是两三个月。

没有肉和菜，大学头两年，他也没吃过一次水果。

因为家里困难，他的助学金大部分要寄回家里，因此从没吃过芙蓉二后面2角钱一碗的馄饨或米粉。

晚上饿了，就大口喝水，然后嚼口辣椒。食堂 2 分钱一勺的紫菜汤，对他而言就是改善生活的奢侈品。大一上学期考试成绩不错，他终于大方一回，吃过一次 1 角钱一条的巴浪鱼。吃完鱼，他咂吧着嘴，满足、高兴，又深深地愧疚，为自己浪费了 1 角钱，这点儿钱可以供老家的兄弟姐妹吃好几顿。

他一直在看《那年，海风吹过厦大》的随笔，曾感慨地说："我当年上的厦大，怎么和宝庆、阿雁、文东的厦大不一样啊？很多故事没听过，很多厦门美食没吃过。"

前些天，他给我打电话，说特意让孩子在网上订了厦门的香菇肉酱、绿豆椰、同安封肉和鼓浪屿馅饼。我问他为什么，他说也要和当年来自大城市的我们一样，回味一下 30 年前的厦门生活。这位如今已是副局的老同学笑着说，如果回到 80 年代，那些食品中的任何一样，对他来说都是过大年的美食。

等到快递来的厦门食品摆上桌子，他当着孩子的面落泪了。

后来他再次打来电话，说："我上的厦大，和你与阿雁当年的厦大是一样的了！"

2008 年 3 月 28 日，厦大实行新的伙食补贴，向全校所有本科、硕士和博士生提供免费米饭。那一年，全校 36410 名学生在食堂吃米饭不再花钱。

从此，有些贫困地区家庭填报志愿时，都把厦大作为首选——不为别的，就为求学时，能有口不花钱的饭吃，不会挨饿。

感谢母校的仁义和恩德，我们毕竟还有那么多不富裕的地方和不富裕的人民！

当年，城乡的差别是显而易见的。我们这些大城市来的孩子，特区补贴一到，立即兴高采烈地奔向厦大门口的林家鸭庄和南海渔村，要不就是白城海边那一溜排档，大吃大喝吹牛聊天；而农村和边远山区的同学们，却要从特区补贴和助学金里省吃俭用，有些还要寄回家去。

在美丽的厦大校园，他们曾吃着咸菜、辣酱配米饭，他们奋斗的历程和故事让人唏嘘，让人钦佩，也折射出"自强不息，臻于至善"的厦大精神。

有位85级学生，来自遥远的大西北农村。刚上大学没多久，父亲就得了重病，丧失了劳动能力。他把大半助学金寄回家，给父亲看病。

京广沪学生去厦大，路上吃饭都在火车餐车，最次也是盒饭；这位小伙子去厦大，路上带的都是家里蒸的馍。500公里吃一个馍，3000公里就是六个馍。剩下的馍带到厦大，接着又吃十来天。

经济系85级的赵英鸽，刚读大一，母亲就生了重病。那时，英鸽的弟弟在郑州上学。爷爷和父亲收入不高，又向别人借了上千元的债给母亲看病，经济十分拮据。

后来，母亲的病情日益加重，父亲不得不请假在家照顾母亲，因此父亲每个月的工资被单位扣得所剩无几。

英鸽得知消息后，心急如焚，含泪给西安第四军医大学校长写信，恳求他们想办法救治母亲。她向素不相识的校长哭诉道："本来盼望将来毕业后，能让苦了一辈子的母亲享享福，现在却眼睁睁看着不到50岁的母亲病入膏肓。"她请求第四军医大学向母亲伸一把援手。

校长看了信，被这位千里投书的孝女深深感动，立即破例安排她母亲到军医大学治疗。

感谢那位有悲悯情怀的医大校长！

不幸的是，第四军医大学最终没能延续英鸽母亲的生命，她在过完50岁生日的第二天，撒手人寰。

西北大地，狂风呼啸；千里之外的厦门，万木竞秀。大二的赵英鸽成了没妈的孩子。深夜，她在石井宿舍的被窝里埋头痛哭。从此，她的日子更加艰难。

在厦门四年，可怜的丫头竟没尝过南方的龙眼和杧果。开始路过水果摊时，她还要看一眼，到后来，就连看也不看了。她只是在心里牢牢记住了热带水果的颜色。别人聊起龙眼和荔枝，说的都是味道；而她谈起这几样水果，只有颜色。

放假前，来自南平的陈菲同学看到英鸽如此困难，便带她一起到厦禾路轮渡附近的餐厅勤工俭学。她们一家一家地问过去，终于，海鲜店的老板娘给了两个女孩机会。

她们的工作是当服务员。陈菲会讲闽南话，性格开朗乐观，很快就和老板娘、客人打成一片；而英鸽吃苦耐劳，也迅速得到大家的肯定。

善良的老板娘特意给两位女大学生定制了宝石蓝的漂亮套裙。她俩呢，还把这身"工作服"穿回厦大上课，"宝石蓝"立刻吸引了校园女生羡慕的目光。过生日时，英鸽也特地穿上这套宝石蓝工装。她珍爱这套衣服，每次都把衣服洗得干干净净。

厦大一般下午没课，加上固定周日，英鸽和陈菲便去海鲜店打工，一个月60元，还有两菜一汤的晚饭。

第一个月发工资，英鸽得了80元。她以为老板娘给错了，又拿出20元，还给老板娘。"没妈的孩子，又是大学生！就是要给你80元！"老板娘疼爱地拍拍她。

后来，英鸽又为厦门一个初中女孩儿补习功课，算是缓解了生活压力。

那一年，她回陕西老家，顺便和陈菲用打工挣的钱沿途旅游，在洛阳龙门石窟留下美丽的青春一瞬。

陈菲重视同学情分。毕业后，她先生的朋友到兰州出差，陈菲特地在厦门买了龙眼，托人带到兰州，让大学期间从不舍得吃龙眼的赵英鸽品尝。她们之间的友谊，一直持续至今，如同姐妹一样。

现在，英鸽在兰州某大学做副教授。每次到厦门，她都要回母校看看。她也会去厦禾路，去轮渡附近。那里早已变了样，当年的海鲜店也没了，但英鸽总是要在那里徜徉很久。

回忆当年，她对母校，对那位第四军医大学校长，对曾经帮助和照顾过她的陈菲、同学们和海鲜店老板娘，充满怀念和感恩。

我们这些经历过沧海桑田的过来人都知道，英鸽这样的女性，是中国传统文化铸造出来的真正孝女和贤妻良母。

就在赵英鸽为基本生存而在厦大和轮渡海鲜店拼搏时，一位日后将横空出世的中国制造业领军人物，也心事重重地在芙蓉湖边徘徊。他心里始终有个疑问：为什么出租车司机每年能赚近万元，而在大学辛苦授课的教授们，月入不到100元？这个问题，一直困扰在他心头，百思不得其解。

他，就是企管85级的姚明。

作为莆田一中的高才生，姚明在中学就显示出独特的逆向思维能力。

1985年5月，收录了全国13所重点中学优秀作文的《作文通讯》，其中就有姚明的作文，题目是《三个臭皮匠，抵个诸葛亮吗？》。

我在北京读高中时，语文老师还专门点评过这篇立意新颖的作文。顺便说一句，我高中的语文老师，是当时全国高考语文考试委员会的委员；她的父亲，是著名历史学家白寿彝先生。

"三个臭皮匠，抵个诸葛亮吗？这个思路，一看就是反其道而行之，不凡！"语文老师说，"不一样就是不一样！"

逆向思维也称求异思维，其特点是从问题的相反方向深入探察。这是一种宝贵的创新思维方式，很多新思想由此而确立。几千年的中国历史，为后人留下很多逆向思维的经典，比如，老马识途、胡服骑射、破釜沉舟、背水一战、草船借箭、曹冲称象、司马光砸缸等。

逆向思维的可贵之处，是它对常规认识的挑战。工作中难以解决的问题，有时运用逆向思维，复杂问题反而变得简单，出奇制胜。姚明日后成为著名的制造业企业家，这种思维方式很可能起到了重要作用。

逆向思维的姚明同学思索了三年，也积淀了三年。大学这头三年，他是沉默和孤独的。

上世纪 80 年代中期，琼瑶的爱情小说开始在中国大陆流行。她的笔下，是一种神圣化的爱情。主人公多是痴情的现代女子，她们陷入爱情的瑰丽梦幻中，即便前面是刀山火海，也会义无反顾。琼瑶小说，都是意境优美的诗情画意和波澜起伏的感伤故事。女生们很快被琼瑶深深吸引。

男生们则推崇金庸。飞雪连天射白鹿，笑书神侠倚碧鸳。金庸的如椽之笔生动地描绘了人生百态，更描绘出长风万里撼江湖的侠义气概。韦小宝、令狐冲、杨过、张无忌、郭靖、段誉、乔峰、狄云，每个厦大男生都在小说中找到了自己的内心渴望和想象中的自己。

英年早逝的阿苞曾在大醉后对我说，他最喜欢韦小宝。

85 级微信群主、国际金融专业的刘祖杨喜欢郭靖。作为航海爱好者，刘祖杨后来和几个同伴驾驶"厦门号"帆船，历经 315 个昼夜，穿越四大洲三大洋，航行共计 23000 多海里，完成中国帆船史上首次沿地球地理形状绕行一周的壮举。和《射雕英雄传》中的英雄郭靖一样，刘祖杨在这次航海壮举中，长风万里、一往无前，完美展现了中国男人的魄力和气概。

刘祖杨与同伴驾驶"厦门号"帆船，历经 315 个昼夜，穿越四大洲三大洋，航行共计 23000 多海里

国际新闻专业的卢祯铃、海洋生物学专业的侯红兵也喜欢郭靖；和刘祖杨同班的林胜则喜欢杨过；被厦大85级一致公认为最博学的外贸系李纬同学告诉我，他喜欢的未必武功最高，但富有智慧。我自己觉得，金庸笔下最智慧的人，应该是那位无名的少林寺扫地僧吧？

除了爱情、武打和侦探小说，那时最流行、最神秘的书，是《查泰莱夫人的情人》。这本书因为性爱描写，一度被列为禁书。

法律系有位姓S的北京小伙子，想尽办法也借不到此书，最后心一横：自己写！

他买了高中《生物》课本，参照生理卫生部分，再加上青春期的道听途说和胡思乱想，竟然胡言乱语写了个手抄本，叫什么《芙蓉二的情人》。

他是第二次高考才上的厦大，比我们大2岁，对生理卫生似懂非懂，写了一堆胡说八道的臆语，自以为创造了厦大男生写情书的最高境界，又傻不愣登地把手抄本直接借给女生看，最后落了个炼狱级处分——开除。

想想都可怜：生理卫生没搞懂，从理论到实践没完成，查泰莱夫人没看到，情人没找着，芙蓉也没了，就剩下一个令人叹息的"二"。他的经历，倒符合一本名著的书名——《悲惨世界》。

那本《芙蓉二的情人》后来被简称为《二》。《二》的风波很快过去，但该流行的仍在流行。那时青年男女爱读的，还有三毛、席慕蓉、古龙、梁羽生等人的书。

吃饭走路聊天，男生谈慕容复、洪七公、苗人凤和东方不败，女生说费云帆、展云飞、夏小蝉、小燕子。东一本西一本凑着看，越看越想看。

去借？图书馆没有。买一套？哪儿去找那几十元钱？几十元钱，当时就是一座山。

姚明，这位莆田籍的高才生，敏锐地看到了商机。

他开列了一张详细的书单，上面都是厦大学生爱读而图书馆根本没有的流行书目。

和身边同学一样，姚明也只有每月几十元的生活费。投资的本钱，没有，军人背景的父母也不允许他上学期间做生意。但他确信，这个商机就在身边。

这天，他拿着书单和投资报告，轻轻敲开厦门叔父家的门。做生意的叔父仔细看了投资报告，抬头询问侄子需要什么帮助。

侄子用坚毅的目光望着叔父："借我500元，办书社！"

不鸣则已，一鸣惊人！白鹭书社，就在三家村开张了。

这是厦大第一家深受学生欢迎的书店，一开张就人满为患，所有图书被出租一空。

每本书租3角钱。一年下来，他轻而易举地成了万元户。当别人还在为爬几十元一座的山岭而挣命时，他成了征服珠穆朗玛峰的第一人。

那时没有通货膨胀的概念。放眼偌大的神州，谁要有1万元，感觉今后能痛痛快快活两辈子。

校园里三家村的白鹭书社，在当时弥补了厦大学生精神世界的荒漠，为那些憧憬美好生活的青春心灵带来一丝光芒和滋润的露水。

不过，光顾过这家书社的学生，包括姚明自己，可能都没有意识到，他日后会扬名万里，成为中国战胜美国"双反官司"的第一人、经济风云人物和回馈母校最多的慈善家之一。

此时，白鹭刚刚起飞……

海燕，在暴风雨中翱翔！

海燕

随笔勤工俭学篇刊发后，化学系85级的黄广田特意发来微信，说看到当年一些同窗一边读书、一边还要为基本生存而拼搏，心里感觉很不是滋味。

他把那篇随笔转给音乐系87级一位同乡，那位女生边看边哭，说不知当时美丽的校园，竟还有生活如此困顿的师兄师姐。

广田回忆，当年化学系某老师进行改革，实行助学金、奖学金双轨激励，学生只要成绩优异，还有额外的奖学金，这些费用再加上特区补贴，让化学系大部分学生都有了生活保障。

老师也是黄广田的入党介绍人，现为中国某大学党委书记。

78级的一位师兄现居加拿大。他说："随笔写出了感情。人生的困顿之一就是贫穷，更甚的是饥饿，致命的饥馑则会埋葬人性。"他回忆道，"77、78级很多同学，是靠国家助学金完成学业的，而大学生贫富之差的情况当时就存在。"

师兄感慨："好在80年代是蒸蒸日上的时代。那些贫困家庭的学生有了助学金和时代大背景的勤工俭学机会，其实是一次非常难忘的青春磨砺。"

计算机系85级的李仲奎感叹道："过去难忘的大学岁月，随着阅读《那年，海风吹过厦大》而逐渐清晰，青春的热情被不断激起，产生了深深的共鸣。"

有趣的是，随笔里提到乐于助人的经济系陈菲，恰好是哲学系85级赵金华的高中同学。这真是无巧不成书！

金华兄是"厦大85级处男冤屈委员会"（亦名"厦大85级处男·比窦娥更冤委员会"）四大天王之一，大学时连女生路过后留下的香味都不敢去闻，因此名列"冰清玉洁"全净身星座，号曰"天洁星"，我们哥俩很谈得来。他现在是著名编辑和资深报人。

金华发来他老师徐梦秋先生读《那年，海风吹过厦大》的感言："当我们不断诉说那一年时，我们离说不出那一年的那一年也不远了。与其惆怅地不断念叨那一年，不如踏踏实实地活在这一年。"

梦秋老师的意思是：活在当下，活在今天。

不过，该活要活，该念叨还要念叨。

屈指算来，我们人生中的第二个30年已经走完大半。此时回首第一个30年，就是为了再走一次青春，从而更好地活在当下、活在今天，也更好地活向明天。

新闻系的陈伟文同学来北京出差，次日匆匆回上海。他在凌晨给我发了一首歌曲，是当年谭咏麟唱的电影《龙兄虎弟》主题歌《朋友》：繁星流动，和你同路；从不相识，开始心接近。默默以真挚待人！人生如梦，朋友如雾，难得知心！几经风暴，为着我不退半步，正是你！

感谢伟文！那就用这首歌曲作为本篇随笔的背景音乐，记住我们在厦大的人生际遇和缘分。

在大学时，比我们生活艰难的同学，很多。

阿雁对我说，他记得自己有一双Yasaki日本球鞋，当年曾风靡企管系。他从广州来厦大，穿了半学期，就把这双踢球穿破的鞋丢掉了。当天深夜去方便，看到一位粤北山区来的同学，在昏黄的卫生间，正仔细清洗自己扔掉的球鞋。他觉得奇怪，便上前问："这是我扔的鞋。你脚比我大，穿不了，洗它干吗？"山区来的同学红了脸，沉默片刻喃喃地道："这鞋能穿。我洗好了，假期带回老家给弟弟、妹妹穿。"阿雁顿时愣住。同学面红耳赤，慌忙把洗好的鞋递过来："如果你还要的话，就只当我帮你洗鞋了。"阿雁清晰地看到，这位同学似乎眼中噙泪。

前几天讲起这件事，阿雁说，那时从广州来的他，根本意识不到边远山区的贫苦。说到这里，他不禁喟然一声长叹。

企管85级的熊庆海，龙岩客家人，家庭十分困难。他大一时全部费用就靠每月16元的助学金，除此之外一无所有。从厦门到家乡龙岩的路费是7元5角，他拿不出，放假时别人回家见爹妈，他无奈只得留在校园。

系里老师心疼他，介绍庆海到湖里工业园的华夏卷烟厂勤工俭学。庆海不舍得坐汽车，便向学长借了辆自行车，每天早上从厦大骑车去湖里，路上往返近3小时。他的工作，是收拾地上裁剪香烟盒的碎纸屑。

熊庆海还记得，那时勤工俭学月薪70元。企业不提供午餐，他便从厦大食堂带免费的巴浪鱼头，外加一个馒头，就这样解决午餐。

熊庆海是贫困生的一个缩影：一个靠16元助学金生活的学生、一个连7元5角路费都没有的学生、一个以馒头夹食堂免费巴浪鱼头果腹的学生、一个每天省吃俭用不停地抄写的孝子。

寒门出贵子，他是当时企管系学生会学习部长，现在是厦门市政府干部。

那个年代，国家正从困境中艰难起步，大学生在一个和以往不同的时代中成长。

企管85级还出好汉，在当时的厦大是出了名的。

企管好汉们的第一个故事，号称"北斗七星"。当年有七位同学英语考试不及格，结果大家一起剃了秃瓢儿，每天光着脑袋（估计没胆儿光身子）在厦大走来走去，十分扎眼。

俗话说"秃瓢儿光光，秃瓢儿铮亮"，几个秃瓢儿火力大，凑在一起琢磨着去石井女生楼结个友好宿舍。

千辛万苦把消息传过去，女生们傍晚偷偷路过一看：企管系这间男生宿舍咋这么灯火通明？

悄悄凑近，就见宿舍内仿佛着了火，一片锃光瓦亮：七个秃子晃来晃去，就像七个手电筒。乍看上去，简直就是南普陀寺庙驻厦大办事处。女生们哪见过这阵势，吓得一溜烟跑走了。秃子们再给友好宿舍打电话，人家连电话都不接了。

七个秃瓢心里窝火，干脆到南普陀去散心。

庙里的和尚们正在诵经，一看吓一跳：这是哪儿来的僧侣代表团啊？佛教协会事先没打招呼啊？这七位面不改色的秃僧，口音天南地北，怎么中间还夹带着一位尼姑？

"尼姑"是一个叫小兵的江苏人，长得白白净净细皮嫩肉，乍看上去像个美人儿（其实走路一晃一晃，打起架来毫不手软，还曾和我一起蹭过陈伯的炒面吃）。

几个秃子要去厕所，南普陀僧人们手疾眼快，急忙把小兵单独拉出来，齐刷刷用手指着右边："男左女右，女厕在右！"

小兵哭笑不得，一嘴盐城口音的普通话立刻冒了出来："翻嫌（讨厌），我要去毛缸（厕所）！"

南普陀和尚们吓了一跳，急忙仔细看小兵的面相："你难道不是优婆夷（女居士）、比丘尼？怪不得还长了些胡须！"

七秃瓢心里盘算，既然已经到了这儿，干脆就去后山，找个尼姑庵结友好宿舍。鬼头鬼脑正商量着，庙里住持早就看透了他们的来意，一声颤巍巍的"阿弥陀佛"，随后说："后山尼姑庵都是四五十岁的大妈，与比丘尼结成友好宿舍似乎不伦不类。"说到这儿，住持把脸一板，"再说你们这么年轻，认娘也没这个认法儿。"

好说歹劝，管了一顿素斋，七个秃子悻悻然离开寺庙，又奔回厦大食堂接着吃，因为庙里不见荤腥儿的青菜豆腐，反倒把哥儿几个的馋虫勾出来了。

这是笑话。

企管85级好汉们真正打动厦大人心的，是因为一个炫目的传奇故事。这个故事，首先离不开上海来的钱江同学。

钱江，时任企管系学生会勤工俭学部部长。

1986年，厦大成立65周年纪念晚会即将开始，企管系别开生面地组织了一个节目——时装秀。黄加国是这个节目的策划者和组织者。毕业后，他在长安街迎面撞瘪桑塔纳轿车，成为中国"碰瓷儿"第一人（当年这殿堂级的一碰，黄加国分文未取，比后来神州大地上碰瓷儿的徒子徒孙们，道德高得太多）。

黄加国是企管系一位英俊的帅哥。帅哥出节目，思路离不开俊男靓女。他觉得改革开放不久，企业管理系必须首当其冲引领潮流，于是独辟蹊径，迅速组织了一个由企管、外贸、新闻、生物、哲学、化学、外文等多系同学组成的男女模特队，在建南大礼堂为全校师生表演。

绚丽多彩的灯光、动人心扉的音乐，再加上满舞台的大长腿，时尚潮服将带来前所未有的视觉震撼与心灵盛宴，这可是厦大前所未有的新鲜事儿。

黄帅哥把厦大的俊男靓女筛了个遍，还请了形体训练教师，练站姿、练形体、练音乐节奏、练台前造型，夜深人静还到上弦场演武台，进行舞台演练。

万事俱备只欠东风。可惜，盼来盼去，就是没风。

啥风？——时装。总不能让男女同学穿着运动服上去做广播体操吧？

有同学提出，方法总比问题多，可以裹着床单儿上；也有人建议，干脆把蚊帐染成赤、橙、黄、绿、青、蓝、紫七种颜色；还有人提出用彩旗——可谁愿意穿着内裤裹大旗呢？

大伙儿七嘴八舌说了半天，越说花样儿越多，而筹办人却是越听越愁。

阵势已经摆开，筹办人骑虎难下。人有了，却没装备，帅哥英俊的神情开始变得愁眉不展。

有个同学见筹办人着急，便异想天开地说，干脆去曾厝垵借几张渔网，来个渔网时装，应该不赖。筹办人越听越坐不住，等听到"渔网"二字，顿时怒发冲冠，用渔网，那不成鱼死网破了？

大家突然把目光集中到一言不发的勤工俭学部部长钱江身上。

钱江是"阿拉上海人"，见识广，主意多，看见众人眼巴巴望向自己，眼神儿都是盼着诸葛亮转世，他心里突然升起一股豪气，眉飞色舞灵机一动：湖里工业区企业多，应该能拉赞助。

话音一落，周围一片欢呼。俊男靓女们终于觉得，盼了半天东风，总算有块云彩啦！大家一致通过，由勤工俭学部部长亲自出马，去湖里工业区找企业借衣服、筹善款。

钱江挺胸微笑，心里却有点儿打鼓：自己如何去借衣服啊？借不来怎么办？他从没向人借过一分钱，可这次，却要狮子大开口，去借几十套时尚服装。谁会借呢？咋开口呀？愁！

去湖里的路上，钱江心事重重。等下了车，他踯躅徘徊在第一家企业大门口。他想直接进去，却不知说什么好；想离开，又不甘心。

丑媳妇总要见公婆，再说"阿拉上海人"，啥没见过？钱江一跺脚，大步流星迈向大门。可气壮山河地走出一步，又脸红脖子粗地停住，长叹一声扭身就撤。

钱江不是锋芒毕露、咄咄逼人的性格，他带着对时尚表演的美好憧憬、带着黄加国等俊男靓女们的热切希望、带着企管系学生对世界和未来的渴望与向往，又一次鼓足勇气站到企业大门口。犹豫片刻，又转身离开。

他就这么在门口转来转去，不敢进去又舍不得走。毕竟只是十七八岁的孩子。

门卫见他一个劲儿往里瞅，还以为他要干吗，一把将钱江扯了进去。一群人冲出来围住，七手八脚将他推进办公室。吭哧吭哧解释半天，又拿出学生证，人家这才相信他是厦大学生。钱江满头大汗，上气不接下气地说明来意。

此时，上海人的优势开始显现。钱江思维缜密，认真、讲理、有规矩，又有着务实和精致的思维，说出话来字字在理。那家企业的人听了，不住地点头叫好。

钱江见大伙儿反应挺好，语气也流畅了，又叽里呱啦说了一大通。口干舌燥讲了大半天，人家笑嘻嘻把他领出大门，一指门口的牌子："你说得有鼻子有眼儿，可我们这里不生产时装啊。"钱江这才注意到大门口挂的牌子：化肥厂！

他不甘心，就这么一家家说过去，喋喋不休总共说了十家企业，什么化肥厂、鞋厂、配件厂，到最后，钱江的上海普通话都带出闽南腔儿了。

企业家们觉得新鲜，也爱听他白相唠嗑儿，可就是没服装，也没出钱的意思。

天已擦黑，钱江脚步沉重，心情绝望，站在街边向马路尽头的最后一家企业望了一眼。他心灰意冷，不想再去碰壁了。

夜色渐渐朦胧。远处有个30岁左右的漂亮女人站在树下，向他微笑着轻轻招手。

钱江吓了一跳，急忙向身后望去。身后空无一人。

那位看上去颇有风韵的女人朝钱江甜甜一笑："就是你，帅小伙，过来呀！"她的一双大眼忽闪忽闪，明亮的眼神儿里透着亲昵和温柔。

站街女？钱江脑袋"嗡"的一声，羞得满脸通红。

那女的一边不停地招手，一边向他款款走来。钱江迟疑着停住脚步，想着掉头就跑："大晚上的，侬干啥？"

那女人满面微笑，一把拉住要跑的钱江："你去的那些企业，他们都给我打电话啦。我是时装公司的，前些天为巴黎做了几十套时装。这些衣服才运回来，你们厦大正好可以用。到我办公室来，我们公司员工都等着你哪。"钱江一下子愣住了。

进了最后一家公司，刚才那十家企业的老总，都在女老板的办公室，看到钱江走进来，他们一起鼓掌。再看这位阿姐，仿佛纯洁的希腊女神雅典娜。

老总们把他围住，说："年轻人，你们的创意好。咱们国家就是要发展啊！"

后来，便有了建南大礼堂舞台上，那场令人惊艳的时装与时尚表演。华丽的灯光下，俊男黄加国带队，厦大的青春男女们穿着美丽的时装，化着优雅的妆容，在舞台上迈出矫健的步伐。那是一次足以载入史册的艺术表演，无论是模特、场景，还是表演形式，都让人难以忘怀。厦大学生第一次用世界上最流行、最时髦的方式展现自己。模特们昂首挺胸，自信满满，显示出80年代中国年轻人的蓬勃朝气。那一刻，青春永远留在绚丽的灯光中，留在每个厦大人泪眼婆娑的记忆里。

那些时装被湖里时装公司的女老板慷慨赠送。钱江后来在校园里售卖，所收款项全部捐给了学生会。

一晃30多年过去。黄加国曾是中国最年轻的经济开发区主任，他目前是知名企业的战略咨询顾问；而钱江，则是上海著名的企业融资专家。当年赤手空拳筹来几十套时装，如今，融资担保基金规模100亿，业务规模300亿。

黄加国、钱江当年和姚明在同一宿舍。当七位舍友都剃光头时，姚明则留着长发，在图书馆静静地品读《生于忧患，死于安乐》。

不是不剃光头，而是人家英语成绩过硬。

这位高中时代就反思孔明的人，在经历了人生巨浪般的颠簸起伏后，对自己当年的作文有了更深的理解。

三个臭皮匠修起鞋来，孔明确实不是对手；但诸葛孔明是在另一个层次上，具有常人难得的大局观和前瞻力。这种人，还具有开天辟地和扭转乾坤的能力。

诸葛孔明常常出奇制胜，用的都是逆向思维。这样的高端人才，还有一个显著的性格特征，就像高尔基名篇《海燕》中所写的那样："勇敢的海燕，在怒吼的大海上，在闪电中间，高傲地飞翔！"

姚明当初之所以报考厦大企管系，是因为他看到改革开放后，走在中国经济大潮前面的那些人，都是厂长、经理，他们改变了中国的命运。

他也有鸿鹄之志。

在厦大校园开办白鹭书社的姚明，未雨绸缪，毕业前半年，早早去了厦门一家外贸公司应聘。他高大的身材、英俊的外貌、炯炯有神的目光、严谨缜密的思路，被用人单位一眼看上，直接录取。

令人意想不到的是，1989年夏天的那场政治风波，使整个大环境发生了改变。

姚明毕业后去报到，被告知因为原有的海外订单均被取消，工作岗位没了。无奈之下，姚明只好去了一家生产眼镜的港资工厂。

1993年，他转入一家做织带的台资公司。姚明过人的能力得以施展，担负起筹建和管理这家企业的重任，从此和织带结下不解之缘。

1998年，姚明回到老家莆田，创办莆田雅美织带饰品有限公司，开始了艰难的创业历程。

当时中国大陆没有生产织带的厂家，织带要从美国或中国台湾进口。姚明的逆向思维再一次发挥作用。既然丝带有这么大的需求市场，为什么自己不生产呢？

2003年，姚明买了20台织带机，在莆田租下2000平方米的厂房，他下定决心，要在莆田工厂生产出品质最好的织带。当年5月，正式投产。

把织带捧在手上，他用行家的目光仔细审视，感到比美国和中国台湾供应商的织带品质还要好。那一刻，他觉得自己这辈子要被织带缠上了，他要把企业做大。

短短一年，雅美织带规模不断扩大，生产基地从一个增加到三个。

一番深思熟虑后，他又决定把工厂搬到厦门。

2004年，厦门姚明织带饰品有限公司成立。此后，织带生意像滚雪球般越做越大。

姚明遇到过常人想象不到的苦难，却在逆境中微笑着站起，在狂风暴雨中岿然屹立。现在，他的织带企业雄踞全球行业前茅。

姚明具有优秀企业家的精神：抓住机遇、发挥强项；当机立断，行动果决；坚韧不拔、突破困境。

他是厦大85级的骄傲，更是厦大的骄傲。他是不屈的、向上的海燕！

惊涛拍岸，

往往于无声处。

咖啡厅和日料店

随笔《逆袭者陈卫》，写的是外文系 85 级陈卫的传奇，引起校友很大反响。

定居加拿大的 78 级师兄回忆，他少年曾随父亲下放到光泽县，在县城上了两年学。那时在光泽县，每日的娱乐就是从东关遛到西关，再从西关遛回东关，有几里地。县城不大，贫困且闭塞。

年已六旬的师兄感慨，上世纪 80 年代是中国改革开放的黄金时代，各种捆绑手脚的束缚和篱笆被冲破，整个社会迸发出空前的活力，以一种开明和向上的姿态，开始从贫困向温饱转变。陈卫的逆袭，正是发生在这一大时代的背景之下。

目前定居美国的世陆师弟，当年曾作为研究生留校，在厦大学习工作了 17 年。他看了文章后百感交集，说随笔《逆袭者陈卫》应该译成英文，让西方国家了解中国人当年是从怎样艰辛的路起步，又是如何奋进和崛起的。

82 级的三位师兄，目前都在央企担任高管，早年也均有商务参赞的外交官背景和经历。崇彪师兄感叹："随笔催人泪下，陈卫传奇感人至深。我们那代人有着相似的经历和感受。"梁清树师兄写道："故事写得生动感人，正向励志。"钟耀海师兄言简意赅："往事值得回味。"

英语专业85级的周春秀转发此文时说:"这篇文章的主人公是外文系的骄傲!"

陈兴标兄特地在微信群留言:"自古雄才多磨难,从来纨绔少伟男。苦难是成功者的铺路石!"他总结说,厦大人才荟萃,群星璀璨,后来涌现出众多科学家、企业家、外交官、艺术家、专家学者等业界领军人物。兴标感慨:"30年风雨历程,厦大芸芸学子,终成时代精英与中流砥柱!"

外贸系85级的谢海,则对李超的英年早逝感到愕然。当年他们在芙蓉二是邻居,李超住227室,他住228室,两人大学时有过交流,而上次经济学院的纪念活动,两人之间还有互动。

谢海回忆说,李超人很随和,为人极好。他感慨,自己班里也有一位肝癌晚期的同学,正在进行化疗。

我们说着,又聊起那句民间谚语:"55,阎王殿里数一数;66,不死也得掉块肉。"虽然老言古语带有一定的迷信色彩,但这些民间谚语也给年过半百的我们带来一些警示。

感慨何益?让那年的熏熏海风,接着吹!

1985年,我们这些来自五湖四海的兄弟姐妹到厦大读书,如今都感恩当年的万里征途,甚至感恩那时的绿皮火车。火车自北向南、从西向东几千公里,跨江越河纵横多省,让我们了解到书本上学不到的知识。

正是积满污垢的落后交通设施、形形色色讲各种方言的旅客、拥挤不堪的恶劣乘车环境、污浊不堪的厕所,甚至在车厢里一站十几小时的折磨,练就了我们行万里路的耐力和韧性。

那时北京站、上海站与鹰潭、莱州火车站在规模上的巨大反差,也让我们第一次了解这个世界的聚集与分散、热闹与冷清。

记得大一上学期放假,花20元买条良友外烟。从厦门坐火车北上,到上海倒手卖70元,往返路费的50元就赚出来了。

厦门是特区，外烟、进口服装和电器比其他地方便宜不少。这中间，就有了差价和利润。进口服装和进口电器需要成本，穷学生没那个钱，只好捎点儿外烟。

那时良友香烟最好卖，还有一种希尔香烟，据说每盒烟里都有烟王；更有传得邪乎的，说将希尔燃着的烟头对准烟盒上三种颜色的圆点，会有不一样的感觉。我曾对过一次，除了把烟盒烧坏、差点儿烫着手指，啥都没有。

往北方倒卖香烟肯定赚钱。厦门火车站和上海火车站都不检查，但列车员和乘警会在旅途中反复查验行李，一旦被查出就要没收、罚款，甚至是更严厉的处罚。

胆小的同学只带几包散装外烟，到了上海卖给街边杂货摊，可怜巴巴赚十来元钱，只当路上白吃盒饭；我们几个北京鞑子胆儿大，发现车厢内能藏烟的一处好地方：到厦大医院开了膏药（那时没胶带），上车就把香烟粘在硬座座位底下，然后若无其事地看书、聊天。

遇到列车员抽查，就大咧咧打开包，反正里面都是书，没啥。等坐几趟火车，"反侦察"经验越来越丰富，列车员对行李查得严，但从没见哪位列车员会趴在地板上窥查座位底下。于是，不起眼之地就成了最安全的地方。

我第一次寒假回北京，只带了一条良友烟。一路心惊胆战，到上海出站转车时，赶快在路边卖掉，转眼赚 50 元，满心欢喜。次日清晨回到北京。推开院门，看到呛人的烟尘中一位白发人的背影，正吃力地用蜂窝煤生火，旁边窗下是一堆大白菜。

她听到声音，赶忙回头。我定睛一看，原来是母亲！

那年，她还不到 50 岁。

高考前两个月，父亲因病去世，母亲的头发还是黑的；我离开家才一个学期，守寡的母亲便因担忧千里之外的儿子，一下白了头。

寡母白发万丝雪，游子不知亲娘愁！她就这样默默地把每月工资的大部分寄给我，供养儿子在厦大读书。而当我在厦大食堂挑选 30 多种琳琅满目的菜品时，母亲却在北京的家里默默地吃着大白菜度日。

从推门看见母亲白发的那一刻，我就想：母亲不易！以后再从厦门回北京，一定多带几条外烟，把路费和下学期的饭费都挣出来！

那一刻，我开始长大。

在这种力量的驱动下，每次放假，我都咬牙带足四条外烟，上车后乘人多混乱，先趴到座位下面，将用报纸包好的香烟用膏药粘住，到上海出手，一次赚 200 元，往返路费和下学期的饭菜票，基本就都有了。

几个北京哥们儿问我，一条外烟带到北京，比上海多赚 30 元，干吗非要在上海出手？

我问："上海啥最多？"

他们说："楼最多。"

我叹口气说："上海最多的是人。"

人一多，火眼金睛就多，人精也就多了。上海火车站那些值班员，哪个不是弄堂人堆儿里长大的？人堆儿，能练就洞察秋毫的双眼。

他们却觉得，好不容易把香烟带出厦门，在上海出手太亏，不如北京利润高，于是想继续用膏药之法，把香烟带回北京出售。

没想到，上海火车站的规矩是出站不查进站查，最后香烟全被没收，弄得他们痛心疾首。幸亏人家看在大学生的份儿上，没罚款、没拘留。所以干啥事儿，点到为止最好。

那时因为心疼母亲，横下心冒险去倒烟。但毕竟是秀才，也没本钱，最多也就敢带这么几条，侥幸没失过手。

那时铤而走险，多是因为生活所迫。

化学系 85 级的胥德峰告诉我，他毕业后到深圳做管理工作，亲眼见过那些农村打工仔打工妹的生活，比当年厦大的穷学生要苦得多。

数学系85级的老蔡回忆，当年他在福建宁化读高中，班里有些同学要走几十里山路来县城上学，每次气喘吁吁地扛半袋大米和半袋粗粮，还有一小袋霉豆腐。早上，到食堂花1分钱把饭蒸熟，就着食堂的热气，喝一碗白开水当早餐；中午和傍晚从笼里拿出自己那碗粗细对半的蒸饭，默默躲到操场角落，用一小块霉豆腐当菜；菜汤呢，就是洗碗水。

倘若没有助学金，这些同学即便考上大学，也是困难重重。因此，大学时多赚点儿钱，带点儿家乡特产赚差价，就成为减轻家庭负担的办法。

来自广东的海洋系85级侯红兵，放假回梅县，正赶上家里小菜园芥菜抽薹。他在城市长大，但也想减轻父母负担。他摘下菜心晾晒，叶子变软后放进盆里，撒盐揉搓出菜汁，装入陶瓮，码放一层撒一层盐，装满后用笋壳把瓮口封严。过半个月取出晒干，便成色泽金黄、咸酸味甘的梅干菜。

侯红兵把梅干菜带回厦门，到镇海路和中山路那些餐厅杂货店去出售，每次能赚几十元，路费也出来了。

企管系的陈志强，则攒钱买了一台双卡录音机（那年月属于稀罕贵重之物），在芙蓉宿舍楼开起"阿波罗录音室"，专门帮人录磁带，包括英语课程、港台流行歌曲，闻名厦大。他脑瓜灵，也兼带卖些零食、饮料，因此生意比起珍姐的杂货店来，竟不差多少。

外文系四川籍学生许晋恺，则是厦大第一个运用集约化剩余价值理论的学生。

大二下学期开始，他先后到厦门、集美市郊的七所小学办英语培训班（市区学校已经被陈卫、王坤山和王立新"占领"），每所学校两到五个班，每班30～50名学生不等。生意最火时，每所学校报名上课的学生，一学期有几百人。

他有条不紊，先找厦大学生会开介绍信，又从各系招聘同学做兼职教师，再去厦大印刷厂印培训班招生通知和考卷，还从上海、南宁等城市购买《少年英语启蒙》作为教材。

生物系 86 级有间宿舍，其中七人做了许晋恺麾下的兼职教师。许晋恺每次给他们发工资时，还在信封中英文写上："谢谢，Thank you。"

许晋恺办英语班，开启了系统化管理模式，也开创了"佣金制"先河。他根据学生上课时间不同，分别收费 50 或 100 元，总数 20% 返还校方；去教课的那些厦大兼职学生，每次上课还有午餐交通费 2 元，每月工资 40 元。他自己呢，培训旺季时月入几千元。

最让许晋恺得意的，是他亲自教过的一个学生，在厦门中考总分第一。

大家都说，当年南雁每月 200 元生活费是"资产阶级"——其实大隐隐于市，许晋恺才是真正的万元户，他的现金流在 1986 年和 1987 年，似乎是厦大所有教职工和学生中当之无愧的 NO.1。

有些当年熟悉他的人，背后都称他为"许老万"。"老万"这个词，不是源自"万元户"，而是源自明代巨贾沈万三，据说此人富可敌国。

大学毕业后，许晋恺所在单位每月工资 58 元。他哪里看得上这点儿钱，两年后创办厦门国丰经济发展公司，事业蒸蒸日上。1998 年去了香港，后又移民北美。如果当初他选择留在国内，"新东方"之外或许就会有个"新鹭江"；而除了托福教父俞敏洪，南方之强很可能会出个英语"教皇"许晋恺。

许晋恺目前定居北美，是一位成功的资本投资商。

随笔《逆袭者陈卫》发表后，晋恺给我发来微信，说陈卫当年的故事很激励人，他特意给自己的女儿朗读了全文，以此激励。其实，他自己的故事就很传奇，可作为女儿和年轻人的楷模。

前几天，他在微信上给我留言："我始终会保持我一生的人生态度。我的人生追求：愚且鲁，超越自己！大智若愚，喜极不显！"尊敬的晋恺兄，有空儿回国坐坐，这里有一大群老朋友在等你喝酒、饮茶！

那时候，有些院系非常支持学生勤工俭学。

外文系为给学生营造一个锻炼环境，特意在本系地下室腾出一间咖啡厅。学生轮流上阵，每周六日营业，扣除成本大家分成，算是校园一大特色。外文系85级的潘小芳当年就在咖啡厅打工。她来自大城市，没有生存压力，勤工俭学除了为积累经验，也是想赚点儿钱旅游，到外面的世界去看看。

据她回忆，那时的外文系咖啡厅，哪里有现在咖啡店的拿铁、卡布奇诺、摩卡和美式咖啡，更没有什么蓝莓口味的蘑菇头、法式焦糖酥、提拉米苏、鸡蛋培根帕尼尼和牛肉鲜酥卷。咖啡就是当时瓶装的雀巢咖啡，来上一勺，开水一冲，3角钱一杯；面包，则是厦大门口百货商店买的侨利面包，中间夹一根双汇火腿肠，售价5角。

去咖啡厅的顾客，以外教和留学生居多，也有一些情侣。正黄旗岑同学和我们几位北京鞑子听说有咖啡，也兴高采烈地去凑热闹。不过，那时对咖啡喝不惯，总觉得有股感冒清热冲剂的苦味儿，硬着头皮装了两回时髦，就不去了。

"我觉得酸臭的北京豆汁儿，比这更好喝，是不是？那才叫香！"岑鞑子笑嘻嘻地对我说。豆汁儿，酸而刺鼻。第一次喝，如泔水般酸臭，没喝过的望而生畏，甚至有呕吐的。这玩意儿一般要从小喝，捏鼻子喝两次，感受就不同了。有些人竟能上瘾，到处寻觅，排队也非喝不可。岑鞑子这么一说，我们几个正黄旗都傻乎乎地笑着点头。

迷上咖啡的，反而是来自大兴县的文戈同学。那时大兴是北京远郊县，所以文戈挺尴尬：外地人看他是北京人；北京人看他是郊区县，和外地人差不离儿——所以在正黄旗们看来，他算杂牌镶黄旗。

远郊"镶黄旗"迷上洋咖啡这事，很快就在从小喝豆汁儿长大的京都正黄旗鞑子们中间传开。一阵哄笑之后，起哄架秧子罚他带大家去买咖啡，然后到芙蓉四后，就着咖啡吃了几碗馄饨，算是了事。

不爱咖啡爱豆汁儿，苦味不如酸臭强，这就是鞑子们当时的感受；而咖啡配蒜蓉馄饨汤，滋味儿可真是难忘。为啥？夜里睡不着，尿多，一趟趟跑厕所。

不过，外文系那间咖啡厅，是很多人心中美好和浪漫的回忆。

感谢厦门兴业银行的潘小芳。她保留了当年珍贵的勤工俭学照片，不仅留下了那时的灿烂笑容、美丽倩影和珍贵记忆，还让后人可以看到上世纪80年代中期的厦大咖啡厅。

看到明眸流光的潘小芳，那间外文系咖啡厅其实应该叫Flora——只有花神弗洛拉才配得上小芳美丽的眼神！明眸流光，这就是品牌！

外文系地下室还有家日式料理，也出了厦大的"学生女企业家"——钟雪梅和鄢敏。

这家日式料理，从投资到运营，都是她们两人在打理。她们向日本女留学生学习日餐制作，之后便开办了这家周日营业的日式餐馆。

新闻系和外文系一起军训，因此我们最早接触，常来常往。料理店的家具搬运，是我、岑和一位王同学帮忙。忙活半天，汗流浃背。

当晚应邀去料理店。沿着楼梯向下左拐，过道里贴着日文的手写海报，天花板上悬挂着五颜六色的小彩灯，之后再左拐，就进到有三张桌子的料理店。

雪梅和鄢敏看到我们作为第一批顾客光临，非常高兴，礼貌地鞠了一躬，甜甜地说了句："空帮哇（晚上好）！"

走在后面的王同学顿时有些不快，悄悄地说："完了，白帮忙了！"

我问："为啥？"

他说："你没听到吗？空帮哇！"

"白帮忙就白帮忙。"岑对有些计较的他怒目而视，"你再计较就滚蛋！"

那顿饭，雪梅和鄢敏并没让我们付钱。相反，却亮出了全部厨艺，拿出最好的料理款待我们。

毕业后多次去日本，吃了数不清的料理，但唯有外文系地下室这一次终生难忘。正是在这里，我们第一次尝到寿司、章鱼烧、乌冬面和鄢敏最拿手的厨艺——天妇罗。

我们一边兴高采烈地品尝异国风味的日本料理，一边听鄢敏和雪梅介绍墙壁上悬挂的几张日本绘画。那几张绘画，是日本留学生送给她们的。

说实话，我之前对日本的直观了解，就是《地雷战》里被炸死的渡边、《烽火少年》里被击毙的黑田、《鸡毛信》里被活捉的小胡子队长、《地道战》里被消灭的山田、《平原游击队》里被李向阳一枪打死的松井。电影里，日本鬼子一个个长得奇形怪状，面目狰狞。而在这间小餐厅的墙壁，我第一次吃惊地看到东瀛浮世绘大师北斋的《东海道五十三站》，还有他 72 岁时完成的最后一部作品《神奈川大浪》。这幅画敏锐地捕捉到转瞬即逝的场景：惊涛骇浪拍打撞击着摇摇欲坠的船只，溅起的飞沫让人胆战心惊；船员们与大自然奋力搏斗，要从汹涌的狂风恶浪中逃出生天。大和民族的忧患意识、团队精神、坚强韧性和挑战精神，尽在其中。

这是我第一次接触原汁原味的日本文化。了解世界，多么重要！否则必将陷入"咖啡 vs 豆汁"和"渡边松井 + 奇形怪状"的怪圈。

钟雪梅和鄢敏开办的这家特色餐厅规模不大，但很可能是当时厦门乃至福建第一家日式料理店。现在回头看，大学生年龄小，缺乏足够的社会阅历和经验，那个年代也没有成熟的资本市场来帮助她们。假设当时雪梅和鄢敏能在厦门找个经营地点与人合作，反过头来再与日本合资，很可能会在厦门、福建乃至中国大陆演绎出轰轰烈烈的日式料理传奇，就像比富士山还高的神奈川大浪一样。

我毕业后没再见过雪梅，不过记得她说起话来总是甜甜地微笑着，透着善良、单纯和真诚。她的纯洁形象，深深印在我的脑海里。

鄢敏性格开朗，思路开阔，坦诚而富有理性。她善于与人沟通和交往，并且具有突破困境的特点，颇具企业家素质。

鄢敏如今定居新加坡，而雪梅则在日本从事管理工作。

鄢敏寄来 2019 年在欧洲旅行的照片。照片中的她依旧年轻，靓丽灿烂，充满青春气息，似乎还驻颜在 30 多年前。

顺便说一句，我在新加坡定居期间，曾和鄢敏住在相邻社区。但将近7年，彼此却从未碰见过。一个不大的地方，结识了无数的新朋友，老熟人却一次都没见过，这真是一种遗憾。

茫茫人海中，身边匆匆经过的人，也许就是昔日熟悉的同窗，也许一起有过发自内心的欢声笑语。

前几天和鄢敏通话，她在电话那头开朗地笑起来，笑声还和30多年前一样。

唉，时光！

惊涛拍岸，往往于无声处。

青春，其实是海水的咸。

橄榄油代理商

提起当年的厦大，人们都说这里是最适合谈恋爱的地方。可事实上，很多人在大学期间不仅没谈过恋爱，就连班里朝夕相处四年的异性同学，彼此都没说过几句话。

深圳的阿雁告诉我，他上大学时就是饿，一天到晚除了读书，仿佛饿死鬼托生，就想找口吃的。

那时的他，别说和女生谈恋爱，就是"拉手""亲吻"这些词儿，都让他感到是对女生的一种亵渎。甚至于当他看到校园里那些和男生手拉手谈恋爱的女孩子，都觉得她们是被侮辱和被迫害的人。看到芙蓉湖畔、白城沙滩出双入对的人间鸳鸯，他从内心里为女生们深深惋惜。

孤独的厦大苦行者阿雁，估计那时没读过弗洛伊德的书。

作家张贤亮曾写过《男人的一半是女人》，阿雁这大学四年是典型的单身世界：他的另一半还是阿雁，最多就是长了些雁毛。

阿珠是厦大教职工子女，她告诉我说，上大学时连男生都不敢看一眼，更别说有谈恋爱的想法了。

有个女生，当时中文系老师留的作业是写一篇影评，她和同系一位师兄刚好都选了《芙蓉镇》。两人一起相约去鼓浪屿看这部电影，她也没想别的。

一起上课，她却不知道师兄的名字。在鼓浪屿渡轮上红着脸问那男生："同志，您贵姓啊？"

师兄也红着脸："我姓卞。女同志，您贵姓啊？"

女生惊喜地一愣："这么巧！我也姓卞！"

师哥紧张得直哆嗦："好啊！以后我叫你小卞，你叫我大卞！"

渡轮"咯噔"一下子，差点儿触礁。

其实倒也不是没有春心萌动，而是那时人们都比较保守、封闭，大部分男女学生上大学前都没和异性说过话，更甭说别的了，要不怎么会有《同桌的你》呢？

至于阿雁当时想的女生被拉手、被亲吻就成了被侮辱与被迫害的人，明显是因为高中生理课本的设计缺陷和有意回避。

有位同学假期给心爱的女生寄信，他围着三家村的邮筒徘徊不定，因为信里有对那位女生的表白。

"她知道我喜欢她吗？""她如果拒绝我怎么办？""她会不会把这封信反映给班主任或辅导员？"

他又迟疑着走回宿舍，几天后把信交给同学："帮我把信寄了！"他终于鼓足勇气。

同学拿着信走了，可他心里又一阵后悔，急忙追了出去。而同学已经走远，喊也喊不回来。

深夜，他迟疑地问同学："信寄了吧？贴邮票了吗？"

同学一愣："信已经寄了。邮票？你自己没贴邮票吗？"

"我没贴邮票啊！"

……

群里也有很多同学，聊起当年情窦初开的往事，都说世界上哪里没有春心萌动？只是那时不知怎么表达、不敢表达罢了。如果大胆表达了，兴许被贴上"流氓""耍流氓"和"不正经"的标签。

法律系倒有个北京哥们儿，夆着胆子给一位心仪的广东女生写了本日记，里面用了一些比普希金和雪莱更浪漫奔放的语言，结果被举报，然后直接去了炼狱（开除）。

我也曾给一位福州姑娘写过情书。第二天，她们系84级一个会打拳的哈尔滨男生带了7个男的，凌晨把熟睡的我从宿舍里揪出，威胁说女方受到了极大惊吓，要求赔偿精神损失费20元，又勒索了两条香烟，这才勉强了事。

一封情书，差点儿换来一顿暴打。都不知道接下来那两个月是怎么熬过来的，因为赔款之后，生活费一分钱都没了。不知他们要的20元精神损失费是否给了那名女生。

阿童毕业于艺术系，经历了三次婚姻，可谓曾经沧海难为水。他前一段时间告诉我，大学时曾用一个月时间鼓足勇气，约友好宿舍的一名女生去看电影。因为担心自己嘴里有异味，那天去渔民电影院之前，他拼命刷牙。刷到最后，嘴里一阵疼痛，低头一看盥洗池都是红色，原来把牙床子刷破了。他心里激动，根本坐不住，这才在短短半小时内，前后刷了八次牙，用了半袋牙膏。

穿戴整齐后，静候那位女同学的电话答复。没想到人家最后还是婉言谢绝了。恼怒之下，他扔了牙刷，怔怔地对着挤得歪七扭八的半袋牙膏发愣。

半夜，实在难受得睡不着，他埋头写了首抒情小诗《啊，牙膏！》，想着自己憧憬的浪漫爱情，就像被无情挤出的牙膏一样，躺在床上长吁短叹。

初恋未成，他自己后来的婚姻却开花结果了三回。到了第三次谈恋爱约对方，他正在吃榴梿，一看约会时间快到了，丢下没吃完的半粒榴梿起身，想想又舍不得，于是回来把榴梿打包，一边大口嚼着榴梿，一边大摇大摆直接约会去了。——还好，没吃大蒜。

有个哥们儿与众不同。忘了他是哪个系的，好像最接地气——当时不是缺钱缺菜票吗？老祖宗几百年前就说过，知行合一！于是亲自践行，和经济食堂一位女服务员好上了。

女孩儿是福建人，个子挺高，长得也不错。每次给他打菜，不是鸡肉就是鸭块，要不就是排骨，满满地大勺来大勺去，看得身后排队的人们眼睛发直。

别人上大学，一个月至少30元生活费；他上大学，10元钱菜票用了四年。看看人家的知行合一，真心疼单身四年拼命找吃喝的阿雁。所以大学时的阿雁，另一半就是没发育全的阿雁：缺嘴，缺大勺，缺弗洛伊德。

四年后，食堂里那个女服务员一扔饭勺，和小伙子北上结婚去了。这算是当年厦大经济食堂的一段佳话。

有人说，曾在北京新发地见过他太太，据说海鲜生意做得很大。

有位师弟毕业后，漂泊到厦门的一家台湾血汗鞋厂，偷偷爱上工厂里一位漂亮标致的江西女会计。

不过，他极有心计。偷拳学艺干了一年，发展了两位同样是厦大毕业、苦大仇深的鞋厂同学，合伙开了一家与台商同样的小鞋厂，生意兴隆。那江西姑娘理所当然成了新企业的会计师。

两人卿卿我我谈了一年恋爱，他随女方到她原籍领证结婚。女的很能干，和当地民政局关系也不错，新婚夫妇都没去结婚登记处，她就把结婚证拿回来了。

他庆幸找了一个贤惠能干的妻子。第二年春节前夕，他兴冲冲推开工厂会计室，发现保险柜里的十几万元现金不翼而飞，老婆也消失了。

报案后展开调查才知道，两人的结婚证是假证。又跟随警方一路追到江西乡下，发现自己心爱的女人原来是已婚妇女，而且是两个半大不小的孩子的妈，老公瘫痪，无奈之下才出此下策。

站在偏僻村庄的一棵大树下，他眼睁睁看着警察把那女的拷走，失声痛哭。

这大概是厦大毕业生中，第一个遇到假证、遭遇埋伏的。

还有位师弟，省吃俭用攒了一年工资，买了只精美的玉镯，送给自己一向心仪的师姐。福州师姐那时已有心上人，对方是一位著名的媒体人。

太湖水乡长大的师弟不服，激动得热泪盈眶："我不能帮你摘月亮，但以后可以让你坐飞机看星星！"她淡淡一笑，把镯子还给了他。

如今，他已是功成名就的商人，拥有自己的私人飞机；而那位师姐的丈夫，因为纸媒的落伍，已成为最普通不过的退休人员。师姐后来听到他暴富的消息，也只是淡淡一笑。

我们今天细说一段厦大爱情传奇故事——许女。

许是广州人，个子不高，眼神灵动，十分精明。在厦大读书时，她和一位北京同学贺某谈恋爱。后来贺某因乙肝住进厦大医院，她是班干部，每天下课便到医院看望和照顾他。

医生的有效治疗，再加上年轻力壮，特别是爱情的力量，使贺某的病很快痊愈。离开厦大医院前一天，两人站在窗前遥望夜空。

贺某紧紧揽住许女肩头，轻声说道："你看到金星了吗？"

许女特别崇拜自己的男神贺某，她抬起晶莹的大眼，望向茫茫夜空那颗闪耀的金星。

贺某轻声说道："在金星上，有一位魅力天使，名叫哈尼雅。"他用力搂住女友肩膀，"哈尼雅是美与善的捍卫者。相传有一个女孩，为解救被恶灵带走的情人而闯入冰之地狱。因为地狱冰寒，女孩与情人几乎冻死。正在此时，哈尼雅忽然降临，递给她一篮粉色玫瑰花，叮嘱她在路过的每个地狱关口抛下一朵。"

贺某轻声细语娓娓道来，许女被他所叙述的情节深深吸引。

"说来奇怪，玫瑰花瞬间遍布冰寒地狱，变得十分温暖，最后女孩终于救回自己的情人。"

许女忽地眼前一亮："我明白了，怪不得英文中'亲爱的'这个词叫作honey。"

贺某望着夜空，目光中充满憧憬："哈尼雅也是爱的象征。"

许女露齿一笑："难怪人们婚礼上都用玫瑰，因为哈尼雅给了那个女孩爱情的玫瑰花。"

贺某突然变得有些胆怯，犹豫半天，然后吞吞吐吐地问道："要是将来我送你玫瑰花，你会接受吗？"

许女的泪水顿时涌出："我毕业后，就随你去北京。我才不管什么户口不户口的。"

上世纪90年代初，户口是个大问题，没户口意味着失去铁饭碗，除了帮别人炸油饼，你就没了生存的路。

贺某非常感动，两个人抱在一起，在病房窗前深情接吻。亲吻前，贺某还犹豫了一下："我有乙肝。"

许女毫不犹豫地把朱唇凑过来，发自内心地说了句酥到爆的广州话："你系我即心肝脷（你就是我的心肝宝贝），见到你就似蜜糖。"

不巧，这热烈而浪漫的一幕被一位中年护士看到了。这位护士大姨虽然从事天使工作，却没带翅膀，是一位觉悟特别高的寡妇。大惊失色之际，她找了一位证人一起偷偷窥视，看够了，立即向上级做了报告。

因为一次"心肝脷"的亲吻，许女和贺某各背了一个"严重警告"处分。

毕业后，她真的没回广州，随他去了北京。贺某去了一家大公司，而许女由于没户口，只能在一家小公司凑合。每到周末，他们就骑着自行车，风风火火地在北京的胡同里走街串巷，去吃糖葫芦儿、羊肉串、卤煮火烧、炒肝儿和炸灌肠这些北京小吃。贺某开工资后，两人便去全聚德吃一顿烤鸭，或到东来顺涮一顿羊肉火锅。提起当年的严重警告处分，看着火锅上冒起的腾腾热气，两人都觉得恍如隔世。

婚后第七年，贺某被提干，同时疯狂地爱上自己单位的一位年轻姑娘，并最终和许女离婚。许女孑然一身，只得回到广州。

我前几年到广州讲课，约了她一起出来吃饭。许女平静地说起那些往事。

她说，刚回广州第一年，她睡不好觉。夜里迷迷糊糊睡着，又迷迷糊糊醒来上卫生间，结果经常被家具绊倒。因为自己潜意识里以为还是在北京的家，从没想过广州娘家的家具摆放已经和北京的家完全不一样了。半年后她才意识到，自己在北京已经没家了。

她疯狂地找遍广州城，只要人们说哪里和北京很像，她就一定要去那里，然后静静地待上很长时间。

朋友同情她，把她介绍到西班牙领事馆工作，那时工资是每月1万元。

有时下班打车，她会不自觉地沉浸在对往事的痛苦回忆和恍惚中。司机问她去哪里，她用普通话脱口而出"五棵松"。五棵松曾是她和贺某的家。

想起贺某以前蹲在地上帮她系鞋带，还轻声对她说那句京味儿广州话"企定定，我同你绑鞋带（站好啦，我帮你系鞋带）"，她一阵心酸，泪流满面地望向车窗外，耳边都是贺某向她学说、又常说给她听的广州话："我第一次同你拖手仔，就知你系我未来老婆！"

记得80年代流行高凌风的歌曲《爱像青橄榄》：

来得太早，而了解又太少；不必对我说抱歉，我有同样的感觉。爱像青橄榄，那苦涩的滋味！要等分了手，才有余味在心头！爱就像青橄榄……

这个世界上，有什么不像青橄榄呢？

在西班牙领事馆，原本英语很好的她，又很快学会了西班牙语。

一次，广州举行小规模贸易展销会。一位西班牙橄榄油商人以为是广交会，兴冲冲地来到中国，带了一集装箱橄榄油，结果可想而知。在中国人普遍使用猪油、菜籽油、花生油的年代，没有谁能接受用橄榄油炒菜。

西班牙商人无奈，只好送出一些，请周围参展的中国商人回去品尝。第二天，他发现那些人的头发和皮鞋锃亮。一问才知道，原来那些哥们儿姐们儿把橄榄油带回家后没去炒菜，而是用来保养头发，大部分则用来擦了皮鞋。

直到展览会结束，西班牙商人的橄榄油一瓶也没卖出去。万般无奈之下，他找到一些人，希望有人帮忙把这些橄榄油当成垃圾处理掉，这样至少不用再花运回国内的费用。但人们都冷冷地拒绝了。他焦头烂额，最后找到做临时翻译的许女。

西班牙商人异常失落，说自己这回生意彻底做赔了，如果再把这一集装箱橄榄油运回国，恐怕就要破产了。他说自己没想到，十几亿人口的中国，居然没人认识橄榄油。许女见他着实可怜，心一软，就点头答应了。

他交代得匆匆忙忙，留给她一张名片，然后两手空空、失魂落魄地离开广州回国了。

望着展览馆外的那个大集装箱，许女急得满头大汗，却不知如何是好。找了好几个收破烂的，可人家一看那么大的集装箱，都摇头走开了。

眼看就要闭馆，她还要支付一笔巨额搬运费。绝望之下，打电话给自己当年的闺密、在电视台工作的一位同学哭诉。那位同学听了眼前一亮，立即带了摄像机赶过来。

那时，广州刚刚开始电视导购，同学正好负责这个栏目。西班牙橄榄油的电视导购节目当晚播出。三天后，整整一集装箱橄榄油，全部销售一空。

过了几天，缓过神来的她，拿起西班牙橄榄油商人留下的名片，毫不犹豫地打了过去。

5个集装箱、50个集装箱、500个集装箱……现在，她是国内赫赫有名的西班牙橄榄油代理商。当初的一念之仁，没想到种下后半生财富的善果。

我们坐在西餐厅里，讲起厦大以前那些事，她笑中带泪，神情里还是有一丝淡淡的寂寞和伤感。

唉，恋爱中的青年，在厦大读书时，流的都是眼泪；人到中年，眼泪基本流光了，橄榄油就哗啦啦地来了，挡都挡不住。

有时想想，谁说青春是甜的？明明咸味十足，有时挺折磨人。

不过，只有青春才不牵扯金钱，才不牵扯世俗；也只有青春，才最无牵无挂，只是一心一意地惦记心里头的那个人、那份爱。换到今天，那当初不曾考虑的一切，还放得下吗？

不过，她的善良最终让她收获了后半生的安定。

仓央嘉措写过一首诗：

爱，或者不爱，爱都在那里，不增不减；你跟，或者不跟我，我的手就在你手里，不舍不弃；来我的怀里，或者，让我住进你的心里；默然，相爱；寂静，欢喜。

闲来无事，我给这首诗加了几句：

不离，不弃；离了，远去；不再回头，只在心底。以前那涩，从前那咸；既是为我，也是为你！因为哈尼雅的玫瑰，就像爱情的青橄榄。

爱情，就是不弃不离。

阿妈妮和阿扎西

年轻学子对爱情的憧憬，就是对美好生活的向往。

在大学恋爱，有一起变老的，有痴情单恋或移情别恋的，也有因为毕业异地分配而泪哗哗分手的，就像一部部哀婉多情的爱情电影，甜蜜、唏嘘、离舍；往事如影，柔情似风。不过，在厦大恋爱或最终结婚的，只是极少数。

深圳阿雁总结说，上世纪八九十年代，男生处级干部毕业占80%左右，女生可能更多。"处级干部"是别称，就是处男和处女。他估计的这个数应该差不离儿，大学里挂单的居多。

多少男生，学习和成长期间没遇见过青梅竹马，如今年过半百回首往事无不感慨，甚至还有拍桌子跺脚的：假如再来一次青春，不憋屈，不负青春时光！要豪放地唱一曲《妹妹你大胆地往前走》，找个心爱的姑娘，谈一场轰轰烈烈的恋爱。

都是阿伯的岁数，那份纯真回不去了，该唱《老婆子你慢点儿往前走》了。即便再来一次青春，也不会有当年的幼稚、糊涂和迷瞪。

阿雁大学毕业时属于"处级干部"，现在已是局级，回首往事时总要嘟囔一句:"反正我觉得,大学那时拉了手,就要对人家负责,就应该结婚。"

拉个手就非得结婚?

由猿到人的漫长进化,手起了重大作用——没想到进入20世纪80年代,拉手竟然还有502胶水般的神奇作用。

没恋人时,手是自己的女朋友;有了恋人,牵手你就赶不走。

成都的文庆小妹告诉我,那时上学到毕业,最好的伙伴是闺密。她发来当年班里女生的合影,问我是否还记得其中的人。

照片上,是一排青春灿烂的少女,只不过,拍摄于30年前。我记得中间穿黑点裙和白裙的两个女生。

她问我:"为什么记得她俩?"

我说:"85年上大学,这两个女孩常去灯光球场跳舞。她俩总是自己跳,从不和任何男生跳舞,所以印象深刻。另外,她们去图书馆、食堂,也是二人结伴而行,好像整个厦大没男生一样。"

她大笑说:"那个穿黑点裙的就是我!我们上学时,根本不敢和男生跳舞。那时觉得,上学就是上学,至于什么谈恋爱,好像很遥远。"

厦门的阿兰说:"朦胧、害羞、压抑和不敢表达,是那个年代的真实写照。如果男生谈恋爱,兴许被当成流氓,当然是让人羡慕嫉妒恨的臭流氓;若是女生谈恋爱,会被同班同宿舍的女生暗地嘲笑不正经或不要脸。"

人言可畏——所以,你以为80年代在厦大谈场恋爱容易?

别的不说,当时有校卫队。天一擦黑,几十号人兵分几路,专到操场、湖边、桥下等暗处角落,用强光手电搜索。那搜索功能,比百度、搜狗"强大"多了。

可怜那些恋爱中的少男少女,做贼一样东躲西藏。一旦亲嘴儿被当场捉住,轻则通报警告,重则逃不掉炼狱级处分。

上弦场的密林或海滩礁石中间?拉倒吧,都是校卫队重点盘查和拉网搜索之地，去那儿藏猫猫无异于羊入虎口。

就算你俩严格自律躲过这些高风险，周围还有自觉不自觉做灯泡儿的：明明是出双入对的事儿，他（她）非要掺和，非要走一起，自己还觉得一点儿不别扭。

女灯泡儿高举保护闺密人身安全的神圣大旗，所以男孩儿除了要给女友埋单，还不得不"大度"地多花一份坐公交、吃饭、看电影的钱。无私赞助之外，想两人偷偷摸摸单独待会儿，没门儿。

春蚕到死丝方尽，灯泡成灰泪始干。难怪杜甫感慨地写"今夕复何夕，共此灯烛光"，想必当年杜工部谈恋爱，肯定有"灯泡儿"！

也有灯泡儿转正的。

87级福州的阿兵和老乡小青恋爱，同班西北小伙子阿风是传信人。两人即使在鲁迅雕像后亲个嘴儿，阿风也能起到瞭望哨儿的作用。阿兵小青三天两头闹别扭，也是阿风分别去劝。阿兵觉得阿风仗义，小青觉得阿风懂事。

毕业时阿兵和小青携手回了家乡福州。阿兵讲义气，把本来要分回兰州的阿风，通过父母关系调到风和日丽的福州工作。

又过两年，小青甜蜜地偎依着西北汉子阿风（你没看错），幸福地踏上了婚姻的红地毯。阿兵呢，躲在湖东路与五四路东北角的福州温泉公园，一个人痛哭流涕地反思：啥叫灯泡儿转正灯神失业？啥叫永恒的三国演义？

有个84级的厦门男生特逗，上学时单相思，弄得百爪挠心。经过两月激烈的思想斗争，最终决定背水一战，在一个瓢泼雨天等到心仪的杭州女孩儿，然后狠下心上前搭话。

眼睁睁看着姑娘没带伞走出风雨食堂，他蹑手蹑脚跟上去，想为姑娘递上手中的小雨伞。那支小雨伞，是省了半个月饭菜票，在中山路第一百货精挑细选的。买的那天，也是下雨，他没舍得用，而是把小雨伞仔细放在包里，冒雨返回厦大。

有一首闽南语歌曲《一支小雨伞》怎么唱来着？

> 咱二人，做阵遮着一支小雨伞。雨越大，我来照顾你，你来照顾我。你我双人同心肝，甭惊风雨这呢大。

他爹着胆子一步步走上前去，可离姑娘的背影还有半米多，他又哆嗦着犹豫了。咬了半天后槽牙，想起从小受的教育：下定决心，不怕牺牲！排除万难，去争取胜利！

"再憋着不说，我就算大脑发育不全。"他心里背诵熟读千遍的辞藻，努力压住"怦怦"直跳的心，大步流星跨到姑娘面前。看着朝思暮想心爱的人，心里明明想好了要说的话，可嘴里的舌头却突然不听使唤了。

女孩似乎意识到什么，于是转过头。他心里一惊，鬼使神差地开口就问："我说……这位同学，请问——风雨食堂怎么去？"

话一出口就后悔了，我要说的不是这句啊！

女孩莫名其妙："你这不是刚从风雨食堂出来吗？"

他顿时语塞，一下子愣住。姑娘奇怪地看了他一眼，扭头冒雨走了。剩下那哥们儿脸色通红，在风雨食堂外垂头丧气，被大雨淋成落汤鸡。

他气愤地扔了雨伞，孑然一人闷声到东边社喝了两瓶啤酒，然后大醉三天（好酒量）——第一次想象中轰轰烈烈的恋爱彻底失败。

后来有人对他说，厦大男生追女生的"三不精神"，他只完成了两样：不怕苦，不怕死；但他没完成最关键的第三样儿：不要脸。

客家人87级的阿昌，身高不足一米六，细细的眼睛，还是一对肉眼泡儿，因此绰号叫"阿泡"。他所在的宿舍和石井女生楼结成友好宿舍，他也偷偷看上了其中一位美丽的水乡姑娘阿雪。

心里七上八下地折腾了三个月，阿泡在众多光棍儿别有用心的鼓动下，鼓足勇气给友好宿舍的阿雪打电话，直接约她去渔民电影院看电影。

凌云楼101室电话值班员是一位刚到厦大的山区中年妇女，一听女生给102男生阿泡回电话，急忙从值班室出来，仰起脖子扯开嗓子冲楼上大喊："102阿泡电话！"

阿泡打着挺儿跑出宿舍，对阿姨吼道："你在101，我就在102，咱俩同一层隔壁，别仰脖子冲八楼喊啦！"

他迫不及待地拿起电话，没想到对方爽快地答应了。阿泡大喜，一蹦三尺高，兴高采烈地到厦大门口去等女神。他喜滋滋地看着不远处的南普陀，庆幸自己摆脱了单身僧时代。

等来等去，不仅阿雪来了，还意气风发地带了同宿舍另外七名女生，并诚挚地感谢他为友好宿舍买票。

他有苦说不出，碍于面子，只得和八位娘子军一起到了渔民电影院，规规矩矩掏钱买了九张电影票。

进放映厅时，他还心怀一丝侥幸。不料，他的座位是1号，而阿雪选的座位是9号，中间隔了整整七位女生。这下，阿泡心都凉了。

坐他旁边的，是一位热情、身高一米八六的姑娘，据说是厦大排球队的。不到一米六的他坐在高大的女排队员旁边，感觉自己像个孩子。女排姑娘和他说话时，亲切地低下头，而他只能仰脸去听。

电影看了一半，阿泡觉得实在窝囊，借口上厕所，像一泡尿一样地溜走了。心里冒起的爱情泡泡都没了，一泡尿算啥。

他至今都记得那部电影的名字——《黑炮事件》，讲的是一位工程师因为一枚黑炮棋子而闹出的一场天大的误会。

阿泡自己也因为电影票这个"黑炮"事件，此后三年心有余悸，再没请过一个女生看电影。他怕了，一旦约会，会叽叽喳喳来一群。

唉，阿泡的黑炮——友好宿舍电影票！

大二时，我们也结了友好宿舍。我在珍姐食杂店买了菠萝，又带了电炉丝，借着促进双边友谊的名义，一步步上了石井楼。

电炉丝 2 元钱一个，用红泥烧成扁圆的砖瓦状，上面缠了一圈圈加热丝，极易漏电引发火情。

记得当天为了展现绅士风度，在女生宿舍手忙脚乱地插好电炉丝，放上装好水的大号搪瓷杯，然后笑眯眯地把菠萝块儿放进去。

没想到一聊天，就忘了菠萝的事儿。等到滚水从容器里溢出，我急急忙忙用抹布去擦桌子，溢出的水已浸过电炉丝，直接带了电，骤然感到手掌猛地一麻，之后被牢牢吸住，与此同时大脑一片空白，靠在桌边猛烈地哆嗦起来。过了电的菠萝水又淌到地面，慌乱之中一脚踩中，于是脚被吸住，腿也不由自主地抖动起来。

上下都过了电，正在生死线上挣命，一位女生走进宿舍，奇怪地看着我，觉得这男生怎么大白天在女生宿舍跳上霹雳舞了？咋痉挛得这么像呢？再一看我脸色铁青，明显是"老太太摸电门——抖起来了"，知道是触电，顿时大声惨叫。

她这一叫，引发满屋女生一阵凄厉尖叫，有捂脸的、有揪自己头发的，还有个叫"胜男"的女生，不知怎的竟死死揪住了和我同去的阿伟的耳朵。这些能令牛鬼蛇神丧胆的声音和表情，简直比灼热的电流更可怕。

还好一位浙江女生——好像名字叫"赛雄"，毅然拔掉电炉丝插销，才算救了我的命。

再低头一看，一地的菠萝碎片，汤汤水水乱成一团。本来寻求浪漫爱情的我，此刻几乎小便失禁，已经半瘫着倒在地上。

等我慢慢缓过神儿来，恨死了那个菠萝。阿伟呢，左耳朵被揪得通红，几乎快被扯下来了。

这次联谊，我过了电刑，阿伟也被"女狱警"刑讯逼供了。

从那天起，对所谓的"友好宿舍"和"进一步深化牢不可破的双边友谊与友好合作"，避之唯恐不及。

85级会计系的王国初同学来自江苏，有着宜兴人特有的坚忍、坦率和豪爽。

那次我在厦大三家村办延安摄影展，国初当晚兴冲冲地来找我，听我讲延安一路的见闻。我俩越聊越投机，索性到芙蓉八裘德·洛兄弟商店买了两箱啤酒，又顺了两只皮蛋，一人喝了一箱。想想那时真难，没冰箱、没冰镇，在闷热的宿舍光着膀子一瓶瓶灌常温啤酒，热得全身冒汗，聊得热火朝天。裘德·洛兄弟商店也够倒霉的，每次都被偷蛋，总是两只。

喝到半截儿，又呼啦啦来了一群其他系的同学，挤在一起听延安万里行故事。

那天大家聊到深夜，后来都酩酊大醉。我第二天醒来，发现自己睡在三家村橱窗下；国初呢，也记不起自己怎么上的六楼，因为睡醒时发现自己躺在一楼过道里。他醒来的第一句话，就是一声怒吼："谁把六楼改成底层啦？说！"

当年他报考厦大，也挺有意思。1985年高考，先填志愿后考试。这一年北大东语系首开希伯来语专业，并在全国招收40名学生，头两年在北大，后两年去美国学习，毕业后无条件分到外交部。

那年北大在宜兴进行英语笔试和面试，国初顺利通过。北大老师叮嘱他，只要高考成绩达到北大最低录取分数线就可以了。本来胜券在握，但国初觉得，北大似乎是遥不可及的圣殿，考虑再三，保稳第一，最后第一志愿报了厦大。

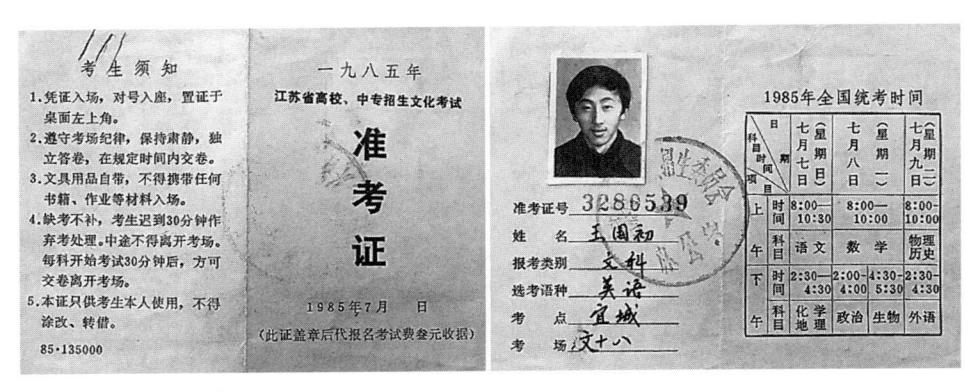

王国初1985年的准考证

放弃北大，他并不后悔，因为厦大招生简章的上弦场和建南大礼堂太宏伟、太美轮美奂，一下就勾走了他的魂儿。当然，想象中高楼林立、车水马龙的特区，也是吸引他的重要因素。

高考成绩出来后，他考了 533 分，位列宜兴文科前三，远远超过北大录取线。这是他第一次和首都擦肩而过。

在厦大，国初爱上了同班一位女生（后来成了他的太太）。幸运的是，他没用电炉丝煮过菠萝水。

他女友是朝鲜族，因此我们常和他开玩笑，说他娶了朝鲜姑娘；国初则豪爽地大笑，说自己是和韩国定亲的。

他和女友一起上课，一起学习，相互照顾。毕业后，他被分到当时北京富得流油的知名大公司，女友则被分到一个部委。

拿着分配通知书，在厦门的国初给家乡的父母打了电话。电话那头，年迈的父亲哭了：一方面喜极而泣，儿子落户首都，这是村里乡里多少人几辈子也没敢做过的梦；另一方面，老人家知道，儿子以后不能在跟前尽孝了。

他带女友兴冲冲地回家乡和父母告别。村里人轰动了，当年爱读书的状元郎小国初不仅要去京城，还带回一位大学生姑娘，也是去北京做官，可谓少年得志，一步登天。

村主任有点儿文化，平生爱下楚河汉界的象棋，又特别尊敬读书人。此刻端了一杯酒，竟给国初深深鞠了个躬，一仰而尽："大风起兮云飞扬，威加海内兮带老婆归故乡！国初将来兮当侍郎！"

国初高高兴兴地喝下这杯酒，顺眼一看，父亲正偷偷给母亲擦眼泪，而父亲眼里，也分明闪动着一丝泪光。

老主任意味深长地拍拍国初父亲肩头："哭啥？孩子有出息，任他去！"父亲含泪频频点头。

老主任又乘兴吟了首诗："树色随山变，涛声入海遥。帝都明日到，快买火车票！"

在家待了几天，两个人来到首都，国初兴冲冲地去市中心的大公司报到。

他记错了站，提前下了车。问北京当地人，告知说下一站就是，走走就到了。他一想囊中羞涩，干脆走一站吧。哪知道北京的一站地和厦门的一站地差别太大了，这一走，就是半个钟头。

满头大汗地赶到王府井，公司人事部葛处长看了他的分配书，脸色一变："你干吗——你怎么来了？"

"学校分配我来的，这是报到证！"

葛处长怔愣半天，神秘兮兮地出去，半天才回来，脸色凝重地笑道："你们好像……可能……找我们要培养费。人，我们不要了，你走吧！"

犹如当头一记棒喝，国初一阵晕眩。培养费？不可能吧？

葛处长很有礼貌地递给他纸巾，然后客客气气地把他请出公司。

与此同时，女友到部委报到，也被告知名额已满，让她到另一个部委试试。第二个部委的人事部负责人拿了她的分配通知书，不紧不慢地用手指敲着桌面："你看这上面分明写的××部，没写我们部啊；再说我们两个部是平级的，××部有什么资格要求我们部接收？解决不了！"

怎么也没想到会是这个结果，在一家地下防空洞改成的旅馆里，两个人抱头痛哭。

哭着哭着，他忽然意识到自己已经告别校园，是个大男人了，便劝慰女友说："不哭啦，再哭就成阿妈妮了（朝鲜语，大妈）。"

女友说："你自己都哭成阿扎西了（朝鲜语，大叔）。"

他抹抹泪水，心里一片迷茫，嘴边咧出一丝苦笑。

女友看了更心疼："不管多难，咱俩一起过难关！将来一起做阿妈妮、阿扎西！"

从那时起，他俩每天坐公交听消息，折腾了一个多月。这期间，他们囊中羞涩，每天早餐午餐合成一顿：路边2角钱一个的煎饼馃子。国初心疼女友，每次多花1角钱，给她买的煎饼里再摊个鸡蛋。但最后，往往是女友把那个鸡蛋煎饼给了他。大口吞着煎饼，他的眼泪大滴大滴地落在手上，落在煎饼上，又都流进心里。

最后，2元钱一天的防空洞住不起了。热心的会计系师兄师姐让他们偷偷搬去黄庄宿舍，那里洗澡没热水，都是直接用自来水冲洗。他俩没想到，北京的自来水比拒绝接收的葛处长的心更凉。

无奈之下，又给厦大打电话，决定返回厦门。上火车时，两人兜里只剩3元钱，连托运行李的钱都没了。

北京到厦门2000多公里，绿皮火车两天三夜，靠两袋方便面和白开水，总算熬回厦大。

国初还算幸运，系里把他重新分到厦门的一家银行；而女友却错过了再分配机会，由于她从小学习日语，几经辗转，最后到了厦门一家中日合资公司工作。一个厦大会计系毕业生，除去本身专业，精通朝鲜语、日语和英语三种语言，不简单吧？可惜啊，真替北京那个部委可惜！

这是国初第二次和北京擦肩而过。

前些天，我和30年未见的国初通电话，他已做了银行高管。说起两次和北京擦肩而过的命运，他淡然一笑，说人生漫长，关键处就那么几步，错过了，人生轨迹就全然不同了。只是，当初那几步，尤其是第二步，已经超出了他自己能控制的范围。一个刚毕业的农村孩子，在人生地不熟的首都，怎么控制得了命运的摆布呢？

我告诉他，没啥培养费，也许当初那位葛处长耍了猫儿腻。

他说，也许吧，不过无所谓了。现在，他认定自己是宜兴人，更是厦门人。

国初的儿子在厦门出生长大，两年前娶了一位地道的厦门姑娘。现在，国初已经当了爷爷。全家在一起，一会儿讲厦门话，一会儿讲宜兴话，其乐融融。

他仍然那么热情和直率，言谈话语之间，流露出受过良好教育的睿智、大度和情怀。他爽朗地笑着，然后低沉着嗓音告诉我，最怀念当年北京的煎饼。

王国初和太太金升日当年在厦门

  他常常想象着，把煎饼刷层辣酱、撒上葱花，然后含泪吃到嘴里。在北京奔波挣命的那一个多月，他俩天天吃的都是这个。国初说，2角钱一个的路边煎饼，是他对北京美食的唯一记忆！

  撂下电话，我的脑海浮现出一幅画面：30年前，一名厦大年轻人，身后是老父、老母、老主任和无数乡亲的热切目光。年轻人手里紧捏着那张报到通知书，而上衣口袋里，只有区区50元钱。他站在葛处长面前，哗哗流泪。

  国初和女友回到厦门后的所有家当就是两只破旧的手提箱，里面有几件衣服和厚厚的一大堆书。

  工作第一个月，他们数了一下手头的现金：总共46.5元。这46.5元，便是他和她的全部财富。

  那时年轻的他，还有另外一笔终生陪伴他的无形资产：学历、知识、素质和相亲相爱的女友。

  昨天，我给国初转发了当年的闽南语歌曲《一支小雨伞》，国初给我回了微信，把最后两句改了改：

你我双人同心肝，管他娘风雨不风雨！

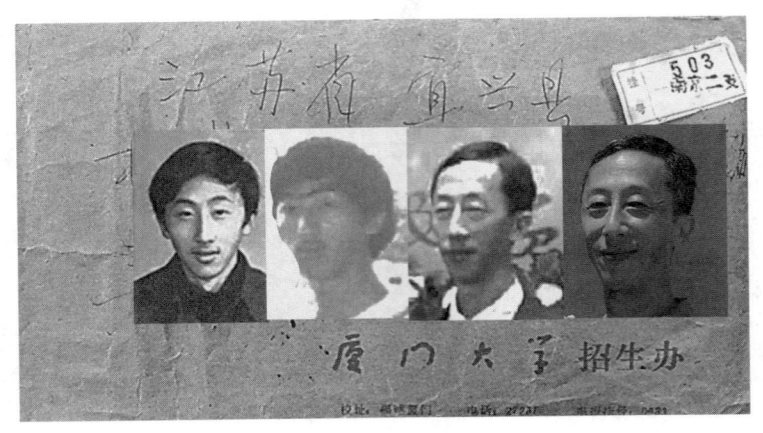

光阴如剑，昔日的懵懂少年如今已是阅尽沧海的中年人

　　他对我说，当年幸好是两人一起被退回厦大——假如一个留京一个退回，以后的感情会怎样呢？

　　那时年轻的我们，真是渺小如蚍蜉，任凭命运波涛潮起潮落，任凭狂风呼啸东南西北。

　　国初给我看了他和太太现在的照片。照片上，一位慈祥的阿妈妮幸福地依偎在宜兴阿扎西身边。

　　他们一起经历了风雨，又一起慢慢变老。

青春的爱情，

是一声轻轻的叹息。

莫斯科之恋

大学时的爱情回忆，想起来特别美好。

阿喜，典型的帅气阳光大男孩，入学后快乐无忧，每日按部就班地上课、锻炼。这样平静地过了一年，却在博学楼的一次公共课上一眼看到长发飘飘的阿芸，顿时惊为天人，暗下决心：这辈子，除了要拿厦大文凭，还要娶阿芸为妻！

东汉开国皇帝光武帝刘秀曾说过一句名言："仕官当做执金吾，娶妻当娶阴丽华。"阿芸，就这样成了阿喜心中的"阴丽华"。他立志非阿芸不娶。

阿喜天资聪颖，读书自然不在话下，就是心里搁了这事，好像魂儿都被阿芸牵走了。每天午餐晚餐，阿喜进食堂后，目光先向熙熙攘攘的人群中张望，如果看见阿芸的身影和长发，吃啥都是香的——就是嚼起海带丝来，也如鸡丝般津津有味；若没看到阿芸，不管自己多饿，也要再去别的食堂重新排长队，有时饥肠辘辘地端着空碗连奔三四个食堂：不为别的，就为能看她一眼。

别人去一个食堂打饭，阿喜则是在文史、物理、经济、风雨几个食堂乱窜。窜了一个遍，最终心神不定地再回到文史食堂，终于看见远处排队的阿芸。要是哪天没看到阿芸，他吃起东西来味同嚼蜡。

单相思苦恋两年多，偏偏每次公共课都凑巧和阿芸选在一起。这对他来说，既是幸福，更是折磨。就这么偷偷摸摸地远看近看，但见阿芸飘飘欲仙，温柔妩媚；爽朗大气，单纯善良；聪慧灵巧，天真烂漫，说起话来，也似黄莺鸣啭，绕梁三日。每次看到她，阿喜整个人都是痴的，魂不守舍。

阿芸似乎没有意识到，自己已是阿喜的心中女神。大家一起上了两年多课，好歹脸熟。终于有一天见了他，嫣然一笑。阿喜心里猛地一跳，默默低下头，心里一酸，眼圈红了。

他日夜萦怀，揪心不已，既担心阿芸看不上自己，更担心别的男生追求她。这份爱就这么藏在心里。

下课后，阿喜独自在校园徘徊，觉得天地之大，怎就没有一丝微风、一片白云，能把自己的心里话传递给阿芸？

仰头望向天上的白云，他心里不禁想，阿芸就像不知来自何方的白云，长久地飘在自己心头。

实在烦闷，便去白鹭书社借来金庸的武打小说来读。看到《射雕英雄传》里的郭靖，毅然放弃做蒙古国驸马的荣华富贵，阿喜心里也幻想着天高云淡，有一位铁木真那样尊贵的父亲的当代华铮公主，在芙蓉湖边、白城沙滩，甚至建南大礼堂的树丛里苦苦寻觅和追求自己，可自己却偏偏要娶那个普通的女大学生阿芸——在他心里，阿芸是如此完美，让他一见倾心！

他在想象中，冷笑着面对铁木真身后堆积如山的金银珠宝和架在脖子上的刀剑，面不改色；又泪眼蒙眬地扭头眺望远方缥缈的阿芸。

他特意到阿波罗录音室录了歌曲《云且留住》，因为这首歌唱出了他的心声：

我曾仰望天空，问白云来自何处？我曾仰望天空，羡白云飘然自如！云儿啊，云儿啊，我几番细诉几番细诉！千言万语化为一句呼唤，云且留住，云且留住！

在无尽的畅想中，他羡慕郭靖、黄蓉两人在旷野中并肩而卧、村店处同室而居、江水里同体而游；两小无猜绝无越轨，心灵相通生死相许，相伴携手共闯江湖——多么纯真，多么美好！

他把这份感情埋在心底，常常独自徜徉在白城海边、徘徊在群贤楼椰林下。倒没敢去想和阿芸并肩而卧或同体而游，耳边却总回荡着小说里郭靖所说的"蓉儿不能没有我，我也不能没有她"，又读到黄蓉"活，你背着我；死，你背着我"这句话，他掩卷长叹，几乎泪如雨下。

阿喜恨自己是个凡夫俗子，恨自己憨直木讷，恨自己不会调皮捣蛋，恨自己不敢写情书倾诉，恨自己不敢在食堂替阿芸排长队，恨自己不能在上课时为阿芸占位，恨自己下雨时不敢奔过去为阿芸打伞，恨自己不能做阿芸的护花使者。

他真想变成海鸥，飞往白云深处；他真愿化成轻烟，伴白云同行同住！

阿喜内心对阿芸的爱恋，就这么翻江倒海地折腾了三年！

眼看进入大学第四年，他虽然外表依旧开朗、谈笑风生，可心里总是闷闷不乐。这期间，除了用功读书，阿喜两耳不闻窗外事，就连友好宿舍的活动也不闻不问不参加，每日就是读书和痴痴地思念阿芸。大家几次拉他去友好宿舍，他捂了耳朵，爱搭不理。这个世界上，除了阿芸，没人能打动他的心！

毕业之前，班里特地在圆形餐厅举行与友好宿舍的化妆舞会。他不想去，因为自己都不知道友好宿舍是哪个系的，也从没见过那些女孩儿。

班主任、辅导员、班长、班委和全班同学几乎全体出动，强行把他拉来。大家自己动手，兴高采烈地用卡纸、旧衣物制作化装舞会的面具，又用窗帘、蚊帐甚至是床单做了外套。

同学们秘密挑选着自己的面具，然后宣布化装舞会规则：尽情跳舞，但需抽签决定舞伴。

阿喜无精打采地磨蹭到帘子后面，随便拿了一顶帽子，又顺手戴了一个面具，之后心不在焉地抽了个签儿。

音乐响起，大家欢快地跳起舞来。阿喜本来身在曹营心在汉，也不在乎和谁去跳。可几圈儿舞下来，他突然发现：自己的舞伴怎么总是那个戴八戒面具的人？

他定睛去看，就见眼前的八戒面具肥头大耳，厚厚的猪耳朵呼扇呼扇，两个猪鼻孔又圆又大，眼睛居然还是双眼皮，可眼眶两边和额头全是皱纹，却又喜气盈盈，笑逐颜开。舞伴还裹了严严实实的被单，十分臃肿，像企鹅一样。

阿喜越看越别扭，心不甘情不愿地勉强配合对方跳舞。后来，他慢慢失去了耐心，索性摘下自己戴的白骨精面具，对面前的舞伴拧眉立目，又皱起鼻头，拉长下巴，接着伸出舌头，还不停地翻白眼儿，做出各种鬼脸和古怪表情，丑态和洋相出尽，希望能把对方吓跑。可对方却似浑然不觉，没完没了地就那么拉着他不松手。

他脑海中浮现出阿芸闪动的明眸，猛然想到自己和她将天各一方，今后人海茫茫，从此相隔，不禁鼻子一酸，长长叹息一声。

想着阿芸飘逸的长发，再看看面前臃肿的八戒面具、耷拉下的两只大肥耳朵，他忽然一阵烦躁，于是断然松开了手。

就在他松手的刹那，圆形餐厅所有的灯光骤然全亮，同学们拍起手来。"八戒"脱掉臃肿的外套，犹豫一下，然后轻轻拿下罩在脸上的面具。她羞涩地一笑，明眸直视阿喜。

阿喜惊喜得眼泪顿时涌出。对面的舞伴，原来正是阿芸！这么半天，竟然是女神阿芸一直陪他跳舞！

灯光下，阿芸宛如仙人白玉，秀丽绝伦，绰约多姿，目中含泪，闪闪看着阿喜。阿喜伸出手，紧紧拉住阿芸。

阿芸含笑看他一眼："你再挤鼻弄眼做鬼脸看看？"

阿喜面红耳赤。

阿芸甜甜一笑："我是猪八戒，你不喜欢猪八戒！"

"喜欢的！我喜欢！我喜欢你！喜欢八戒！"

话音刚落，周围一阵哄堂大笑，阿芸狠狠打了阿喜的手一下。

他三年多苦恋相思，班里每个人都看在眼里。他们想方设法找到阿芸的闺密，又通过闺密转达了阿喜对阿芸的爱恋，并且早早建立友好宿舍——就瞒了阿喜一人。

即将毕业时，他俩第一次在厦大沙滩上散步。

海风拂过阿芸，长发飘飘。阿喜心旷神怡，心情大好，看着海边黑乎乎的礁石，都觉得是可口的全麦面包。他好想长出翅膀，然后带着阿芸在天空白云里飞翔。

阿芸腼腆地问他："你喜欢我，为什么不早说？"

阿喜嗫嚅着："我……不敢。"

阿芸幽幽地又问："那次公共课，我鼓足勇气冲你微笑，你为什么低头不理我？"

阿喜小声说了一句："我……怕。"

阿芸明眸流光："我其实一直喜欢你，我也不敢说。"

过了一会儿，阿芸又轻声问他："假如我将来变成又老又丑的八戒，你还会喜欢我吗？"

阿喜流出欣喜的泪水："喜欢、喜欢的，猪圈就是我的家。"

阿芸的泪水顿时流了下来。

他俩的手，终于握在一起，从此半辈子都没有分开。

"爱，其实好简单；爱，又多么不容易！"阿喜喃喃道。

他们幸福地生活在一起，生儿育女，又一起慢慢变老。

如今，阿喜和阿芸谈起往事，阿芸依旧是一副幸福的样子。去过他家的人说，阿喜的书房中摆了一个小小的吉祥物：八戒。

1994年，电视剧《北京人在纽约》火遍大江南北，主人公王起明在美国大起大落，最终一贫如洗。在异国他乡一番打拼后被打回原形：失去妻子女儿失去家。他一个人来到机场，准备回国。

又一群中国人兴高采烈、怀揣梦想走出肯尼迪机场。望着他们期待的面孔，听着他们熟悉的乡音，落魄的王起明百感交集……

那个年代，厦大毕业后去美国留学和定居的不少，但很少听说谁去俄罗斯的。偏偏有这么一位师弟，在冰天雪地的莫斯科待了好几年。

他来自江南，毕业后被分配到北京一家国企。之后，住在方庄集体宿舍。那时单位效益好，常发鱼虾、米面粮油。他不会做饭，就把这些食材拿到楼下小饭馆，和店老板一家人围成一圈儿，热乎乎地一起吃饭。

老板关心他，希望他在北京找老婆成家。确切地说，他们希望眉清目秀、上过重点大学的他能娶他们的女儿。老板是北京人，老婆是郊区的。他们热情、直率，一个劲儿地要把自己的闺女张罗给他，可他看不上。

老板倒了一杯二锅头："以后北京的房价儿，能冲破10万一平方米，你信不？"

每平方米10万元？自己每月工资才几百元，他觉得是天方夜谭。

老板仔细地看了看他："寸土寸金！就我家这独门小院，将来值一个亿！你别笑，我老婆娘家还有宅基地，将来也得拆迁——我们就这么一个宝贝闺女，谁娶到姆家（我家）姑娘，算白捡了大便宜！我们真心敬重你是读过书的知识分子。"

他从没想过这些，抬眼随便看了一眼。

那家女儿长得不错，爽快、麻利，又擦桌子又扫地，一刻不停地在小饭馆忙活，从没歇脚的时候。

"我不是夸，谁娶我闺女，这辈子就俩字儿——享福！"老板仰头喝下一杯二锅头，然后翻翻眼皮，"怎么？你嫌我闺女是个体户？"

他忙不迭地否认，又婉转谢绝了。

那姑娘心里也喜欢他，此刻见这年轻人脸色不对，于是痛快地说："咱哥是大学生，将来要找嫂子也要找大学毕业的，哥，我说得对不？我给你当妹子！"

本来岁月静好，如果这样下去，他将在北京找个白领，娶妻生子、朝九晚五。

一晃到了 90 年代中期，大批民营外贸企业获得了出口权，对他所在的国企造成巨大冲击。公司把他派到莫斯科，还给他印了一套精美的名片：驻俄罗斯办事处商务代表。

在公交、地铁和宿舍，他提前学起了俄语。三个月下来，他已能用俄语进行基本的日常交流。学习过程中，他也知道了那些令人垂涎欲滴的俄式大餐：欧拉季益（俄式松饼）、布林饼、鱼子酱、淋上酸奶的罗宋汤、汉堡排、烤肉串和格瓦斯。

等真到了俄罗斯，他才知道，所谓的"驻俄商务代表"只是名头，从事的工作和那些自由市场的北京倒爷一样：把国内倒来的服装，在这里转手销售。

那时，苏联刚解体五年，俄罗斯人的收入似乎一下降到令人瞠目结舌的地步。著名教授月收入 200 美元，普通百姓更不用说了。一到周末，教授们买了土豆、萝卜，然后开车到乡下别墅，连续两天闷在家里，上顿下顿吃土豆、萝卜。

而他的工资加驻外补贴，还有奖金，让他发现：自己与俄罗斯著名教授们相比，已是名副其实的大款。

他最爱去的地方，一是莫斯科的地铁，二是莫斯科的酒吧。

地铁建筑造型各异。每个车站都由著名的建筑师设计，风格独特。这些地铁站用大理石、花岗岩、陶瓷、五彩玻璃镶嵌出各式浮雕和壁画装饰，处处像富丽堂皇的宫殿。

初来几个月，他爱在"地下艺术殿堂"的莫斯科地铁到处逛。革命广场站，让他听着亲切；马雅可夫斯基站、共青团站，这些名称让他找到文学和思想的家乡。

他在冲锋陷阵的苏联红军雕塑前徜徉，仿佛回到激情澎湃的红色时代；他凝视着马雅可夫斯基车站目光深邃的雕塑头像，仿佛在与诗人对话。

横跨古典与现代的艺术文化、巴洛克风格的建筑特色、英雄主义的浪漫情怀，让他流连忘返，让他觉得莫斯科是一个只要你愿意，就能发现很多艺术魅力的地方。

这天，他信步走出车站，陶醉地回想那些生动鲜明的壁画：顿河彪悍的哥萨克、跳舞奔放的乌克兰姑娘、旖旎的克里米亚和黑海风光。

突然，两个俄罗斯大汉一左一右把他夹在中间："达瓦列士，Китай（中国人）？"

"Yes, Chinese!"他顺口说出 Chinese，也知道俄罗斯和一些中亚国家至今都把中国称为"契丹"，于是自豪地向身边两个俄罗斯大汉眉开眼笑地打招呼："达瓦列士，哈啦瘦！（同志们好）！"

话音未落，他就觉得不对。因为自己脚都没沾地，就被那俩膀大腰圆的大汉架到一个偏僻无人的地方。他拼命挣扎了几下，却挣脱不开。

达瓦列士们把他摁在墙角，亮出明晃晃的尖刀。他被吓得目瞪口呆。

他们从他身上搜走 200 美元，然后拍拍他的肩膀，心满意足地扬长而去。

后来他才知道，有些当地人知道中国人开始有钱了，就把中国人作为抢劫的目标。因此，在俄罗斯单独出门，兜里一定要准备 200 美元，不能少于这个数，更不能多过这个数儿。幸亏那天带了 200 美元保命钱。

在俄罗斯几年，他被抢过五次。每次都是 200 美元救了他的命，让他安然无恙。后来他常说：自己的命，值 1000 美元。

生意上还顺利。国内企业每月发来上百万元货物，他在莫斯科组织渠道和人力，再把这些货物运到当地批发市场去卖。

那些市场，什么萨达沃特、柳布利诺和 IZMAILOVCKI，他已轻车熟路。这些地方每天卸下数不尽的中国货，服装和轻工品堆积如山。现场有不少北京倒爷，操着一口流利的京片子和俄语，不停地吆喝。

有个爱吃蒜的北京大爷，据说在莫斯科和北京都购置了豪宅。老头儿热情地和他打招呼，还不停地跑前跑后给他帮忙。

一群越南人围上他，用不太流利的英语、汉语和他比画。听了半天，他明白了：原来这些越南小贩在俄罗斯建立了庞大的乡下网络，什么货卖给他们，他们就能迅速地把商品发到莫斯科以外的地方。他们称自己为"越南快递"。

北京倒爷们把货运到莫斯科、圣彼得堡批发，这些越南人转手就把这些货物运到俄罗斯的各个角落。谁都没想到，聪明的越南人专等中国人把服装运过来，然后用"农村包围城市"的战略，再把中国货运到乡下，取得了巨大成功。不少北京倒爷发了大财，越南人也赚得盆满钵满。

一切顺风顺水。

那位北京老大爷每周都去赌场，花钱如流水，还特意从北京带了炸酱，天天在市场上做炸酱面，吃起大蒜来旁若无人。满嘴蒜味儿的老大爷对他挺好，挺照顾他。

这天，他满面笑容地来到市场，刚要和四周的北京倒爷们寒暄，突然看到一群身高马大的俄罗斯特警气势汹汹地冲来，迅速把整个市场包围。

一时间，鸡飞狗跳。

那些彪形大汉强行要求每个人录指纹、掌纹，还粗暴地把商贩们推到墙壁前拍照，亮护照、亮营业执照都没用。

他亲眼看到，那个北京老大爷正哗啦啦地数钱，看到警察特警们过来抓人，起身就跑。特警们立即举枪，"砰砰砰"朝天连开三枪，吓得市场上所有人都老老实实地呆立在原地。

北京老大爷保持着奔跑的造型，一动不敢动，像是被点了穴道，突然定格在原地一样。俄罗斯特警们冲过去搜查，从他兜里搜出几头地道的山东大蒜。

有个女贩刚要把现金偷偷放入钱箱，立即被冲上来的特警手疾眼快地挥拳打倒。事后她哭诉，钱箱里的现金不见了。

他看着眼前像缉毒电影一样的场面，呆若木鸡。他觉得委屈：因为这里所有人，都是规规矩矩的生意人，自己更是国有企业驻俄罗斯的商务代表——可每隔几个月，就会遭遇一次这样的"扫查"。

客户们吓得不敢来了,越南人也躲得无影无踪。后来他才知道,相关部门的这些行动叫作"打击洗钱犯罪"。一方面是打击非法移民,主要是一些没获得合法签证的中亚移民;另一方面据说市场上有不明身份的人,涉嫌通过地下钱庄洗钱。

每逢周末,他都会和几个朋友去莫斯科酒吧。他最爱去的地方,叫 Bersenevskaya Naberezhnaya,坐落于莫斯科河畔南岸,是著名的酒吧聚集区。那个叫 Strelka 的酒吧,让他一辈子忘不了。

酒吧正对辉煌的救世主大教堂。坐在里面,透过窗户可以一览克里姆林宫和红场周边的景致。在这里,他遇到两个终生难忘的人。

第一个,竟然长得和戈尔巴乔夫一模一样!

他愣愣地看,觉得堂堂的前国家领导人,怎么一个保镖都不带,就自己单独在吧台喝酒?

那人见他望向自己,冲他嘻嘻一笑,然后端着酒杯走来。

"我长得像戈尔巴乔夫,对不对?"他醉醺醺地道,"我叫苟巴乔夫。"

他有些局促,于是拘谨地点点头。

苟巴乔夫性格直率,神情似乎无限感叹:"你是达瓦列士?"

一句"达瓦列士",让他顿时想起自己在莫斯科几次被抢的经历,心里一阵紧张,手也不由自主地伸进口袋,想去掏那 200 美元的救命钱。转念一想,面前的苟巴乔夫这么大年纪,大概自己还打得过,于是嘴角抽动一下,同时悄悄握紧了拳头。

"中国的邓小平,这个!"苟巴乔夫没注意他的拳头,却赞叹地伸出大拇哥,"我们的'戈……巴乔夫',这个!"他表情复杂地伸出一个小拇指,然后抢过他的酒瓶儿一饮而尽,之后晃悠悠地离去。

看着苟巴乔夫的背影,他担心这个踉跄的人会摔到地上。

"200 美元!"苟巴乔夫走了几步,突然猛地回身,龇牙咧嘴地冲他大喊一声。

他立即高高举起面前的空酒瓶，准备自卫。

苟巴乔夫哈哈大笑，冲他做了个鬼脸，然后用不太流利的中国话说："达瓦列士，200美元！"说罢晃晃荡荡地离去。

他苦笑一下，发现自己出了一身冷汗。

在Strelka酒吧，他还认识了一位叫安娜斯塔西娅的俄罗斯姑娘。

刚见到吧台的这位女服务员，他吓了一跳：这姑娘简直就是美国著名影星费雯·丽的翻版！

费雯·丽被美国电影学会选为"百年来最伟大的女演员"之一。有人曾评论，费雯·丽有如此的美貌，根本不必有演技；她有如此的演技，也根本不必有美貌——一句话，她是技艺绝顶的女演员。

他爱看费雯·丽主演的《欲望号街车》《乱世佳人》和《魂断蓝桥》，却从没想到，自己居然在Strelka酒吧遇到活灵活现的费雯·丽——俄罗斯姑娘安娜斯塔西娅。

安娜斯塔西娅是大学生，每天在酒吧兼职赚钱。她会弹琴、绘画，还会跳芭蕾。当她身处喧嚣的酒吧时，总露出寂寞惆怅的神色，看上去似乎有什么心事。

她调出来的鸡尾酒好喝极了。

他躲在角落，呆呆地望向她，要是能把这么一位美丽的姑娘娶过来，将会是一种什么未来？

他远远地凝视那天使一样的脸庞，心想：也许她能做一手好吃的俄式大餐。也许，生下的孩子会很漂亮吧？

后来，他越凑越近，最后就靠在吧台上和她聊自己对莫斯科的印象，也聊俄罗斯文学曾有的辉煌。

他记得自己小时候看过的高尔基三部曲——《童年》《在人间》《我的大学》，于是和她说起精彩纷呈的故事情节：小主人公阿廖沙、外祖母、绘图师、轮船和正直的厨师、喀山的流浪汉和社会大学。

他们越聊越投机，后来又聊《钢铁是怎样炼成的》《青年近卫军》和《安娜·卡列尼娜》，也聊普希金、屠格涅夫和契科夫，还聊起《松树林的早晨》《无名女郎》和《伏尔加河上的纤夫》这些名画。

他是单身，她也是一位快要毕业的大学生。他们就这样聊着，聊得特别投机，聊得心心相印。

他想和她说，让她嫁给自己，可支吾了几次，话没说出口。

她深情地凝望着他，仿佛盼着他能说出那句心里话，可羞涩的他就是不敢。

他们就这么一起聊了四个月。她似乎希望他能带她走！

有一天他鼓足勇气，决定向天使安娜斯塔西娅告白，说自己喜欢她，问她愿不愿意嫁给中国的达瓦列士！

他下了决心以后，又犹豫了半个多月，终于决定晚上到 Strelka 酒吧，无论如何都要约她出来，两个人沿着莫斯科河散步，然后把所有的心里话都告诉她。

带她回北京！单位不景气？辞职！带她回温暖的南方！去厦门！

为表示自己的男子汉雄心，他把总是窝窝囊囊揣着的 200 美元放在办公室，然后揣了把蒙古刀。

他径直去了酒吧，却没看见安娜斯塔西娅。直到打烊，也没见她的身影。

下个周末，他又匆匆去了那里，还是没见到安娜斯塔西娅。

直到有一天，他忍不住问酒吧老板："安娜斯塔西娅是不是病了？"

酒吧老板表情微妙，然后摇摇头。

他欲言又止，想问问安娜斯塔西娅的电话，或是住址。

"她嫁人了！"酒吧老板大咧咧地挥挥手，"确切地说，她嫁给了钱。"

"什么？你说清楚！"他猛地听到这句话，忽然暴怒，一下跳起，然后抓住酒吧老板的脖领子。

膀大腰圆的俄罗斯老板吓了一跳："达瓦列士！她嫁给你们中国的达瓦列士了！"

"她没嫁给我！"他简直是吼叫着说出这句话。

那个高大的俄罗斯人有些哭笑不得："当然不是嫁给你。她被一个北京倒爷包了，每月1万美元！差不多50个莫斯科大学教授的工资！"

他觉得天旋地转。

"那个北京倒爷，就在你卖货的服装市场，一位北京大爷——炸酱面和大蒜！可以做你的叔叔！"俄罗斯老板咬牙切齿，"当然，更可以做她的叔叔！"

他眼前一片模糊。

酒吧老板又指指远处醉醺醺的苟巴乔夫："都怪他！把我们搞得一塌糊涂！"

他泪眼蒙眬，也不知到何处出气，于是走近那个若有所思的苟巴乔夫，猛地挥起一拳，把老头儿打倒在地。

几年后，他回到北京。

方庄附近那片平房不见了，取而代之的是高楼大厦。

他去打听了一下，那家小饭馆的主人拆迁搬走了，据说家里分了七套房。

北京的房价，那时已经是几万元一平方米。七套房，就是几千万元。那个爱喝二锅头的小饭馆老板，天天喝得晕晕乎乎，却在几年前把房价猜得这么准！

后来，他辞职离开那家半死不活的国企，开了一家烤肉店。

刚开始，他见了熟人就苦笑，后来就常大笑着说，北大出了位卖猪肉的屠夫，而自己则是"吓大"卖烤肉的"厨夫"。

"我不是卖肉的！我只是烤肉！"有一次，他喝多了，痛哭流涕。

前些年生意不好做，他把烤肉馆转手了。

接手的人，恰是当初他没看上的那位北京方庄姑娘。当然，人家现在是身家过亿的女企业家。

她认出了他，只是礼貌地和他打招呼，却再没了当年的热乎劲儿。

她是开着玛莎拉蒂来的。告别时，她似乎注意到他的廉价车，于是给他凭空加了20万元现金。

他没言语，红着脸低下头，默默把钱接在手里。

蓦地，他想起自己在莫斯科的遭遇：五次 200 美元，一共 1000 美元。保住一条性命，在遥远的冰天雪地价值 200 美元；回到祖国，昔日擦肩而过的邂逅情分，20 万元。

他在心里叹口气，依依不舍地最后看了自己的烤肉馆一眼。

这是多年前的事了。现在，他已过知天命的年龄，一直单身。

每天晚上他都喝酒，喝的时候，面前总放两个杯子。那个空杯子会让他想起安娜斯塔西娅。

遗憾的是，他从没和她合过影。每到这时，他都会盯着墙壁上的照片，眯着眼仔细端详——墙上那张照片，是费雯·丽。

实习，

就是一种阅历，

一种体验。

疯人院

《朱晖》一文刊发后，南雁做了一个非常恰当的评论："海风吹出芙蓉国，吹过中国这30年坎坎坷坷的崛起之路，我们同学都在这条路上流过血、洒过泪！"

那是一个由穷变富的渐进时代，充满了拼搏、奋斗和向上。

化学系86级的蔡荣光师弟说："随笔用朴实的手法，把早期外贸人的艰苦创业清晰地表达了出来！"

财经系85级的侯明强评论："外贸专业当时是时髦专业，毕业后正赶上改革开放及外贸公司改制。朱晖同学的经历很有代表性。在那个改革开放的年代，外贸国企市场化改革，同学们不得不学习游泳，在大风大浪中拼搏生存。经过艰难困苦，掌握市场规律，最终学会了中流击水。"

会计系85级的朱晓红说："读了朱晖拼搏的故事，就想到《爱拼才会赢》这首歌，没想到厦大子女也有闽南人的韧劲和拼劲！"

当年，大批闽南人曾随郑成功渡海，从荷兰侵略者手里收复台湾。目前海外华人有几千万人，主要以东南亚为大宗，闽南语广泛分布于世界各地。举例来说，印尼语（马来语）中至少有511个汉语借词，其中闽南方言借词456个，占

89.5%。

闽南人性格刚强、精明、注重乡情。他们敢于冒险，爱拼敢拼，有极强的适应力、竞争力和内部凝聚力。不说厦大子女本身基本算是闽南人的一部分，就是当年我们这些外乡学子，也应该受到了闽南文化的深刻影响。

政治系的胡凯同学总结："我们每个人都有自己酸甜苦辣的故事，每个人都在不断地摔打中成长起来。"

文章发表后，竟然还找到故事主人公朱晖的小学同桌同学——远在加拿大居住的新闻系84级陈斌师兄。原来他高中读了两年，而我们则是三年！因此，到了最后，本来同龄的他，却成了朱晖和我们85级的师兄，而我们却成了师弟师妹。他和朱晖，小学时代真算是"同桌的你"。

而《莫斯科之恋》刊发后，会计系的许文斌小妹评论说："幸福来敲门的校园爱情故事，还有莫斯科郊外的晚上，人生嗨嗨！"

几位同学深夜电我，说本文让他们想起尘封多年的如烟往事，大家都在感慨青春时的单纯。

小说主人公的原型之一在转发本文时特意留言，怀念当年的纯真！是啊，当年的长发飘飘和那一丝永远的牵挂，让人充满对人生的憧憬与向往。他感念当年的同学们，为他创造了爱的机会。

新闻系87级的梅涛师弟对《莫斯科之恋》的另一位男主角的命运发出感慨：造化弄人！

82级的梁清树师兄说："阿喜、阿芸历经煎熬，终获爱情甜果；而另一位师弟的莫斯科之恋的确悲凉，甚至连张照片都没留下……作者写得生动曲折。"

用84级的林漳师兄的话讲："海风吹过，醉人也恼人……"

今天，咱们就来一篇逗人的随笔吧！

我们上大学时，曾有过两次实习。第一次实习被安排在福州一家报道农村新闻的报社。

之所以被安排到这里，是因为听到"农村"二字没人愿去。最后大家抓阄，我把自己"抓"到了"农村"。

那时城乡差别之大令人难忘。农民们"锄禾日当午，汗滴禾下土"，辛苦劳作了一代又一代、一辈又一辈。当时不懂农民的苦，在心里不断安慰自己：福州是省会，啥农村不农村的，我是到省会！

从晋代"八姓入闽"到晚唐王潮、王审知兄弟开闽，福州在中原汉人的移民潮中逐渐兴盛起来。如今，上古、中古汉语，古齐语，古晋语明显留存于福州话中。用福州话读古诗词，很多押韵。例如《登幽州台歌》："前不见古人，后不见来者。念天地之悠悠，独怆然而涕下。"普通话中的"者"与"下"，无韵可循，而福州发音则是者（zia）、下（gia），完全合韵。

再一打听，福州还有著名的三坊七巷、乌塔、衣锦巷、地藏寺等名胜古迹，当下心花怒放。

乘长途汽车经福厦公路，路上印象最深的是交通事故。具体记不清了，反正总有翻车撞车的。至今还记得有长途车底儿朝天，可旁边的小贩，该卖面的卖面，该卖水果的吆喝水果，看起来若无其事，似乎早已司空见惯。

沿途的土壤也和北方不同，都偏红色。

福州的陈师弟事先和我说好，他家在第 N 医院，母亲每晚都在急诊室值班，全家也住医院后面的宿舍楼。他让我到了福州就去第 N 医院直接找他。又怕我忘记，还匆匆留了字条，写上"第 N 医院"。

傍晚抵达福州，下车立即打听第 N 医院，说在郊区。那时没有出租车（有了也不舍得坐，因为没钱），一咬牙，干脆走着去！

大步流星地迈开"两条腿私家车"，走着走着，不知不觉出了福州城区。又边走边打听，慢慢越过田野。身后的城市不见了，只剩下前方大片的农田和蜿蜒的小路。我心里纳闷，怎么第 N 医院这么远啊？

天渐渐黑下来。到后来，路上行人越来越少，只得到沿途村庄亮灯人家敲门询问，深一脚浅一脚跌跌撞撞地走过那些田野。

晚上 11 点多，满头大汗，好不容易找到第 N 医院。只见医院孤零零地立于田野远方，四周没什么建筑，只有排排大树。风一吹，树叶哗哗作响，和医院的寂静形成鲜明对比。不知怎的，靠近那里就觉得瘆人。高高的围墙和铁门，四周鸦雀无声，只有门口那盏灯泡，发出一圈儿昏黄的光。

正常人都累得气喘吁吁，哪个病人会到这么远的地方看病呢？

那时也不知道害怕，疲惫地站在门外，大声拍打铁门。四周回荡着单调的拍门声。

突然，夜空里似乎传来一声若有若无的狞笑，倒把我吓了一跳。急忙回头，周围一片漆黑。参着胆子探头探脑向墙里张望，没看到什么。再抬头去看月影，惨白的月亮缓慢穿梭于朦胧的云层中，显出静谧的凄美。

等了一会儿，又接着大声拍门。过了许久，门才缓缓打开。没等对方说话，恼火万分、又累又饿的我直接蹿进院子。

进院后，看到面前矗立着五六座高大陈旧的砖楼，有的窗户似乎还打着铁条（或是木栏）。

值班室老头儿特别瘦小，一脸狐疑地看着我。他讲话用方言，又试图拦住我。我听不懂，于是晃晃学生证，直接向大院深处奔去。

在前院转了一大圈，也搭着是深夜，没啥照明，感觉处处冷森森的。又到后院转了一大圈，没找到急诊室和宿舍。瘦弱的老头儿急赤白脸地追在后面，我也没听懂他喊啥。

甩掉看门人，又里里外外转了半天，忙不迭地找急诊室、找医院宿舍。对了，还找食堂，因为饿得头昏眼花。

七拐八拐，就见那些砖楼大门都上着锁。有扇楼门拴着铁链，勉强侧身钻进去，跑到幽暗的楼道里，"噔噔噔"地上下转了几层。楼里格外安静，偶尔传出几声怪叫。

隔着窗子，我看到房间内有些一动不动坐在床上的人，也有呆若木鸡立在墙边的，还有几人隔着门窗，面无表情地直直凝视着我。

这么晚了，这些人怎么还没睡？我心里嘀咕，于是贴近一块玻璃去看。

玻璃那边也有个人，慢慢地、警惕地贴近玻璃看我。我俩的脸隔着玻璃，几乎贴在一起。

他凝视着我，后退一步，突然龇牙咧嘴冲我一笑。昏暗的楼道里，他的眼珠子发白，脸色煞白，牙齿也分外洁白，蓬头垢面的，把我吓了一跳。

不过我没想那么多，拧开房门，直接冲了进去。

"急诊室在哪儿？食堂在哪儿？"我头晕目眩，饿得前胸贴后背，于是向他们大声问道。

这群人面无表情地慢慢踱过来，然后悄悄围住我。一个家伙神情宁静，深沉地凝视着我："急诊室在厕所。"

"厕所？"

"撒泡尿，病就全好了。"他一字一顿地说。

"啊？撒泡尿能治病？"

又有一个人指了指房间："这里就是急诊室。你快躺下，我们帮你看看。"说完，他就上来拉我。他的力气好大。

还有两个家伙，用手比画成石头、剪刀、布的样子，似乎要给我开膛。

有个男的，直接解开怀，指着自己的乳头说："食堂，在这里。喝奶！"

我怒发冲冠，一脚踢了过去，然后气急败坏地用力推开这些人。走出房间时，重重地带上了门。

他们在屋内，目瞪口呆地看着我。我回过身，冲他们做了一个鬼脸。没想到，他们个个兴高采烈，一阵欢呼。

"急诊室在哪儿？宿舍在哪儿？食堂在哪儿？"我转了一大圈，满头大汗，无奈重新回到门岗，向急得跳脚的看门老头儿问道。

他的普通话十分糟糕。"颠趴！"老头儿怒吼。

"颠趴？啥意思？"

老头儿一指我身后那几座黑漆漆的楼："疯子！"

"啥？"

接下来，老头儿一句话把我吓到半死：原来这里是精神病院，里面住的都是严重的精神病患者！我真是无知者无畏，自己进了虎口都不知道。

老头儿支支吾吾说了半天，我才勉强听懂了：这里是第 N 医院，城里好像还有家第 N 人民医院——陈师弟留的字条，唯独少了"人民"二字，害得我跑到这家远郊的精神病医院。

我当时又惊又怒，再加上害怕，头也不回地蹿出精神病院。听到身后大铁门"咣当"一声关上，这才觉得全身湿透了。想起刚才自己和一群精神病人在一起搅和，心里吓坏了。

此刻，除了高高的围墙和头顶那盏昏黄的小灯泡，四周伸手不见五指，黑茫茫一片。围墙内，又隔空传来几声怪笑，吓得我猛地向前一蹿。

看着远处的黑灯瞎火，心想：这可怎么回福州啊？要不干脆先和值班老头儿凑合一宿再说？于是再次回身用力拍门。拍了半天，里面一点儿动静也没有，大概值班老头儿被我刚才的无礼惹怒了。

总不能在精神病院大门外的地上睡一夜吧？由于天黑，怎么回城也记不清了。于是抬头寻找天上的北斗星。费力辨认半天，可除了月亮，觉得天上所有的群星都是曲折如斗，什么也分不出来。

返程时，深一脚浅一脚，还"扑通"一声掉进水田。挣扎着爬出来，穿着湿透了的鞋子继续走。感觉脚部不舒服，于是用手拎着鞋子，可光脚又被路上的石子硌得难受，也担心黑夜里有坏人，越怕越担心。

忽地想到蒲松龄的《聊斋志异》，接着想起刚才冲我龇牙一笑的那位精神病患者，心头一悸。

四周漆黑寂静，所有聊斋故事和以前看过的恐怖录像都涌到脑海，什么喷水、画皮、尸变，还有什么狐鬼花妖……这还没啥，骤然又想到《405谋杀案》里阴暗的楼梯、拐角，还有台湾影片《厉鬼缠身》……

我大步流星，拼命抑制自己的胡思乱想。可越是这样，那些恐怖电影就越是挥之不去。记忆的水龙头不仅没被关住，反而哗啦啦地打开了。我又想起了电影《黑楼孤魂》，影片里的各种诡异画面，此刻如同漏勺里的水，一股股涌进脑海。

这部影片是上世纪80年代恐怖片的巅峰，首映式曾吓死过观众。《黑楼孤魂》算是中国大陆第一部立体声恐怖片，也是第一部片头打上"儿童不宜"字样的电影：一间昏暗的荒屋，一道深锁的木门，背后留下一桩经年的悬案，冤魂复仇半夜索命。

越不想，偏偏越去想，越想就越害怕，全身大汗淋漓。深夜独处黑漆漆的田野，再加上朦胧遥远的星空，眼前又涌现出一幕幕恐怖片情节，一阵毛骨悚然之后，心一横，大声唱起歌来。

歌声从嗓子眼儿里冒出来，那叫一个颤颤悠悠。一边大步流星声嘶力竭地唱歌，一边向黑漆漆的四周偷睨。偏偏此刻，嘴里竟鬼使神差地哼起了哀乐。等明白过来居然哼了这么一支乐曲，顿时又是一身冷汗。这是怎么了？我怎么唱起了这个？

我不断加快脚下的步伐，最后索性跑起来。

正在这时，路边草丛若有若无地传出一阵窸窸窣窣的轻微响声。

孤魂！有孤魂！

想到这里，骨软筋酥，两腿发沉，连步子都迈不开了。

那窸窸窣窣的声音忽而在前，忽而在后，恍惚之中，好像还看到两只绿幽幽的眼珠子和我对视。全身一激灵，大脑一片空白，喉咙痉挛，腿都软透了。

挣扎中猛地想起军训时的单兵卧倒动作，立即咬牙一个箭步，猛地横趴在路面。

手忙脚乱卧倒之后，立即闻到一阵恶臭，原来正好一头扎在路面的牛粪上！——幸亏是一堆牛粪而不是一块石头。趴下才发现，草丛里是只野兔。

踉踉跄跄地急忙起身，脸上的牛粪也顾不得擦，慌忙又跑起来。跑得上气不接下气，再加上无穷无尽的胡思乱想，这一路把自己吓得毛发倒竖，死去活来。

跑着跑着，猛地想起字条上少写了"人民"二字的陈师弟，心想落到这步田地，都是拜他所赐。于是，大怒着骂了起来，越骂越气，越气越骂，怒发冲冠，反倒不那么担惊受怕了。真想一步冲到陈师弟面前，然后迎面一脚！

气愤至极，倒盼着路上飘出几个孤魂厉鬼，正好打上一架，发泄心中怒气。管他什么厉鬼缠身、黑楼孤魂，就算蒲松龄亲自带着聊斋里的那堆怪物一起蹿出来也不怕，干脆就带着蒲松龄和那些鬼魂，半夜三更一起去找陈师弟！到了陈师弟家楼外面，我要亲自敲门！我敲第一下，然后让蒲松龄敲第二下，就这么一直敲下去。嘻嘻！

此时再想什么《聊斋志异》，反而觉得十分好笑，于是仰天哈哈大笑。可这一笑，忽然觉得黑暗中自己的笑声显得那么短促、尖锐而冰冷——我像是不认识自己了，反而又有些心惊胆战。

仓皇寻回福州市区，已是凌晨3点半。看到报社，如同望见了家，一溜烟儿直奔门口值班室。

值班室里优哉游哉的老头儿，正不紧不慢地喝茶。突然看到窗前出现一张沾满牛粪、痉挛扭曲的脸，接着又看见伸进一只恶臭的沾满牛粪的手，吓得一抖，茶水洒了一身。

编辑部带我的师傅是小李：狭长的瘦脸，厚厚的嘴唇，长长的头发，颧骨旁长了几颗大大的青春痘儿，看着十分刺眼。

李编辑单身，天天发愁找不到女朋友。平日，他不苟言笑。有时偷看女明星画报，有时胡思乱想望向窗外，盯着街上的大姑娘、小媳妇儿发呆。

他不会讲福州话，普通话说得也烂，我们很少交流。不过，他挺关照我。有时，他会用刚学的一些福州话来教我：阿白——知道、卡溜——玩、些慢——晚饭、搭糯——茶叶、难闷一叠——笨蛋小弟（他总叫我这个）。

对了，还有一个词：捞马——老婆。这个词儿，李编辑说得最多，他最担心自己以后打光棍儿。慢慢地，我也学会了一个词，有时叫他"居待"——书呆子。

两星期后，李编辑发工资。天刚擦黑，他兴冲冲地到我宿舍，压低声音，说要带我去找"阿B"。

那时的我们十分纯洁，震惊之下，我当即拒绝了他。他又死皮赖脸地求我一起去，坚持说"阿B"诱人，还不停地问我，有没有吃过B。

我看着他鞋拔子一样的变态嘴脸，真想大嘴巴扇他，于是大声说："没有！"

他奇怪地看着我："嘘——！你们北京人应该最爱吃B，怎么会没有？"

我愤怒得几乎要打他。呆头呆脑的李编辑被我抓住脖领子，顿时一愣，忙扭着细长的脖子转头问我："你为啥要动粗？"

我怒冲冲吼道："粗细你都知道？再说就抽你！"

他委屈得几乎要落泪。看到他错愕的表情，我同情他的单身，叹口气松开手："我给你保密，但你别去干那些腌臜事。"

谁知他听后愣了一下，却更坚决了："你不去吃B，我自己去！"

我也大怒："报社让你当我的指导老师，你不好好教我，反而要去嫖娼！要脸不要脸？"

他一愣："啥？"

李编辑看我急赤白脸的样子，急忙解释，说"阿B"是福州话，"阿"是鸭，"B"是"啤"，他要带我去吃鸭啤，这是一道名菜。我将信将疑，威胁他如果不是，就向报社告发。

那天晚上，我们在街边一家卤肉店，痛痛快快吃了一顿鸭啤。

我至今还记得那家解馋的小店，就在报社不远的路边。

那是一家不大的临街房，窗外挂着一盏涂了红漆的电灯；窗内挂了几只红润光亮的卤鸭，窗台摆着几瓶闽光啤酒；靠窗的小桌上，还有一张厚厚的圆形案板，上面斜立了一把菜刀。

喝了一阵，李编辑夸我酒量好，说我年纪轻轻，一口气能喝十几瓶啤酒，真是海量。又眼睁睁看我边撕边扯、大快朵颐地连吃两只卤汁浓醇的卤鸭，李编辑目瞪口呆，似乎有点儿心疼钱。

他细嚼慢咽，前后只啃了两个鸭翅膀。他不停地唠叨，说这顿饭花超了，又问我以后是不是能回请他一次。

我说请十回都没关系。李编辑大喜，说："请两回就可以了。"我说："请你200回都行，可俺没钱。"他拧眉大怒。

我痛快淋漓、眉开眼笑地大口吃鸭啤，也诚挚地向他道歉，说自己误解了他的口音。

他不言语，微微闭目向后仰头，翻着白眼儿用手指了指我，算是责备。

我笑着说："你以后直接说'鸭啤'就好。你口音重，天生长得像坏人，厚嘴唇再说出'阿B'二字，听着怪豪放、怪刺耳、怪淫荡、怪邪恶的。怎么着都不像编辑，越看越像嫖客。"

他全身一抖，欢快的情绪顿时低落下来："我长得像坏人？居然长得像嫖客？你见过嫖客吗？我就长这模样？这顿饭钱，我算白花了！"

"反正你这'居待'模样，要找'捞马'，难！"

失落的李编辑愣怔一会儿，忽地仰天长叹："奸夹苍苍，白撸为枪！所谓一任，再碎一房！"

我大笑："瞧你这普通话说的！那是'蒹葭苍苍，白露为霜。所谓伊人，在水一方'。你还要再碎一房？连个'捞马'都没有，你一房都碎不了！"

李编辑喝红了脸，也放开了，毫不在乎地瞥我一眼，然后不管不顾地自我吟诵，"光光绝交，灾祸自招！要挑酥绿，裙子好羞！"

"那是'关关雎鸠，在河之洲。窈窕淑女，君子好逑'。"我放肆地大笑。

他本来兴高采烈地请我，结果似乎受了打击。喝酒喝到后来，再不言语了。

我俩都喝醉了，踉跄着走回报社宿舍。路灯把我俩东倒西歪、一前一后的身影映在地面，像是无声的城市夜景里有两个默默移动的黑色纸片。

过了两天，报社要我陪省某局长和报社主任一同去晋江、石狮采访。

那时的晋江特别是石狮，满街都是大大小小的电器店，琳琅满目的电视录音机，都是北方少见的高档品。

记得当地一个做塑料餐具的企业家，夸耀说自己企业生产的塑料餐具，怎么都不怕摔，而且摔不坏。

省某局长笑着说："眼见为实。你摔摔看？"老板坚定地点头，随手拿过一个餐盘，用力摔向地面。"哗啦"一声，餐盘四碎。众人愕然，他也顿时愣住。高高举起另一个餐盘又摔，"哗啦"一声，再碎。一连摔了仨盘子，都是四分五裂地碎掉。

那个递餐盘的手下人，小心翼翼地看着自己的老板，不过，嘴角却挂着一丝幸灾乐祸的笑，似乎心里默默地说：哪里有压迫，哪里就有反抗——摔死你！

老板拿过最后一个盘子，咬牙高高举起。关键时刻，他的胳膊弯了，也不敢用力了。

身材魁梧的报社主任大笑，说："我替你摔！"他膀大腰圆，夺过餐盘用力向地面摔去，结果出人意料，餐盘完好如初。他捡起来又奋力去摔，结果餐盘还是完好无损。如此摔了五六次，老板满意地笑起来，而众人也开始夸他的餐盘质量好。

当晚，他请我们吃饭。那顿饭，真可谓山珍海味，丰盛极了。

局长吃得高兴，扭头对主任说："写篇稿子，见报。"

主任冲我眨眼一笑："这篇稿子由你来写！题目就叫《摔不坏的高质量餐具》！"

老板大喜,又听说我从北京来,急忙叫我"首长"。

后来,他尾随我去了厕所,偷偷塞给我一套"摔不坏"餐盒,说这套餐具价值 399 元。我觍着脸,多要了一套"摔不坏"餐具,要送给师傅李编辑。

老板于是要我捧着两套餐盒,和他照相。他的手下迅速拿了宝丽来一次成像相机。

我至今都记得,那张照片上,我双手捧着两套餐具,笑逐颜开地和石狮老板站在女厕门前。猛地看去,不知道的人还以为喜盈盈的我要拿餐盒去女厕,或者刚从女厕所淘了什么宝贝东西出来。

那时的晋江和石狮,热闹、繁杂,没什么现代化的高楼大厦。30 年后的今天,那些地方已经发生了翻天覆地的巨变。

实习后回到厦大,同学纷纷夸耀自己的实习报酬,有的 60 元,有的 70 元;最多一位,单位给他结了 99 元,引来众人一阵欢呼,还要他到东边社请客。

众人问我,农村某报给了我多少实习费。我垂头丧气,头也没抬:"16 块 3 毛。"大家一阵哄笑。

我急忙拿出那套精美的"摔不坏"餐盒:"这套餐盒,价值 399 元。所以我的实习费是 16.3+399,等于 415.3 元。"

在铝质饭盒和搪瓷缸子盛行的年代,那套餐具显得十分精美,大家纷纷要我请客。

"'摔不坏'餐具?"霹雳猛地一眼看到餐盒上的商标,"真不怕摔?"他将信将疑,高高举起其中一个餐盒。迟疑之中,大家人手一个,也纷纷举起"摔不坏"餐具。

我刚要起身制止,已经来不及了。

哗啦——稀里哗啦——

一阵声响过后,宿舍遍地都是碎片,宛如天女散花。

秉德无私，参天地兮！
愿岁并谢，与长友兮！

厚德载物

　　88级的福建林集宁同学在微信里发了一段感慨："那海风，吹去我的希望和梦想。在轮渡、在中山路、在厦大，有着我的书卷气、悠闲和忙碌。胡里山炮台，牵过你柔软的手。厦大东边社，我们一起总结四年和对未来的憧憬。"他充满感情地写道，"吴再添的粽子、土笋冻，黄则和的花生汤；绿岛夜曲，思明影院；同安扣肉、海沧土龙、厦门罐头……已然是我的第二故乡。"

　　林集宁师弟也提到时代的进步："随风，入海，咸咸的，甜甜的，淡淡的。再去，已是沙波尾的海鲜，椰风寨的海边浴场，希望能再次体会、慢慢领略爱斯堡的咖啡、海景以及鼓浪屿。还有民宿，去八市买点海鲜，两瓶小酒……"

　　厦大和厦门，是我们的共同情怀。

　　《那年，海风吹过厦大》随笔没想到竟引发厦大校友如此强烈的共鸣和回响，这些随笔已经走出厦大圈子，把上世纪80年代一代人的奋斗和逆袭吹向四面八方！

　　外文系日语专业85级的单桂华现居江苏南通。他回忆起自己的厦大生涯，说大三大四时，他在校园开办日语培训班，后来还开到集美学村，面向学生也面向社会招收学员。

当年,他给学员的教科书是自己从日专一年级课本中选择日常生活词汇、语句编辑而成,然后刻成蜡版,拿到厦大印刷厂印制装订。为方便学员课后自学,他还请同班女生伍瑞莹一起,躲在一间安静的教室里,录制领读磁带,再转录给学员。

那时,他在厦大校园和集美学村各开两个培训班,厦大班是同班的陶英明、阎颂东授课,单桂华自己则在集美航海专科学校,上下午各一个班。桂华发给我当年全班同学的照片,我认出目前在东京的钟雪梅和新加坡定居的鄢敏。那段岁月,相信是单桂华一生难忘的青春记忆。

外文系85级的梁志坚说:"海风吹不停,同窗之情历久弥新!"

企管系85级的钱江特意从上海发来留言,说随笔勾起许多回忆。他说:"虽然我很小就会游泳,但在海里游是从厦大海滩开始的。那时最开心的就是夏天和几位同学一起去海边游泳,累了就躺在沙滩晒太阳、聊天,过会儿再下海。"

30多岁时,他到澳大利亚黄金海岸旅游,感觉当地沙滩也不过如此,而且游人如织,反倒不如厦大海滩,这才明白大学时在厦大海滩游泳的日子,其实已经算是过上百万富翁的生活了。

钱江回忆,他春夏秋冬都游过泳,印象最深的有两次:一次是清晨,五六点的海完全不像白天的样子,大海如同一面镜子,没有一丝波浪,海面仿佛安静的湖面。刹那间,山海万物一切凝滞,令他惊讶万分,直到现在也不知道为什么会这样。

还有一次,钱江在厦大海里游到一半,这时开始起风、下大雨。他想着要经风雨见世面,就没往回游。渐渐地,浪大起来了,他被猛地抛到浪尖,又被一下抛到浪底。当整个人随汹涌的海浪冲上浪尖时,人高出海面半个多身子,而在浪底时又像突然沉入一个大碗里,四周都是不停地灌进的海水,除了海水看不到任何其他东西。

钱江感慨,当时真是年轻,阳气足胆子大。要是现在,早吓坏了。

外贸系的朱晖还特意告诉我一个计算涨潮的方法:旧历乘以0.8,比如初十,就是早上 8 点及晚上 8 点，一天有两次涨潮的时间。

她说："白城海边游泳，随波逐浪，就一个字——爽！"

朱晖也提到，暗流大多集中在靠胡里山炮台的礁石群。她这个从小在厦大海边长大的弄潮儿，一般是不往那里游的。

天哪，年轻时，我偏偏在那里游得最多！怪不得总是全身挂彩。

毕业后十多年间，钱江不停地梦到厦大海滩，梦里不是游泳就是跳水，而且似乎无所不能。看来厦大的海真的让他经了风雨、见了世面，也让他在睡梦里成了孙悟空或哪吒。钱悟空或钱哪吒，想想都挺乐。

让我们经风雨见世面的不只是海浪，还有生活。

前几天，计统 85 级的黄志伟特地向我提起当年的学生社团，并热情地写了相关资料。

至今记得社团一些人的名字和相貌，比如，刘少华、徐足之、张潮等人，当年也和他们来往过。少华那时戴着眼镜，文质彬彬；徐足之性格内向，说话像念白，据说现在出家做了僧人；而高个儿的张潮来自大连，气宇轩昂，是一位非常有激情的小伙子。

当时比较活跃的社团包括鼓浪文学社、软科学社、哲学社、法学社、演讲研究会，它们在全校跨系跨学科开展活动，办讲座、搞会演、走城乡、访企业，创造性地开展社会实践。他们著书立说，为时代留痕，比如，哲学系 85 级高俊、应星合著的《脊梁泪》，被誉为那届大学生"独立人格，自由思想"的扛鼎之作。

2021 年 1 月 5 日下午，我和现今人在海南的张潮取得了联系，他发来在海南的照片，比起激情澎湃的大学时代，中年张潮多了几分成熟的魅力。

他当年是厦大社团联合会主席。他回忆，当时厦大的学生社团有 80 多个，他担任社团部长后，整合为 30 多个。

张潮感慨："80 年代是思想开放和激荡的年代。大学学子们用几年时间，去吸收海内外 100 多年的思想精华，因此那时又是一个海绵吸收海水的探索时代。"

他发自内心地怀念 80 年代!

　　黄志伟告诉我，学生社团培养锻炼出一批出色的厦大学子，毕业后在各自的领域都能独当一面。如当年法学社负责人、法律 85 级的朱绚凌，现任南京中级人民法院副院长；哲学社里哲学 85 级的汪卫东是知名律所福建天衡律所负责人；演讲研究会中财经 85 级的傅红梅则是厦门知名的社会活动家、《红梅圆桌派》创始人；而当时校内最大的跨系社团——软科学社负责人计统 85 级的黄志伟，目前是国内标准化界的领军人物，他创立的中国标盟机构是蜚声业内的标准化智库。

　　厦大的学生社团，于 85 级在校那几年达到一个前所未有的高度和广度。当时厦大许多知名教授和学者，如潘懋元、林兴宅、廖泉文等教授，都担任了各类社团的学术顾问和指导老师。

　　那些社团负责人，毕业后多年还有联系。他们有自己的微信群，大约每两年聚会一次。经历了时代变迁和社会磨炼，这些当年的大学精英聚在一起，一定会对过往有很多感慨。

　　志伟说："学生社团是大学校园内丰富学习生活的良好平台，对于锻炼学生素质、促进师生交流、开启思想碰撞、创造社会实践、勇于探索未来，具有不可替代的作用。"

当年软科学社负责人、如今风度翩翩的黄志伟

感谢黄志伟,他特意写了文字资料,提供了上述宝贵的信息。志伟为人爽朗热情,与他交流,让人如沐春风。

南方之强的厦大,盛产好汉须眉、美女巾帼。教师们呕心沥血,栽培了众多学子。

我是新闻系毕业的,印象最深的有几位教师。排在心中第一位的,是恩师袁蓉芳。

先生是客家人,他曾以教师的正直与勇敢,冒着风险,在白城住处告诉我一个终身受益的道理:人在屋檐下,不得不低头。他也说过,船到桥头自然直。

我那时的理解是:当你在深夜看不到月光,就耐心静待拂晓的黎明日出。

作为普通学生,我和袁老师素昧平生,他却以慈父般的睿智,让我及时避险,成功躲过一次不可抗拒的磨难。

回头再看袁恩师和学生的交往,始终保持着教师初心:传道解惑,宽容正直。他更以慈父般的仁爱,精心哺育着我们这些幼苗成长。

袁蓉芳恩师已经故去,但他一直活在我心中。我将把先生的仁慈与恩赐告诉给我的儿子,让孩子了解当年曾有这样一位外表文弱、内心充满正气的教师,曾以仁爱和慈悲,挽狂澜于既倒。

今天,随笔在海内外厦大学子中引起轰动,也再次证明恩师的远见和眼力。

人,活得不只是生命和权势,更包括口碑和声名。有的人活着,他已经死了;有的人死了,他还活着。

1987年五一节假期,土楼游子带我们几个同学去他家乡永定度假。他的家乡青山绿水,清一色的圆形土楼。

土楼游子的父亲卢老爹,特地从龙岩风尘仆仆地赶回家,赤膊下田,挥汗如雨地打稻谷,又亲自下厨做饭。

当天傍晚,我们几个还不太熟悉南方风土民情的北京鞑子,兴高采烈地坐在用土砖木料建成的高大土楼下,如狼似虎地吃着鲜肉香菇和蒜蓉填充的酿豆腐、鲜肉木薯粉制成的开锅肉丸、盐焗鸡和客家竹筒饭，畅饮龙岩米酒"沉缸烧"。依稀记得，卢老爹还特地为我们做了解暑消食的客家水浸梨。

第二天，老爹拿出自家酿造的米酒，我们开怀痛饮。客家米酒，醇厚为底，清香扑鼻，令人心醉。在流水潺潺的河边，我们用碗豪饮，喝得腾云驾雾、通体舒泰。

卢老爹还教我们讲客家话，依稀记得两三句："寒狗不识热天"，调侃大热天穿厚衣的人，寓意不知变通；"六十六，学不足"，感叹学无止境，不要故步自封。

老爹还风趣地和我们猜谜，"远看去一只乌鸡嫲，行前去冇头厓"，远看是一只黑母鸡，走过去却发现没有头，原来是一堆牛粪。说的就是绣花枕头，教导我们一生都要实事求是。

"生爱恋来死爱恋，唔怕官司到衙前；杀头好比风吹帽，坐监好比逛花园。"为了爱情，坐监好比逛花园，说明爱情的炽烈与狂热情感，能让人奋不顾身。

"将来工作后，再谈恋爱比较好。"卢老爹意味深长地叮嘱我们。

经历过青春时代的轰轰烈烈，回头再深思老爹当年的教诲，才真正理解了前辈人对婚姻的智慧。

那时客家土楼的厕所是长长的深坑，上面铺着几条不到半尺宽的竹板。我们双足踏上颤悠悠的竹板，整个身子忽悠忽悠地一上一下，悬在半空，顿感头晕目眩，心惊肉跳，根本蹲不下去。卢老爹笑着伸出手来，亲自扶我们蹲下。现在回忆起来，真是无限唏嘘！

老爹默默无言，用最朴实无华的行动，给了我们父亲一样的温暖！

恩师袁蓉芳、卢老爹，他们都是客家人：坚毅刚强、乐善好施——我对客家人充满好感和敬意。

印象中，还有几位闽南籍老师令我难以忘怀。

第一位是黄星民老师。老师有一口洁白的牙齿，总是笑眯眯的。当年从北京到厦大，感觉老师闽南口音很重。记得第一次上课，他讲起"二战"，说起一位名叫"西贴列"的人。

我们几个鞑子听得稀里糊涂，忙问："老师，西贴列是谁？"

黄老师看到我们不怀好意的眼神，立即反应过来，在黑板默默写下"希特勒"三个字。

"原来这位是西贴列！"我们大笑，黄老师也笑。

心中无俗气，下笔随人意。星民老师的板书，似乎用极大的功力，把一个个字嵌进黑板去，字体苍劲有力，飘逸洒脱。

一次，班里正好有闽南籍同学，星民老师也在。我们几个调皮捣蛋的京片子，恶作剧地写了小字条，然后找闽南同学去读："这几个字怎么念？"

同学警惕地看着我们："有病啊，这不是'府里洗'吗？"

鞑子们顿时哈哈大笑："不对！老师，这几个字念什么？"

"壶——里——洗！"

我们笑得更厉害了："府里洗变壶里洗，越洗地方越小？哈哈，这是'护理系'！"

看到我们取笑，那位闽南同学大怒，黄老师则爽朗大笑。

又一次，我们写了几个字，课间找老师去读。

星民老师宽厚地看着我们，知道又要恶搞。他爽朗地接过字条，抑扬顿挫地大声诵读起来："鳞腥护短，鸡要澡洗；虾米毒细胡晕！"

我们放肆狂笑。

老师温厚地笑了，他又读了一遍："人生苦短，只要朝夕；什么都是浮云！"这次，老师读得字正腔圆，倒把我们吓了一跳：原来星民老师的普通话，可以说得这么纯正！

那次，我观察到：星民老师的脸庞轮廓和年轻时的周恩来很有些相像。他笑起来像纯洁的孩子，笑的时候还有酒窝。我至今思念星民老师的笑容，思念他的笑声。

一次，聊起家庭情况。得知母亲守寡供我上大学，他忽然泪花闪闪。接着他讲起自己的母亲，说着说着落了泪，后来失声痛哭。

原来，星民老师是一位大孝子！那一瞬间，我看到黄老师男子汉的柔情与真情，更看到他内心至善至纯至孝的一面。

记得星民老师说，自己热爱中华文化，却又娶了"新闻"这么个现代"小三"。

"用情专乎？"他笑眯眯看着我们，不紧不慢地道，"吾在传统文化和新闻之间用情不专。"

他是一位跨界的大儒，也是一位有些纠结的人。他喜爱古籍旧书，却从事新闻传播，既在新闻中研究旧闻，又在旧闻中推陈出新；他出身中医世家，讲究天人合一，在他眼中，满大街都是自家人；太太却是西医，西医视世间万物细菌丛生，因此要时刻注意周围的"敌人"。

他对《汤头》《药赋》了如指掌，却又常常熬夜，有时工作到凌晨三四点。

他在厦门，太太在芝加哥，儿子在费城。他留学归国17年，与太太、孩子只过了两回年：一次中国的春节，一次西方的新年。一中一西，悲欢离合，甘苦自知。

星民老师其实是情感的耶稣、精神的孔子。他从古籍书丛中走来，又在现代西方留学，就像飞在天空的雄鹰和遨游的大鱼。

他是一位宅心仁厚、宽容厚德的正直学者。走过千年，行过万里，最终停留在一片天空和一片沙滩。他的内心，是纯净的水，是最天真的孩子。

有时我想，如果回到古代，他可能会成为颜真卿、黄道周、左懋第、刘武周那样坚贞的儒者。但老师会成为王守仁吗？

他是骨勇的人，是难得的君子，具有深厚的国学基础，对国学、文学和医学都有涉猎和研究。唯其如此，他才能在内心深刻地体会跌宕起伏的人生。

看了我的随笔，黄老师说："你一定经过大世面，经历了常人难得有的丰富人生，所以才能以悲悯情怀写出厦大回忆。"

这是众多读者之中，第一位讲这种话的人。——知子莫如父，知徒莫如师。

黄星民老师宽容似海，他的内心，任滔天巨浪与海天相接的大潮呼啸和奔腾！

还有一位朱家麟老师，性格豪爽坦荡、睿智刚强。他具有丰富多彩的人生经历，性情十分刚烈。

朱老师从小在海浪中淘海，童年和少年时代，常在深夜时分浪里来、浪里去地赶海，因此养成彪悍不屈的性格。

他阅历丰富，上过山、下过乡，从接受贫下中农再教育，到用知识教育贫下中农子女，再到当干部，又教育贫下中农，之后回城参加高考。

值得回味的是，他的高考分数非常优秀。因为分数高，三次被录取，可由于父亲的历史问题，又三次被拒绝，最后被通知上大专。

不过，如果说是父亲的历史问题，可能也不尽然，他的弟弟参加高考，一次即中，并没人说什么历史问题。

我猜，可能是他性格豪放不羁，疾恶如仇，路见不平，才气又高，这才木秀于林风必摧之。天底下的伯乐，其实并不多。

家麟老师敢说真话。如果当年能和朱老师有交集，一定能从他那里受教；而且，朱老师肯定是一位非常仗义的师长和朋友。

近日收到朱家麟老师寄给我的著作，他把多年的赶海经历写成《厦门吃海记》。

写作的路子各有不同，有写"科学鱼"的，就是海洋鱼类专著；有写"文化鱼"的，这是人文抒发；有写"厨师鱼"的，也就是烹饪专著。他呢，写的是"杂交鱼"，横跨科学和美食文化。

朱家麟老师是有着和苏东坡一样性格的人。做人要做苏东坡，起码要做朱家麟！

黄星民老师和朱家麟老师都有深厚的人文底蕴，也有令人称道的创新和专业水准。

那时我们的前辈教师有身材高大的许清茂教师（我去过他家，他曾劝我剪掉披肩长发）、直言快语的朱月昌教师，记得他是上海人，还有博学踏实的陈阳明老师——他们都是正直、认真的人。

女教师中，我记得有一位美丽的司卓娅女士。她长着大大的眼睛，乌黑的头发。前段时间，她看到我的随笔，还托我的师姐向我问好。

还有一位李世雄老师，至今和我有联系。

李世雄老师是在创新方面的专业教师。他是一位匠人，也是一位大师。

1996年，我去新加坡国立大学攻读MBA。一天上午，在狮城著名的旅游购物街乌节路（Orchard Road）上，我突然与一个熟悉的面孔不期而遇。定睛一看，这不是李世雄老师吗？

想想都觉得好有缘分。人海茫茫，两个曾经认识的人如果没有相约，在异国他乡的街道偶然面对面相遇的机会，真是比大海捞针都难，没想到却被我和李世雄老师两人碰到了。

他的容貌一点儿都没变，仍然是那么年轻、沉静，用现在流行的话说，就是皮肤胶原蛋白满满！

他是著名的摄影家。刚开始玩摄影时，那会儿的物质条件都不具备。1989年，他在个展中使用负像照片，出常入异，化淡为奇，顿出新意。

创新标准因人而异，但李世雄老师对摄影审美艺术的钻研，结合了自身视觉体验，在平行对应的艺术中不断探索。

在摄影艺术的范畴内，蓝色天空变成黄色，橙色向日葵拍成紫色，明媚田野翻成阴沉而略带幽远的无底空间，神圣庄重的寺庙渲染为充满神秘气息的彼岸——呈现在人们面前的，是一幅幅令人惊异的全新视觉。

他的专业技术，可以做到用正像透明片做底版而放成负像影像照片，世界随之截然不同：自然中的所有色彩都向各自的补色转化。不知不觉之中，全新的自然界光影色彩关系，构成了对视觉的巨大冲击力。

李世雄是我所尊敬的专业人士，具有难得的工匠和创新精神。他内观己心，外察世界，用专业而多元的独特思维方式，在一条熟悉而陌生的道路上不断探索前行，又能大胆推陈出新，从优秀做到卓越，从专业做到一流。

大胆跳跃的思路，正如用兵的奇正之道，将每件作品都做到极致，李世雄的"匠人精神"就是这背后的坚持。

他，耐得住寂寞，思想不断沉淀，专业日趋成熟。他的专注，是一种"求仁求道"，最终开启了艺术创作的自由驰骋之门。

由"术"至"道"，一以贯之，在成就作品的同时，也成就了真实的自己。

匠人李世雄、专业李世雄、创新李世雄、大师李世雄——中国太需要这样的匠人和专业精神。

多年没见李世雄老师了，还记得他睿智而敏锐的目光。今天写李世雄老师，一是敬佩他的专业与匠人精神，二是感怀师生二人当年万里之外新加坡街头偶遇的缘分。

大学真正需要建设的，是海纳百川的人文精神。

谨以此文，纪念恩师袁蓉芳和卢老爹，献给黄星民老师、朱家麟老师、李世雄老师，以及教过我的那些正直善良的老师。

一日为师，终身为父。

有些老师，就是我们的父母。

恩师袁蓉芳

从厦大毕业五年后，我到新加坡国立大学攻读硕士研究生。

那时的中国，比改革开放初期进步许多，但与发达国家相比，还是有很大差距。举例来说，当时新元与人民币的汇率为1:5.5，而那时新加坡人均月收入是3500新币，换成人民币将近2万元。

因为汇率和新加坡双语教育，以及国际金融中心的地位（对子女的发展），很多中国学生毕业后留在当地定居下来。

刚到新加坡时，当地物价对我们来说可谓高不可攀。为多赚些钱，我一边读书，一边兼任国大（NUS）商学院课程助理，也在外面做些家教。这些钱都小心翼翼地存起来，换成人民币后，在北京轻松付了一套房的首付。

1998年北京二环的房价，每平方米才2000元，折成新币，不过300多元。那时我们背井离乡、起早贪黑，为的就是给国内多汇些钱，早些完成原始资本的积累。

年轻时的打拼，正像《爱拼才会赢》歌词里所唱的：人生可比是海上的波浪，有时起有时落。好运，歹运，总要照起工来行！

2005 年回国后，看到周围很多人为买房首付积攒奔波，心里也曾比较：在新加坡完成首付的积累时间，相比于国内要容易得多。当然，我怎么也没想到，北京房价后来到了寸土寸金的地步。

我读研时，之所以在国大担任商学院高管培训课程助理，要感谢一位曾与厦大有渊源的女士。

记得那天我哼着闽南歌曲到学院，遇到一位端庄文雅的女士。她抬起头轻声问："你不是北京人吗？怎么会唱闽南歌？"

我对她说："我厦大毕业，曾在厦门生活五年，喜欢闽南歌曲。"

她听后非常惊喜，于是问起当年厦大的事。

我和她聊起恢宏的上弦场，聊起芙蓉湖、白城沙滩，聊起当年的文史食堂、圆形餐厅，也聊起建南大礼堂的歌手大奖赛、芙蓉四后面 2 角钱的馄饨米粉，还聊起东边社的趣闻逸事。她听得很仔细，也非常开心。

原来她是厦大子女，父亲曾在厦大担任极高职务，是国内著名的经济学家和教育家。而她在加拿大毕业后，被新加坡国立大学聘请担任管理职务。她的先生好像也是厦大毕业，在西方读了博士，之后在新加坡一家著名跨国公司任高管。在当地，他们属于高学历、高收入阶层，因此很快买了高级公寓，过起踏实而平静的生活。

时至今日，我对新加坡强调教育和国际化视野的精英政策依旧念念不忘——重视教育是新加坡的核心竞争力之一。

这位端庄的女士见我不那么书呆子气，说话又挺逗乐儿，便安排我和其他几名学生，担任高管培训项目的兼职助理，也使我们多些收入。

一次在主持 EMBA 高管培训结业仪式时，我用闽南语高歌一曲《爱拼才会赢》，引来一片赞叹。很多新加坡华人没想到，这个北京汉子也会唱原汁原味的闽南歌。

"三分天注定，七分靠打拼。"新加坡华人的祖先，大部分来自闽南，他们的先辈曾像海上的波浪，在歹运面前打拼；而我们这些漂洋过海的中国人也在打拼——大家都是用命在打拼，用心向前走。

那天还和几位新加坡企业家同唱另一首闽南歌曲《浪子的心情》：浪子的心情，亲像天顶闪烁的流星；浪子的运命，亲像鼎底蚂蚁的心理。我么是了解生命的意义，我么是了解迫迌无了时；我么是想要好好来过日子，我么是想要——我么是想要重新来做起！谁人会了解、谁人来安慰——我心内的稀微！

那几位新加坡企业家投资亚太各地，自然尝尽人间辛苦。一曲悲歌过后，不少人洒下热泪。

我是将近而立之年来到新加坡，和少年高考后去厦大读书的心境不同，别有一番滋味在心头，因此也唱出自己的心声。

在新加坡的首份实习申请是一家澳大利亚广告公司，面试地点在滨海湾摩天大厦。

走进办公室，总裁是一位高大帅气的澳大利亚中年人。本来他还彬彬有礼，但拿过简历，看到我来自中国大陆，立即把双脚放到办公桌上，鞋底正好对着我热切的目光。

我实在忍不下去，便正色说："请您把双脚从办公桌上拿下去。"

他顿显诧异："我和别人都是这么说话，你有什么例外吗？"

我强压着心头怒气："我的国家，出过两个名人。"

他嘲讽地看着我："谁？"

"一位是孔子，他说'有朋自远方来，不亦乐乎'，你这样把脚放到桌面，不是待客之道；另一位是毛泽东，在朝鲜战场上，中国人民志愿军八次和澳大利亚著名的袋鼠军团作战，澳军伤亡近两千人。"

他立即把双脚收到桌子下面："澳大利亚气候温暖，我们在韩战中，输给了冰雪！"

"和你们作战的志愿军战士，可没你们穿的衣服厚实。"

这位澳大利亚总裁哑口无言。

当然，我没得到那份工作。

毕业后留在当地的首份工作，是一家著名的美国广告公司。董事长是位犹太人，勤快、会算计，下班前交我一份几十页的中文资料，说次日一早要看英文翻译文件。

手足无措之际，深夜赶到上面提到的那位女士家，请她和先生帮忙。那时他们的孩子还小，可夫妻俩非常认真地帮我翻译完，一直忙到凌晨。那个夜晚，看着他们忙碌的身影，我心里充满感动和内疚。他们对我无私相助的情分，令我终生难忘。

她虽然出身书香门第，却从来都是为人低调、温文尔雅。她有底蕴、有见识、有视野，看到的都是别人的长处和优点，具有难能可贵的宽容和气度。

"真水无香"，这是我对她的评价。

她也有着闽南人重乡情的义气，我来自厦大，算是她的半个老乡。

凌晨2点，我感激地走出他们位于武吉巴督的家。筋疲力尽地走回自己的宿舍，心里忽地想到：我曾在北京最著名的广告公司工作，亲身接触过一些叱咤风云的第一代知名企业家，为什么要如此奔命地在新加坡做一名普通小职员呢？仅仅因为汇率差价吗？如果改变命运，我又在新加坡有什么资源呢？除了几位教授，我连一个当地人都不认识。

由于家庭影响和对文史的偏好，小学四年级时，我已看完繁体竖版的《水浒》；初一时就对《三国演义》如数家珍，在厦大图书馆也静心读过《毛选》一至四卷，我为什么不把这些变成自身的资源呢？

不再去做新加坡的普通职员，而是去做他们的先生！由于大部分新加坡人已经西化，那么我对中国历史文化的所知和他们对此的未知，不就是资源吗？

自此开始，我逐步走进培训行业。之后七年，为东南亚、日韩近万名企业管理者和大部分知名的新加坡政府与商业机构进行过中国商业文化和企业管理培训。我在当地开设了"从孔子到邓小平——了解中国""毛泽东思想与中国市场""三国看老板""梁山好汉看雇员"等系列讲座，成为轰动一时的品牌课程，场场座无虚席。那时，中华总商会企业管理学院另一位顶梁柱是中海油总裁陈久霖，他的课程是"易经与管理""孙子兵法与经营"，也是场场爆满。

思路改变，收入大增。这样一来，我迅速跻身新加坡当地收入的 Top 10，从此顺风顺水。

新加坡曾是一个非常反共的国家：若在 80 年代初携带或宣讲《毛选》，可能会面临重刑。而随着中国经济的快速发展，高层渐渐认识到"搭乘中国经济顺风车"的重要性。据我所知，我是第一个拿起《毛选》在新加坡授课的人。

说回那天晚上的国大 EMBA 结业式，还发生了一段插曲。一位著名的新加坡男主持人，看到高潮迭起，突然来了兴致。

他是新马知名的娱乐圈大腕，此番兴致勃勃地走上舞台，邀我一起唱《戏凤》。"王同学，咱们一起来唱《戏凤》，好不好？"

"西风？"我没反应过来。

"不是啦，是《戏凤》。"

"什么西风？"

"《戏凤》！"

"细缝？你啥意思？"

"哎呀，是邓丽君！"

"邓丽君也不叫'细缝'啊！"

"邓丽君是《戏凤》啦！还有徐小凤！王先生知道徐小凤吧？"

"知道！港姐歌星！"

"邓丽君、徐小凤的《戏凤》！"

"邓丽君、徐小凤的细缝？你啥意思？"想到港台大陆同为一家，他竟然如此一语双关地当众侮辱两位殿堂级女歌星，我几乎翻脸。

那新加坡哥们儿无可奈何地苦笑着。

后来，中国香港和马来西亚的两位华人企业家走上舞台，他们三人一起唱起邓丽君、徐小凤的《戏凤》。等他们唱起来后，我才恍然大悟，原来他说的是黄梅戏《戏凤》。

这出戏也有京剧，名为《梅龙镇》，讲述明武宗正德皇帝微服私游大同，路过李龙酒肆，见其妹李凤姐貌美，便用言语挑逗，后封李凤姐为妃的故事。

黄梅戏经典剧目有《天仙配》《女驸马》《牛郎织女》《孟丽君》《夫妻观灯》，最著名的女演员是严凤英。关于她的人生，令人唏嘘。

不过到那时为止，我可从没听过邓丽君、徐小凤所唱的《戏凤》，她俩是在1992年亚洲小姐竞选决赛上翻唱的这支名曲。那时，中国大陆电视台从没转播过这样的节目。

我那时的确是闭塞，当时感到非常惭愧，自己怎么把《戏凤》理解成了"细缝"，还要脸红脖子粗地生人家的气呢？记得那位大腕走下舞台，向我眼神复杂地看了一眼，又向周围的人小声说道："中国人可能信息闭塞吧！"

由于我小时候受过京剧专业训练，加上年轻时记忆力极佳，一旦知道了《戏凤》不是"细缝"，便又登上台去，一个人演起正德皇帝、李凤姐和店小二大牛三个角色，唱得惟妙惟肖，赢得满堂喝彩。

都是俩肩膀扛一脑袋，谁比谁差呢？可1992年流行的东西，我却到1996年才知道，这世界还有多少东西是我从没听说过的呢？

在新加坡定居的十年，也曾遇到一些当年的厦大教师，其中就有我大一的辅导员熊老师。1985年，她还是一位刚大学毕业没多久的厦门女生，纯洁、单纯、爱笑，青春洋溢。

在新加坡再见到她，她已是两个孩子的母亲。她丈夫也曾在厦大任教，在美国毕业后到新加坡大学教书，他们全家也到此定居。

我最后知道她的消息，是去年看到同学发的微信。照片上，当年年轻的熊老师头发已经花白，在新加坡一所私立华文中学任校长。

还有几位来自厦大的教师，后来也选择在新加坡工作。尤其是我大二时教英语的戴老师，以前是师生，此时竟成了同班同学，令人感慨。

我回国后，在国际企业家大学任副校长。那时北京有长江商学院，上海有中欧商学院，双雄并立，竞争激烈。我独辟蹊径，采用"企业家教企业家"的实战型教学方式，一战成名。那时柳传志、段永基等著名企业家，都是我们的实战型企业家讲师。

之后又担任商学院副院长和美国上市公司的高管。那时常在各地飞来飞去授课，工作繁忙，再加上刚回国落户不久，孩子又小，因此所思所想都是美好的明天，很少静下心来。

想想那时，春风得意，坐在上百平方米、窗明几净的办公室里，精神抖擞，意气风发。每天见的都是业界知名的企业家和商人。抽的是大中华，喝的是茅台；白天工作交际应酬，深夜开车回家便躺在沙发上，打开电视看美剧，旁边准备了西点、水果、咖啡、红酒，然后风卷残云，大快朵颐，颇有"人生得意须尽欢，莫使金樽空对月"的恣意。

几年下来，得了糖尿病。

先戒酒，又迅速告别最爱吃的西点水果。每天吃的都和家里养的鹦鹉一样，五谷杂粮粗茶淡饭，自己觉得比窦娥还冤。

再以后，随着工作调动，更深入地了解到人间沧桑和许多颠覆认知的事情。年过半百，开始静静反思过去走过的半生。

2016年冬天在办公室里闷坐，脑海中忽地涌现一位曾于我有恩的厦大老师。

当年在厦大，我们北京正黄旗小分队成员们，人高马大，头发留得老长，又去烫发、染发（要知道"红黄蓝"后来是幼儿园，就不去染这三种颜色了），看上去既像艺人（其实啥乐器也不会），又像流氓。

我们就这样大呼小叫地穿着奇装异服，每日在校园招摇，引来不少异样的目光。那时年轻、叛逆，但毕竟都是经过高考进入大学的学霸，内心深处，仍是深藏着读书的灵慧之气。

当年有位袁蓉芳老师，闽西客家人，个子不高，额头很宽，戴着眼镜，说话声音非常洪亮。

我很少和袁老师说话，只记得上过他的一门课，没什么交集。袁老师那门课，我得了满分，这出乎很多人意料，于是大家都选择了忽略和沉默。

沉默就沉默吧，你有权保持沉默。

其实大家都是匆匆过客，蚂蚁对蚂蚁的忽略和沉默，没啥意义。

大一第二学期期中考试下午，我在路上碰到袁老师，高高兴兴地和他打招呼。

"今天考的什么？"袁老师问。

"英语精读。"

"考得怎样？"

"每天复习到凌晨1点，绝对没问题！"

他若有所思地看我一眼，又向四周看看，然后小声对我说："你晚上来我家吃饭，我有话和你说。"

天擦黑后，我大咧咧地去了白城袁老师家。记得那时从海滩到白城，路上没几盏路灯，漆黑一片。

他见我深一脚浅一脚地敲门进来，便热情地说："你洗手先坐，我给你准备了八个凉菜！还有客家人的传统拿手好菜，我亲自给你炒！"

"您准备那么多凉菜干什么？"

"看上去琳琅满目些！"袁老师认真地说道。

等凉菜上来，我顿时觉得又好气又好笑，也有点儿傻眼。先端上来的四盘凉菜是煮花生、炒花生、油炸花生豆、花生汤，剩下四个凉菜更让我瞠目结舌——炒鸡蛋、煮鸡蛋、卤鸡蛋、鸡蛋羹。

合着八个凉菜，就是花生和鸡蛋！

两个热菜，是他从食堂打来的。又在厨房做拿手好菜，忙里忙外，不小心还用刀划破了手指，疼得大呼小叫，忙不迭地叫他年纪尚小的女儿给他包扎。

袁老师见我看着凉菜发愣，便笑笑："我家里就我和女儿两个人，所以我和孩子都吃食堂。今天是我十几年来第一次做饭，我也不会做，你凑合吃吧！"

他给女儿盛了些饭菜，吩咐她到自己房间去吃，然后热情地让我品尝他亲手炒的热菜。

"来，尝尝这腊肉丝做得怎样？"

我夹了一筷子，放进嘴里大嚼："好吃！"

他小心翼翼地看着我："你们北方人能吃吧？"

我又夹了一筷子："吃肉好，香！你们客家人，追本溯源也是北方人啊！"

袁老师点点头："有人说我们客家文化是古汉文化活化石。你看，客家人说你、我、他，就是尔、吾、其的古音。"

他一边说，一边又发出尔、吾、其的客家话发音："你听啊，heng nai ji。"

"哈哈，哼奶急！我是吃肉急！"我心不在焉地点点头，一门心思都在那道热菜上，又囫囵吞枣道，"袁老师，其实秦、晋、唐、宋时，客家人大批南迁。后来北方大片地方，就慢慢被胡人串种儿啦。"

他赞赏地叹口气："你这孩子知道的历史不少。我就说嘛，都是经过高考的学生，厦大怎么会有流氓！"

"有人就是把我们当流氓，丫才是真正的流氓！不过，您这腊肉做得真好，没膻腥味儿。"

袁老师放心地点点头："能吃就好。"

说完，他又有些不放心，目光透过厚厚的镜片，仔细地观察着我："吃得惯吧？"

"吃得惯啊！腊牛羊肉，第一次吃，谁不爱吃啊？"

"这……不是牛羊肉!"

"您厉害!能把猪肉做出这味道,还说从没下过厨。"

"这……也不是猪肉。"

"……"我愣住了。

"这是我们客家人的一道名菜……"

"名菜就好!能把鸡鸭肉做成这味道,甘甜嫩滑、骨软如酥,地道!您手艺厉害,比林家鸭庄棒多啦!"

"这个肉,炒着吃特香,生焯的味道更好。"

"美味!"我又来了一大口,一边大快朵颐,一边点头。

"这个肉啊,尿床的小孩如果吃了,当天就不尿了,特别神奇。"

"袁老师,我可不是小孩儿,也不尿床。您这啥肉啊,这么神奇?"

"这是腊鼠肉。"

"好!啥……肉?!"

袁老师误以为我这个五大三粗的北京学生能吃这口儿,于是喜滋滋地从阳台提了几只腊田鼠给我看。腊田鼠就那么无力地摊开,尾巴长长地向下垂着。

我脚底下一凉,嘴边一麻,觉得面前细细的老鼠尾巴似乎要出溜进我嘴里,顿时觉得吃下去的肉里也有老鼠尾巴,正要从嗓子眼里直溜溜地蹿出来。

此时,胃里翻江倒海,接着头晕目眩,喉咙处似乎有东西向上翻,又咬牙使劲咽了回去。

忽地联想到,刚才狼吞虎咽吃下去的整盘肉差不多是一只田鼠!此刻,那只被嚼碎的肥田鼠开始贼头贼脑地在五脏六腑内复活,挠着小鼠爪儿在肚里奔跑,然后在胃酸里无力地摊开四肢抽搐。我再也忍耐不住,冲进厕所便吐。

      鞑子从未吃鼠肉,误觉鸡鸭腊肉香;外嘴里咬咯吱响,舌尖舔肉,牙缝带油,滋滋有味;

胡人此时联想多，眼前群鼠皆复活；下跳上蹿滴溜转，眼前金星，脑后混沌，叫苦不迭。

袁老师不知所措。

那天傍晚在他家卫生间吐得昏天黑地，嘴里发出狮子朝天吼，吓得袁老师小女儿趴在窗户上，脸色煞白地向客厅看。

这只是个插曲。

当天晚上，他脸色沉重地告诉我，我的英语精读成绩一定还会是59.5，因为那位负责人已经把人高马大的北京学生视为眼中钉、肉中刺，再说她女儿和我同班，也许她担心我们这些胡人带坏他女儿，因此劝我赶快转专业。

"她闺女？"我在厕所里声嘶力竭地激辩，"她整天眯缝着眼睛，一天到晚假笑，我宁可吃腊田鼠！"说完之后又是条件反射，接着一阵痉挛。

"人在屋檐下，不吃眼前亏！"袁老师苦口婆心地劝说，"识时务者为俊杰！"

恩师袁蓉芳老师

冷静下来，我便想起那句名言：打得赢就打，打不过就跑。后来听了袁老师的劝，也遵守了他让我保密的诺言，及时转了专业。

按照袁老师的嘱咐，我把这件事告诉了同班的北京岑同学。可惜劝了几次，他都没放在心上，后来吃了大亏。

从此，我的成绩再没 59.5，又神奇地变回 95.5 了。

说来也有意思，毕业那年正赶上新闻专业不包分配，学广告传播的反而去了大公司。

工作后，我接触了一批当时横空出世的中国企业家，也在商海中见了世面，为后来的职业生涯奠定了得天独厚的基础。

2016 年年底，我重新联系上了袁老师。他异常激动，声音还是那么洪亮，在电话里说了很多往事。提到当年的 59.5、95.5 和客家话的"哼奶急"、腊田鼠，我们两人纵声大笑。

"你现在能吃腊田鼠吗？来厦门，我给你做！"

我告诉恩师："都糖尿病了，吃得和杨白劳差不多。"

"多保重啊！"袁老师在电话那头感慨，"简单就好！"

那么多年，善良的恩师内心清澈，谆谆细语让人在心底感念。

他又说了许多，都是肺腑之言。

年过半百，静下心来想想袁老师说过的话："这个世上，人人都不容易。活得越明白，越要淡泊名利。"

远离那些功利心太盛的人，远离"气人有笑人无"和"表演系"的人们，有时间陪陪家人，更要学会自己独处。

——做减法，简单最好。

本想第二年到厦门度假再去探望恩师，但和他通话一个多月后，有一天打开微信，突然震惊地看到一个消息，说袁蓉芳老师因病去世了。

我一阵眩晕，立即给师弟梅涛打电话。他语气非常沉重，叹息着确认了此事。

放下电话，恍恍惚惚地，忽然觉得时光那么残酷，那么虚无。

30年过去，

我们终于彻底睁开了眼睛……

翻拍照片

2020年1月22日，我和几位厦大校友在北京一家湖北酒楼聚会。第二天，武汉封城的消息传来，大家吓了一跳。又想到前一晚去的那家酒楼，顿觉心有余悸，直冒冷汗。

不过那晚的聊天却十分轻松，谈笑风生。

话题自然离不开当年的校园。

在厦大读书时，我们新闻系学生虽然比较活跃，但和开白鹭书社的企管系姚明，把补习做出规模效益的外贸系陈卫、王坤山、王立新几位"万元户"的大剧情比不了，只是小打小闹弄两个糊口的铜板儿。

大二时，系里安排了摄影和洗相课。摄影课老师是李世雄，其父李开聪是新中国厦门新闻摄影的代表人物。李老师一家三代都与相机结缘，透过镜头见证了鹭岛几十年的变迁。

李世雄老师在80年代连续当选福建省"摄影十佳"，1995年获"中国最佳摄影师"金奖。

名师授课，每个学生都从系里免费得到几个乐凯胶卷。

大家对乐凯胶卷并不陌生。中国民用胶卷从无到有，最终凭借乐凯，与柯达、富士胶卷三足鼎立，曾承载无数普通百姓家庭的记忆。

当时新闻系也有一间狭小的洗相暗房，相纸随便用。

我们肩挎相机，在整个厦大乱跑。不过，手里拿着奥林帕斯相机，慢慢就开始琢磨到"钱"上来了。

这日，又是天将中午，饥肠响如鼓。我忽然灵机一动，拿着相机跑到图书馆，借了一堆《电影之窗》《电影生活》《羊城电影》《影视世界》杂志，开始翻拍里面的明星照片和剧照，然后拿回暗房冲洗。忙碌一下午，在芙蓉八通往石井楼的路口，摆了一张桌子，开始卖影星照片。

当天主打"俊男""健男"两款，女生是主力消费对象。佐罗、史泰龙、高仓健、李小龙，还有周润发、刘德华，堪称中西合璧，美男多多。

女孩子们懂得审美，2角钱一张照片，毫不犹豫，掏钱就买。

卖相最好的是佐罗、史泰龙、高仓健和李小龙。卖相一般的是唐某，后来由2角降为5分，也有女生买。不好卖的是葛某，一共洗了30张，2分钱一张。本打算用卖的钱去买食堂2分一碗的紫菜汤，刚好够喝一个月，没想到，紫菜汤的钱最难挣。后来降为2分钱2张、2分钱5张，最后2分钱10张都无人问津。

当天赚了18元。晚上馄饨、米粉吃得异常爽快，又找了几个朋友，一起到陈伯炒面店吃炒面炒田螺，然后大咧咧地去外文系咖啡厅喝咖啡，接着再去珍姐杂货店买菠萝和罐头，半个晚上嘴都没闲着。

尝到甜头儿，第二天鼓足干劲，隆重推出"电影剧照"一款，翻拍和冲洗了《霍元甲》《少林寺》、张瑜和郭凯敏的《庐山恋》、姜文和刘晓庆的《芙蓉镇》，都卖得挺好；还有《白蛇传》，是许仙和白娘子的剧照，也有女生羞答答来买的。

不好卖的是《神秘的大佛》，索性买一送一，也还有人要。一张卖不出去的，是《405谋杀案》，免费送都没人要，大概谁也不想把"谋杀案"作为书签或贴在自己的床头。

当天又卖 20 多元。

剩下几张《405 谋杀案》的相片，回到宿舍甜言蜜语地哄骗土楼游子，嬉皮笑脸地说美女照片。最后说妥，美女照片换他的香烟。

两盒永定烟拿到手，一脸诚挚地把《405 谋杀案》剧照递给他，顿时就被土楼游子劈头盖脸一顿骂。

"还我烟来！"土楼游子气得哆嗦，"唰唰"地把《405 谋杀案》剧照撕得粉碎，接着一声怒吼，又顺势把枕头砸了过来。

枕头软，倒没事儿。不过，那发自内心的雷霆怒吼，吓得我心惊胆战、抱头鼠窜。

他这拍案一怒，又让我有了新想法儿。谁说女人是消费主力？男生也需要美女照片，对不对？

第三天，特意针对男生需求，推出"款款女神"。

翻拍和洗印真由美（中野良子）、林青霞、钟楚红、关咏荷、赵雅芝、丁岚、姜黎黎、张瑜和刘晓庆等女星的照片。真由美、林青霞和赵雅芝照定价 2 角一张，其余美女照 1 角到 5 分不等。

先是诚挚地送给土楼游子一张真由美、一张林青霞，算是赔罪认错。看到他笑眯眯的心情大好，乘机又用一张赵雅芝和他换了包永定香烟，之后转战到男生宿舍去卖。

大概这三张美女照片起了点儿潜移默化的作用，后来土楼游子在厦大真的演绎了两次惊天动地的"英雄救美"故事。

到男生宿舍卖美女照片，一开始销路一般，看得多，没买的。后来发现了问题：男生现金少，于是专门写了一句广告词"可用饭菜票购买心中女神"，销路"呼啦"一下打开了。

那个炎热的傍晚，照片中的美女们被抢购一空。盘点当晚收的饭菜票，居然有 30 多元。

男子汉一般不太消费，可一旦有了消费需求，狠下心来，那可真是"花钱不眨眼"，和"杀人不眨眼"的道理差不离儿。

第四天撸起袖子加油干，翻拍了肌肉男照片，又写了"雷霆暴风"招牌，兴冲冲地拿到文史食堂去卖。

肌肉男照片和醒目的"雷霆暴风"四个大字，一般女生都会羞答答地看上几眼，但敢于过来买的寥寥无几。记得有一位绰号"Apple"、穿黑色衣服的上海女孩，落落大方地买了几张，还顺走了我放在桌上的一根香蕉。

"Apple姐，你顺我香蕉干吗？"我在后边大声问，风中留下Apple姐一阵银铃般的笑声。

我一直记得Apple，那个格外成熟、丰满的上海黑衣女孩。我相信，如果她出生在当时经济发达的港台，可能会是一位非常优秀的跨国公司管理人才。

那天除了她，偷看和偷窥的人多，却没一个女生过来买。想到营销方式可能有问题，于是天黑后把肌肉男照片直接配送女生宿舍，一间一间地推销，也都卖出去了，而且好像卖了200多张，是销量最好的一次。

食色性也，谁说不是呢？

记得有个师姐，在楼道里一张张拿起"肌肉男"仔细看过。就在我不耐烦之际，她敏感地回头，悄悄看了宿舍一眼，然后迅速把看过的照片收起，一口气花了10元，买了一堆肌肉男照片，又抬头用清澈明亮的眼神，含笑看了我一眼。

我当时手捧10元钞票，乐得眉开眼笑。现在想想，自己其实买椟还珠，眼里只认财神，忽略了这位师姐才是真正的女神。她那时的眼神，清澈火辣、活力四射。自己那时肌肉还行，师姐颇有好感地看过来，自己却一点儿反应都没有，只顾眉开眼笑地数毛票儿。

笨瓜！

要是按照后来"不笨"的思维，照片都白送师姐，然后把自己"买一送一"赠送，直接和师姐海滩约起，那才是最活力四射的事儿，还卖什么照片、数什么毛票儿呀？那才几张毛票儿啊？可那时，饭都吃不饱，哪儿懂呀！

泳装女照，不用上门推销，直接摆在男生芙蓉楼，一晚上就卖光了。有些男生假装急匆匆地路过，看似心不在焉，其实辣手摧花，突然闪电般丢下2角钱菜票，然后揣起照片就走。这真让我惊喜无限。

有个哥们儿，路过时眉开眼笑地问我："干吗呢？"

我笑着回答："杨白劳卖闺女！你也买张女星照片走吧，泳装的！"

话音一落，那哥们儿风风火火买了5张。

有个男生，扔下2角，却拿了两张泳装照，我急忙叫住他："张瑜、刘晓庆的照片，只能选一位！"

"我拿错了吗？"

"拿多了！二选一！张氏还是刘氏？"

"3毛钱两张吧？"

"不行，一张2毛钱！"

"我出5毛，再拿一张巩俐的照片，行不？"

"不行，巩俐的照片两毛五。这样吧，你多出1毛，可以拿一张《红高粱》里光膀子的姜文！"

"我要光膀子的姜文干吗呀？"那哥们儿一脸委屈。

还有个男生，看到泳装照，激动得全身哆嗦。他脸色通红，呼吸急促，一会儿凑过来看看，一会儿又凑过来瞅瞅，目光那叫一个犀利敏锐。

我和他一起坐过火车，都是从北京来的。他头发有些卷，拿个破乐器装模作样，弹吉他的水平就像弹棉花一样，这时也不装了，直着眼睛一阵一阵凑过来看，就是不舍得掏钱，站在旁边赖着不走。大家彼此都认识，也不好意思轰他。

后来我回宿舍，用白色床单当裙边儿，跷着脚丫子，让土楼游子拍了一张我自己的小腿，洗成相片后，免费送那哥们儿了。他两眼放光，千恩万谢，把照片揣在贴身口袋里，又郑重地用手按了按，神色庄重地踱步离去。

他是个北京海淀骲子,平时爱装斯文。估计那几个深夜,荡漾起他万千春心的,其实是俺这个北京东城骲子的小腿儿。骲子骗骲子,腿上见功夫。

他肯定本着精诚所至金石为开的精神,天天晚上偷偷摸那照片上的小腿儿。怪不得那一阵我游泳时,腿肚子经常无缘无故抽筋儿。

剩下最后几张泳装照,拿到芙蓉八下面的裘德·洛兄弟商店,换了些吃喝。

商店里那个胖猫弟弟,穿着绿军衣,圆睁双目紧盯着我手中的照片,有些急促的呼吸让他的鼻孔都变大了。我像赌场里展示扑克牌一样,神秘兮兮、不紧不慢地一张一张地拿出那些泳装照。

他机警地四下里看看,毫不犹豫地收了照片,乐呵呵地把一个大西瓜端了出来,又轻声细语地讨价还价。关键时刻,我把自己小腿儿的照片神秘兮兮地送他,于是他两眼发直,千恩万谢地收藏起来,还多给我一包方便面和两个罐头。

裘德·洛兄弟商店的胖猫弟弟,要知道用罐头和方便面换回的是我的玉腿照,估计得和我拼命。

看来那时小腿长得还不错,至少顺溜儿。

不过,除去自己的玉腿照之外,到现在我都觉得:那些男女影星照,就像新奇亮丽的风景线,为憧憬美好的男女青年们在夜深时带来一丝憧憬和梦想。我敢说,那几天,芙蓉楼和石井楼一半的美梦,都是我那些照片带给大家的。

第五天,乘胜追击,再推出"私享高潮版"新款,就是电影里拥抱和接吻的激情照。

别激动!

其实那个时代,镜头里亲亲脸蛋,能让电影院里的所有观众呼吸急促;银幕中的旗袍露出一丝大腿,火大的人就能上房揭瓦。当年企管系隋建人要是吃着黄油看到旗袍镜头,兴许能把戏院的椅子都拆散了架。那时的尺度远远比不了现在的尺度。

记得洗了一些激情剧照,比如,《庐山恋》中张瑜亲吻郭凯敏,其实也没嘴对嘴，而是张瑜把嘴唇贴在郭凯敏的鼻梁子上；又比如，电影《原野》里，有一场女主角刘晓庆和男主角杨在葆的幽会戏，刘晓庆解开脖颈衣服上的第一颗纽扣——就这么一张只解开一颗纽扣的照片，竟然卖了5角！

那个时代，只有在电影院的漆黑中，爱情和亲昵之间才能拉拉手。

当然，爱情也会发生在碉堡里。那时南普陀山上，有两岸对峙时期修建的一堆碉堡，后来荒废了。这些阴暗而结实的角落，不仅是小孩儿们放学后捉迷藏的乐园，更是一些青年男女见面幽会的场所。现在谈恋爱，谁还会去杂草丛生的碉堡呢？

有张照片让一位研究生差点儿抓狂。

记得翻拍张艺谋和吕丽萍合演的《老井》。苦大仇深的男主人公称心如意一脸欢愉，女主角则心满意足地贴紧他的脖子，两人一起躺在被窝里（其实这样的镜头是演员站着拍的，只是那时不知道）。这张照片立即被作为压箱底的宝贝儿，标价1元。

压箱底的事很快传开。

"有没有那相片？"有个沉默寡言的哥们儿看四下里没人，于是蹭过来悄悄问。

"啥相片？"

"张一毛。"

"一毛？"

"啥？"

问了几遍，他拼命纠正自己的口音，但在我听来，却是怎么也听不明白。

"……阴矛！"他也急了。

"阴矛？！"我吓一跳，"啥毛？"

"……"

"口音太重，听不懂！"我不耐烦了。

他红着脸，用笔写了下来。原来确实是口音重，把"艺"说成"阴"，又把"谋"说成"矛"。

一毛还好，可"阴矛"太吓人。

幸亏，此矛非彼毛。否则，我成卖毛儿的了。

毛儿，这个确实有，他应该不会买。买的只是那张睡觉的照片，那张深井里两个青年男女的拥抱。

在充分体谅、充分信任、完全理解以及相互支持的友好基础上，这张照片，我加价卖了1元5角。我至今都记得，那哥们儿是位研究生。

回到系里暗房，赶忙又把这张照片洗了一张。

没想到周一上午，系里紧急找我谈话。

有关领导十分严肃，说我不仅滥用公家东西，而且有传播淫秽图片之嫌，又问我这些下流图片的来源。唇枪舌剑分辩半天，谁也说不服谁。

领导见我不服，立即吓唬道："再不坦白从宽，就要移交处理。"

我立即认怂，于是一五一十地招供。

领导听了，微微点头，又叫来了一位身材高大的年轻人："你去'图书馆儿'看看，电影杂志里有没有这些'照儿'片！"

领导这人平时不错，就是爱读儿化音，总把"天安门"说成"天安门儿"。舌头一卷到哪儿是哪儿，到处"儿"来"儿"去，那叫一个随心所欲、声东击西，听得我们这些正黄旗学生目瞪口呆、找不着北。

一同去图书馆查阅验证，才避免了一场无妄之灾。

带我去图书馆查证的那位单身教师，也是毕业没多久的大学生，比我们大不了多少。

在图书馆，他严肃地看着我拿过一堆电影杂志，然后逐一核对审视。我像做贼一样，在图书馆里慢慢打开《电影世界》，然后一张一张指认给他看。杂志里的那些泳装照，让他不耐烦的心情好了很多。

"那张下流图片呢？"他问，"在哪儿！"

我立即意识到，我并没摆脱最大的危险。于是，赶忙找来那本电影杂志，迅雷不及掩耳地打开。

他猛然看到《老井》里的被窝照，喉咙一阵痉挛，竟然打起嗝来。

他打嗝比雄鸡还响亮，弄得图书馆大白天鸡叫不止，很多学生都诧异地抬起头来看他。此刻，他伸长了脖子，脸红脖子粗。

后来，我扯起全身发热的他，匆匆离开图书馆。离开时，他还一直回头，那叫一个依依不舍。

又到风雨食堂给他要了两粒大蒜吃下，弄得满嘴臭味儿，总算制止了他高亢嘹亮的雄鸡报晓。

他不好意思地看我一眼。我安慰他说："都是男人，谁没点儿雄性激素呢？"

"知道这个，你还敢卖！"他轻声地责备。

"电影杂志是国家办的，我没犯法呀……"我笑嘻嘻地道，"可话说回来，您也不能随地打鸣儿呀，这不和随地大小便差不多吗？"

他四下看看，压低声音："不许和系里任何人说！我请你去芙蓉二后面吃馄饨，走！"

眼见相互勾结有望，我兜里仅剩的那张《老井》被窝照，也悄悄塞给他了。他红着脸，佯装没看见，半推半就地收下了。他投桃报李，请我去芙蓉二后面吃了两碗馄饨，并推心置腹地劝我远离泳装、远离老井、远离是非，从此还和我成了哥们儿。

系里再也没找我麻烦。但办公室之后做出规定：相纸有限，使用前限量登记。又专门告诫我，不可再去摆摊卖照片，否则处分！

以后在图书馆读书，还有男生偷偷问："你还有那个……阴矛的照片吗？"

印象最深的，是在芙蓉楼后面公共厕所附近，那个花1元5角买了《老井》照片的研究生，在我身后转悠半天，弄得我全身直起鸡皮疙瘩。正要对他怒目而视，他神秘兮兮地凑近问："电影《老井》里那张睡觉的照片，你还有吗？"

我问："干吗？"

他犹豫一下，红着脸吞吞吐吐地说："要是还有，你说个价呗。"

我说："上星期你不是买了吗？"

他不好意思地四下里看看，然后点点头："丢了。"

"让你给揉巴坏了吧？"我笑着问。

他挎着个书包，神情尴尬，心有不甘地问："还有吗？就睡觉那张？"

我叹口气，像是白给他一笔钱："图书馆有，电影杂志！"

他警觉地左右看看，然后惊喜地问："真的？哪本杂志？第几期的？"

……

那个时代，已经过去30多年了。

而那些场景和对话，就像昨天一样。

成长，

是一种横向的扩展

和纵向的延伸。

爱无疆

  时常有校友对我说，多写写绿皮火车，因为它承载了一代人的记忆。

  1985年我第一次坐火车，以为火车只有硬座，不知道居然还有卧铺。第二学期，正好在北京站碰到同去厦大读书的同学。帮她把行李放到卧铺，羡慕地看着那几节干净整洁的卧铺车厢，不禁发出感叹："原来火车还有这么舒服的地方，晚上可以躺着睡觉。"

  当时不由自主地发出的这声感慨，身后的弟弟立即掩面落泪！他是心疼哥哥，3000多公里的旅途，只能坐硬座，却又无能为力！弟弟当时难过的表情和抹去泪水的动作，深深印入我的心头。

  兄弟手足情，就是手心手背！

  大一那年暑假，我决定去延安考察。北京的高中同学张勇赞助了一台"海鸥"相机。怀揣40元，我坐上从厦门到西安的火车。

  火车经过河南，已没了能下脚的地方。车厢热得像蒸笼，连吸进去的空气都是闷热的，胸口和全身的血液仿佛要燃烧一样。人山人海的旅客肩扛手提，和大包小包挤作一堆。要从车厢这头儿挤到那头儿根本不可能，因为过道人挨人、人挤人，没有任何缝隙。

那时的我们都年轻，什么事情都做得出来。踩着硬座边缘和别人肩膀，又利用行李架的铁杆，向猿猴一样从车厢半空中荡过去。

火车经过兰考，外面下起大雨。打开车窗，一股清新的田野气息，和着车厢内的闷热，一齐涌向喉咙和肺部。

贪婪地大口吸气，又把一只胳膊伸出窗外，雨水带来的清凉，通过指尖延伸到肩膀，顿觉舒爽很多。

列车长看到后，用扩音器大叫："快关车窗，胳膊伸回来！危险！快！"他声嘶力竭地大喊，吓得我连忙缩回胳膊。

此刻，列车轰隆隆猛地拐弯。向窗外望去，顿时魂不守舍——一块铁牌疾速地从窗外掠过！如果胳膊还像刚才一样伸在外面，可能就被铁牌齐刷刷切断了！

猛地想起坐火车经过南京长江大桥，列车员紧张地在各个车厢来回叮咛，绝对不许从车窗探头出去。因为曾经有一次，一位旅客在经过南京长江大桥时探身瞭望，结果列车转弯时，他的头一下就被窗外的电线杆刷断了。

一阵后怕，觉得缩回的胳膊像糊上一层胶水，又热又黏。

到了西安，去古城墙游玩，感觉那里的景色和北京前门附近特像，只不过时间好像向前流动了20年，似乎回到小时的北京。

又搭乘长途车到铜陵。在路边买了臊子面，盘算着怎样搭乘汽车北上。坎坷不平的路上，拉煤的重型货车一辆接一辆，轰隆隆向北开去。看了半天，询问卖臊子面的摊贩怎么搭车。

摊贩爱搭不理。递过去一支香烟，他才憨厚地笑道，可以站在马路中间伸手拦车。

一辆大货车迎面驶来，卡车带起阵阵尘土，仿佛是一台能生灰尘的怪兽。我张开双臂，站在路中间拼命拦车。摊贩和吃饭的人们都停止了进食，全神贯注地盯着。40多岁的男摊贩鼓着油腻的脸，不停地给我鼓劲儿。我几乎被淹没在尘土里，又蹦又跳地大喊拦车。而对面，大货车似乎没有减速的意思。

"胳膊再伸长！蹦得再高些！"男摊贩大声助威。我再次伸长胳膊。此时，大货车离我只有两三米的距离了。我清晰地看到了正在抽烟的司机的脸，他的眼睛也猛地瞪向我，脸部开始痉挛。刹那间，我猛然意识到：如果再不躲开，这车要把我撞得粉身碎骨！于是，我奋力跳起来，向路边拼命跃去。大货车从我旁边轰隆隆疾速驶过。

"你别挪开，车就停了。"那个男摊贩悻悻地说。

我火了："再不挪开，人就撞飞了！"

"撞了才好咧！"没想到摊贩和四周几人哈哈大笑，又似乎不无遗憾。

"你干吗要挪开？"他仰起黑乎乎的脸，手里还拿着一块破抹布，仿佛为没看到一场遍地鲜血的交通事故而遗憾。

"你心眼儿真坏！"我怒吼道。

"你骂谁？"他把抹布扔在锅边，骂咧咧地向我走来。

我扑过去，两人厮打在一起。

这是我走出校园的第一课：贫穷并不等同于善良；贫穷所带来的罪恶，有时会超出你的想象。

一路走过黄土高原，终于到达延安。

当时的延安，远比我想象的落后。如果说那时西安比北京落后20年，延安比西安仿佛差了半个世纪。

延河附近最繁华的延安商场是一座两层砖楼，看上去比厦大门口的百货商店稍大些，但比起厦门一百，又明显小不少。里面的商品，和70年代街边的普通商店差不多。

我穿着晋江买的牛仔裤和运动鞋，再加上手中的相机，引来街上不少目光。

一天傍晚，我在延安大学校园外看到一位卖枣的陕北老汉，挎着简陋沉重的篮子。我停下问："枣子怎么卖？"

他听了我的北京口音，看着我穿的奇装异服，愣了一下，蹲下来后仰头道："小孩3分，大人5分，用手抓一把就行。"

见我听不懂陕北话，老汉伸出粗糙的手掌向我示意。

我拿起一粒枣子，放进嘴里。真甜，汁多。

"你是哪里来的？"他奇怪地问。

"北京。"

"北京？"老汉喃喃地念叨，"毛主席、党中央就在北京！"

他叹口气，用陕北话缓慢说道："用手抓，尽量抓吧。"

"给您1毛钱，我来两把！"

"不要钱！你是北京来的，不要钱！"

他半站起身，热情地把新鲜的大枣塞进我手里，又塞进我兜里，然后问了一句："你从北京来，咋不穿军装哩？"

和老汉聊起来才知道，他小时候在杨家岭见过毛主席。

"毛主席拍过我的头，和我打过招呼哩！"老汉用陕北话喃喃地说了一句，脸上露出幸福的笑容。

那时的陕北人，对毛主席和北京，有着特殊的感情。

在洛川、宜川、延安，在毛主席窑洞的办公室，我亲眼看到他工作的椅子没有椅背。一代伟人，居安思危，励精图治，让人无限感怀。

秦皇汉武、唐宗宋祖已成历史书中的文字，离我们时间最近的伟人，就是毛泽东这位著天下雄文、建盖世奇功、扬人间大德、改变中国和影响世界的巨人。

18岁的延安之行，一路搭火车、乘货车、坐驴车和步行几千里的经历，至今难忘。

回厦大后，我在三家村办了"延安摄影展"，在校园引起轰动。不过，那时新闻系的师生没人提这事儿，好像一切没发生过一样。都是学新闻的，大家选择了沉默。

感谢当年 85 级广告专业的钱天中同学，他用一支毛笔，为每张陕北照片写了说明，又冒雨协助我把展板放进三家村的橱窗。

有容乃大，钱天中的情谊和坦荡胸襟，没齿不忘！

审计 85 级的孙长勇，在家排行老六，上面有四个姐姐和一个哥哥。他常说，自己的大学是姐姐哥哥们抬着去的。因为他的大学学费是已经工作的哥哥姐姐们一起为他凑的钱。

开学前，他母亲会把全家人凑的 300 元钱，也就是一学期的花费仔细缝进他的内裤。他就这样穿着缝了 300 元的内裤上火车。

那时对流氓罪的处罚，比小偷小摸严厉得多。谁敢把手伸进别人裤裆，大概犯了和强奸罪差不多的罪行，那是万万不敢的。靠着内裤提供的这份"绝对安全"，孙长勇一路无恙，回回平安抵达厦大。

厦大 85 级审计班是全国第一届审计本科生班。当时全国综合性大学里，开设审计专业的，只有厦门大学、中山大学和武汉大学，全班只有 30 名学生，算得上凤毛麟角。长勇上学时，连专业教材都没有，靠的是老师自编的讲义，那本讲义后来成为全国教材。

前几年，长勇为同班同学设计了班级徽章。他不是搞设计的，可这个徽章还是非常别致。我觉得，这是一个时代的标志，一个浪潮的符号，是 85 审计的共同记忆。

1985 年厦大食堂的饭菜票

孙长勇保留了当年的学生证,甚至还有厦大食堂的饭菜票。看到那些饭菜票,真觉得亲切。

长勇也保留着当年班里的记账簿,这是一份有意义的文字材料——硬皮本1.58元、篮球9.60元、排球14.50元,真实记录了当时的消费和物价水平。

审计85级还出了一位旅游达人:一身儒雅书卷气的严锋,喜欢在旅游时关注人文历史。爱好旅游的他,足迹遍及世界各地,见多识广。每当同学聚会时,他带大家看当地的历史古迹,而各地的小吃及风土人情,都被他说得头头是道,颇有研究。

严锋是个热心肠(绰号"专业发红包"),又有敢于承担的责任心,性格也非常有特点(绰号"专业泼冷水")。正因为这些特点,他与孙长勇经常互相调侃,不过彼此之间感情深厚,心头都有浓浓的同学情分。

说到这里,不能不提到另一位与85级审计有着特殊缘分的女同学——肖健,她来自湖南邵阳,当年差点儿与厦大擦肩而过。

《那年,海风吹过厦大》写到一半时,傅红梅希望群里能有人赞助出版。留言发出10分钟后,肖健第一时间、第一个响应。湖南妹子的情怀和豪爽,由此可见一斑!

肖健对我说:"你叫宝庆,我来自湖南宝庆府,这是彼此的缘分!咱们都是85级的,更是天然的情分。"

邵阳史称宝庆,乃是湘中名城,以物华天宝、人杰地灵而名博湖湘。

和我一样,肖健也是85级,因病转入86级,但对85级一往情深,并且深深怀念和热爱当年的85审计班。

肖健在家中姐弟三人里排行老二,父母是教师,家教严格。她从小叛逆,当年为逃避父母严格管教的"魔掌",擅自主张报了厦大。

父母担心她考不上这所重点大学,同时也希望这个女儿留在身边。当身为中学老师的父亲得知高考档案已送去招生地韶山时，便和学校商量，重新做一份并修改了她的第一志愿，改报湖南财经大学。招生办老师答应，准备次日将新的高考档案送往韶山。

可就在第二天，湖南发了大水，通往韶山的火车和公路全线不通。一切似乎命中注定，父母修改志愿的希望在滔滔洪水面前，无奈破灭。

忐忑不安地等了20天，命运之神眷顾了这位调皮可爱的小姑娘。1985年8月15日，肖健在自己家中如愿以偿地收到第一批高考录取通知书。

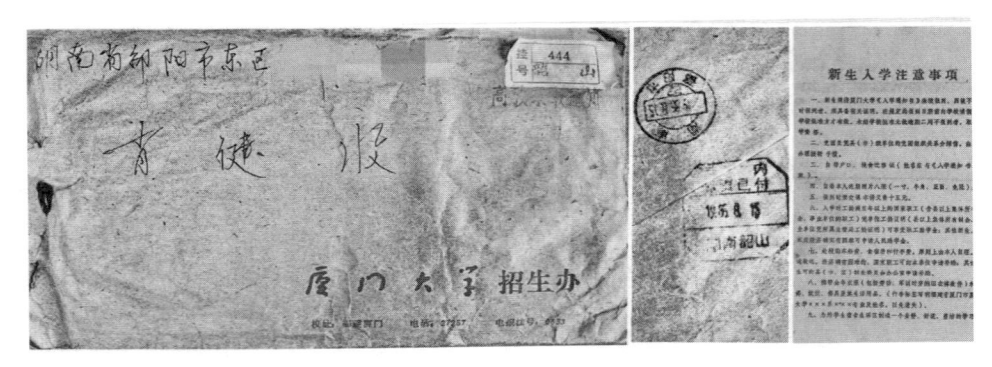

肖健的厦门大学录取通知书

她一直保留着这份珍贵的记忆，发黄的信封上，邮戳依然清晰。寄出地：韶山1985年8月13日。收件地址和日期：邵阳1985年8月15日。寄信人：厦门大学招生办。

肖健说，她对"命里有时终须有，命里无时莫强求"这句话深有体会。假如那年、那天湖南当地没发大水，肖健的人生轨迹，恐怕要与湖南财经大学交轨而与厦大绝缘，命运将会是另外一番景象。水啊水，让这位湘江妹子和海边的厦大，从此结下不解之缘！

她回忆说，收到通知书的刹那，开心得一蹦三尺高。她仿佛看到自己的梦想已经插上翅膀，并对大学生活充满神奇幻想，恨不得立刻开学，马上就走！马上就飞！

千里求学之路并不那么平坦。

邵阳到厦门的铁路线是一个"几"字形，中途必须转两次火车。在江西鹰潭，饱受旅途艰辛的肖健，遇到从湖南转车来的其他七位考入厦大的同学，她至今还记得他们的名字：国际金融的龙莹，历史系的朱国华，海洋系的赵复军，生物系的肖海黎、胡若愚、潘晓辉及四川小伙江南。有趣的是，到厦大后发现，她和龙莹的宿舍居然只隔两间：分别是丰庭116和丰庭112。绿皮火车的情缘，让她和龙莹从此开启35年的闺密人生。

2020年1月，去上海参加年会的肖健再次见到当年鹰潭偶遇"八子"之一的湖南老乡朱国华。而这一别，34年已然过去！

此时的朱国华是同济大学的法学博导，一位儒雅的教授。鬓生白发的朱国华感慨：终于见到了30多年前的故友，当年认识时都还是少年郎，真像兄妹一样亲。

肖健在大学第一年的生活，既新鲜又好奇。

报到第一天，最重要的事就是等行李。由于外省的行李晚到，到了中午，宿舍其他同学的行李都来齐了，只有她自己的床上空空如也。

坐了几天几夜绿皮火车，辗转周折好不容易到了厦大，原以为自己可以步行仗剑走天涯，谁知旅途如此困顿。听到没有自己的行李，那一刹的委屈，让肖健再也忍不住，于是大哭。

同宿舍的李丽莉和陈文莹不知怎么安慰她，只好陪着一起哭，三个姑娘哭得昏天黑地，惊动了年级辅导员冯泽帅老师，冯老师过来不停地劝慰，她们这才止住哭声。后来，冯老师每次见到肖健就开玩笑地问："爱哭的小肖健，现在还哭不哭？还想家吗？"他哪里知道，这个爱哭的小姑娘，后来给自己添了不少麻烦：生病需要休学，办理休学和复学手续、报销医药费等，都是冯老师忙前忙后。时至今日，每次提到冯老师，肖健都是满满的感激之情！

86级同学在2016年5月1日毕业30周年的返校活动中，特别安排了一个致敬爱心的环节：肖健作为学生代表，给台上的冯泽帅老师敬茶，并向老师深深鞠躬。不过，在她心里，30年的师恩岂是一个鞠躬能道尽的？！

　　当年厦大校园的生活丰富多彩，利用国庆和元旦骑自行车环岛，或去海边环岛路边野炊，是大部分新生喜爱的活动。有时，大家还骑车到集美学村的集美航海学院和集美水产学院去找老乡。

　　那时真是年轻，男生骑着自行车，后座载着女生，在路上风一样飞奔，犹如哪吒踩了风火轮！

　　去时从厦大白城出发，经过胡里山炮台、曾厝垵、黄厝、何厝、高崎机场、高崎集美海堤到集美学村，找老乡吃中饭，然后去集美鳌园、集美龙舟池和集美学村里的航海学院，再经过集美海堤、湖里工业区、东渡轮渡、民族路、厦门港、演武路回厦大。

　　当时的环岛路基本都是战备路。野炊时，还能看到海边防护林里布满三角形的钢筋水泥墩和长满剑麻的工事战壕坑道。这就是海防前线，站在当年的土坑战壕坑道中，仿佛可以听到两岸炮火的呼啸！

　　学校还经常举办各种各样的集体活动，比如排球和足球联赛。

　　80年代的中国女排队员是许多学子心中的偶像，那时还有一部风靡国内的日本电视连续剧《排球女将》，"晴空霹雳""幻影旋风"是剧中发球动作的代名词，引来厦大学生纷纷效仿。不过，大家打排球的水平很初级，校园大部分女排队员只要将球发过网，对面没练过排球的人根本接不住，往往可以直接发球得分。

　　审计班共九位女生，却要选出六个会打排球的队员。肖健来自省重点中学，曾有过篮排球训练，而很多乡村的孩子却没这个条件，因此到了排球场上，对于个子不高、无法做扣球手的肖健来说，她的接发球就很有优势。一不留神，"审计女排二传手"肖健竟成了班级排球场上的得分高手和主力队员！

　　80年代时，厦大还有第三学期，也就是每年8月。

肖健在香港新华社驻厦门记者站做兼职记者。这份勤工俭学的工作，其实是为《厦门航空》杂志拉广告。工资每月100元，相比当时的物价，即便是刚毕业的大学生，好单位的月工资也就100元出头儿。

1988年12月，肖健和法律85级的潘蕾敏坐飞机到江苏出差，这也是她生平第一次坐飞机。

到了南京，她们又沿着铁路线，一路坐火车经无锡、常州、苏州、杭州等地。她们坐着三轮车，一家家走访，通常直奔厂长室。当时也不知哪儿来的勇气，真是初生牛犊不怕虎，无知者无畏。

她印象最深的是厦门耀华玻璃厂和苏州的香雪海冰箱厂。

耀华玻璃厂厂长曹德旺为推广他的汽车玻璃，亲自带着肖健等人在简陋厂房参观生产线，并请她们拍了一个广告，画面是十几位厦大姑娘站在钢化玻璃上，

肖健和同学当年在耀华玻璃厂留下的珍贵照片

以此证明玻璃的坚硬和抗压强度。

谁也不会想到，就是这么一个名不见经传的地方，几十年后造就了享誉全球的著名企业家曹德旺！

那次从福建到江苏，足迹跨越南方几省的实习经历，为肖健两年后走向社会打下了良好的基础。

肖健还爱好文艺。她发来当年参加会计系文艺晚会唱歌比赛的获奖奖品：一本相册，相册上写着：奖给文艺晚会一等奖获得者。

她也发来当年在厦大宿舍的照片。过了30多年，厦大85级男生们终于可以有机会一窥当年女生宿舍的床铺：整齐干净的蚊帐内，紫罗兰装在粒粒橙罐子里，用绳子吊起来悬在半空，紫罗兰生机勃勃，粒粒橙则是当时流行的饮料；墙上还贴着那时风靡的万宝路香烟广告，上面的英文翻译成中文，是当时最流行的广告用语："男人因浪漫而记住爱情！"洋娃娃旁边放个随身听，应该是厦华的电子产品，在当时，这是条件好的女生才可能有的物件。墙上还有一张三浦友和与山口百惠的合影，这对金童玉女是那个年代大学生的青春偶像。

一张几十年前的照片，把一位虽是学会计，但一点儿也不死板的文艺女青年，活灵活现地呈现在时光面前。

肖健曾因病在鼓浪屿住院三个月，遇到人生第一次低谷。不过，天性开朗乐观的她并未消沉，吉他成了她的好伙伴。

谈到校园爱情，肖健莞尔一笑，说当时的流行歌曲代表了一部分人对校园爱情的憧憬和向往，比如，爱是没有人能够了解的东西，爱是永恒的旋律，爱是欢笑泪珠飘落的过程，爱，曾经是我也是你。又比如，爱像星期天的早晨，爱像拥抱着的风……

女生们默默憧憬着《射雕英雄传》里的靖哥哥与蓉儿的相伴到天边，仿佛是"你的眉目之间，说着我的爱恋；你的唇齿之间，留下我的誓言"，爱情是《读你千遍也不厌倦》。

对爱的朦胧向往，是《冬天里的一把火》，是白城沙滩的海浪、是上弦场夜晚的月光，是芙蓉湖畔磨圆的青石板，是群贤教室里并排占着的座位，是经济食堂飘香的萝卜排骨汤，是图书馆楼道里犹豫的脚步，是宿舍楼电话那头温柔的呢喃……

和现在有些快餐特点的爱情相比，30年前的校园爱情单纯而美好，那时的学生，普遍受到金庸武侠、琼瑶爱情、席慕蓉诗歌的熏陶。

当然，校园里的爱情，最终修成正果的寥寥无几。算是遗憾，也算是成长。

人们常说，热爱音乐的人也热爱生活，我想肖健就是这样一种人吧。

毕业后的肖健曾在外贸行业做过几年财务，虽然她自己不太喜欢这个职业，但厦大会计系全国闻名。

她有点儿不好意思，自己既然享受母校母系的荣光，就不能对不起这块品牌。无论做什么工作，厦大会计系都是自己的源代码，必须好好维护！有了这个意识，她的财务工作做得有声有色。

1993年，肖健机缘巧合转入地产行业。她敏锐地观察到，房地产业在中国将会是一个新兴的朝阳产业。自此，她在房地产业一待就是28年。这二十几年，正是中国房地产业的黄金时期，也成就了肖健的黄金岁月。

回头再看，毕业后的岁月如歌行板，85级成了她和所有同学的共同情怀！

肖健说，相对于86级来说，85级就是她的大学初恋。无论在什么单位上班，人生的阅历表填到大学经历时，都必须从1985年填起，没有1985，就没有1986！

她虽然在85级只待了一年，但那些记忆都成了永恒。

2015年3月，85审计班通过微信找到她。一进群，老同学李丽莉第一句话就说："终于找到你了，我们班凑齐了！"

同年9月，同学们在厦门聚会，大家为她举行"回归"仪式：一见面，彼此深情相拥喜极而泣。

审计85级毕业多年后合影，大家仍是少男少女，亲如一家

一切都如当年。当年都是孩子，如今相见，彼此也都是孩子。

肖健自豪地说："审计85是个小班，却是一个非常有爱的集体。"每次相聚，她都觉得特别幸福、感动和温暖。

2019年年底，国外同学圣诞节假期回国时，大家搞了一次班级活动，还特地请来当年的辅导员冯泽帅和班主任李建发老师。如今的李建发老师是厦大党委副书记、副校长，厦大管理学院院长。唯一当过这届班主任的李建发老师，亲切地称85审计班的学生为"亲学生"，让大家备感温暖。

和30年前一样，大家又集体回到群贤教室上课。

班里几位同学以前很内向，多次聚会后，每个人的情感都被激发和点燃。晚会上，学霸黄红主动跳舞、束卫华自告奋勇演唐僧、林文宇出演孙悟空，罗丹、李群、孙长勇、严峰、李丽莉表演"小天鹅舞"，大家忍俊不禁。

而李群呢，聚会时提前来到厦门，自己推着行李箱特意从镇海路步行到厦大——他走的，其实是一条默默的怀旧之路。

从美国、智利专程回国的刘红霞、翟文苑，临别时也写下许多感想。

为留住美好回忆，班级特地做了纪念册和视频，把 30 年的同学情谊和岁月时光，都浓缩进小小的册子中。

肖健印象最深、最感动的节目是 21 位同学集体朗诵经济 85 级舒展同学创作的诗歌《你的名字》：

厦大，我们今天来看你！三十年，我们如星辰撒落各地，但无论我身在何处，只要你的一声轻唤，我们都会回来看你，因为厦大——早已成为生命的底色和心底的原乡！

她觉得，好看的皮囊千篇一律，有趣的灵魂万里挑一。

厦大人爱生活、讲情怀，在她后来的人生中，一直深深影响着她。正如厦大校歌中唱的：知无央、爱无疆。

肖健说：不念过往，不畏将来——淡定从容，做一个灵魂有香气的女子！

男生们也一样，岁月可以让我们老去，但灵魂永远有趣！做最硬的人！

肖健近照

群星耀天空（代后记）

自 2020 年 5 月始,《那年,海风吹过厦大》随笔一直写到年底。收笔之际,特意为 85 级做个英雄谱,以立此存照。

话说 1985 年,几百好男好女从四面八方走入厦大,如今,三十六载弹指一挥间。

多年后微信群聚会,分东西两寨,东寨号称"我的 1985 厦门大学"、西寨升旗"静静的芙蓉湖",兄弟姐妹每日报到,各自欢颜。

是夜梦回群贤楼,见过校主。校主问:"85 入厦大者共多少人?"

我毕恭毕敬回答:"数百人,五湖四海,皆来聚会。"

校主笑曰:"人过留名,雁过留影。何不依据每周随笔,大致做个总结,如何?"

归来遐思,不觉沉吟。

恍惚之中,就听南普陀隐隐钟声,伴随白城海滩涛声浪潮,又见演武场一片喧嚣。朦胧望去,红尘滚滚,队队人马立于猎猎大旗之下。

定睛细看，85 同学集合，仿佛重返军训。当先一人，正是山东蒜商！

山东蒜商沉吟不语，双目有神。身后立一大旗，上书大字："一位当先驱胡马，团圆齐围展神力！"

此人乃厦大 85 第一星、天魁星济宁陈兴标是也。有诗赞天魁星陈兴标：

> 生在山东英气豪，指点江山说六朝。自古豪杰悲吟处，借来美人金错刀。

正在惊异，又见一员女将英姿飒爽。当初多亏此人将天南地北豪杰聚起，这才有 85 同学相会之事。

此女是天圣星江西傅红梅。她为人爽朗，有胆有识，颇具国士之风。有诗赞傅红梅：

> 爱情忠贞奇女子，世有梅花便不同。曾经泪下鼓浪屿，如今谈笑傲如松。

又见几员好汉容光焕发赶来。定睛细看，正是：天威星台州陈威海、天罡星沅江胥德峰、天德星厦门戴亦一、天寿星齐鲁刘太东、天远星厦门陈坚、天明星泉州程国卿。

有诗赞天威星陈威海：

> 火眼金睛皆看穿，崩山裂海自威严。阅尽天下无数事，八九绝对不离十。

有诗赞天罡星胥德峰：

> 刚直不阿留正气，是黑是白俱分明。南天一柱凭雨打，何曾落入北风中？

后面一人唱歌踏浪而来。歌声地动山摇，可谓夏天降温，冬日起火，捂住双耳，余音震心，原来是天唱星黄健。诗曰：

英语德语西班牙，俱是酣畅闽东腔！我歌我唱狮子吼，宇宙万年尽铿锵。

又有一人，天愤星德化周耕烟也。曾在深山高考三次，从此跨洋出海。诗叹：

戴云山高山连山，峥嵘叠嶂入云端。道路崎岖十八曲，巅峰深处有耕烟。

后面人马浩荡排列开来。

先是三位女子结成一阵，明眸流光，气度高华。中间一位，手持曼陀铃乐器轻轻弹奏，音如银铃清脆美妙，正是侠肝义胆的天帅星曼陀铃女王蔡茹虹。左边那位，温文尔雅，乃是"峨眉云秀"天丽星张静；右边那位，雪衣袅袅，乃是"无瑕飞羽"天羽星苏文。

有诗赞天帅星蔡茹虹：

银铃初上四组弦，弹破碧云天。分明爱恨情仇，都向曲中传。玉连锁，碧波寒，美利坚。故国今夜，俱是旧人，雁行婵娟。

听见天帅星琴声召唤，大队人马齐头并进，浩荡而来。正中一员，乃天关星南京刘祖杨。

此人乃 85 微信群主，年轻时曾与同伴驾帆 300 个昼夜、航行四大洲三大洋计 23000 海里，一往无前，充分展现中国男人魄力气概！诗赞刘祖杨：

群星耀天空（代后记）

　　穿洋掠海四大洲，英雄涌起巨浪来！海潮呼啸天际涌，豪杰至此胆气开。

　　左边一人慈眉善目，乃天慈星深圳温南雁，江湖人称"社长"的便是。当年大学曾食七碗米饭，父亲感怜，遂月支出200金。南雁毕业多年后回厦门，街头偶遇珍姐，感天地之苍茫，叹人生之匆匆。正是：

　　嬉笑怒骂真汉子，纵横开阖不拘节。有爱有恨大丈夫，领雁群飞乃人杰。

　　右边一人乃天道星厦门郑文东。此人当年为解宗伯之困，一语说与梦中人，才有东边社柴米油盐香火故事。正是：

　　一粥开启东边社，双手曾绘阿伯身。潇洒风流过半生，文东堪称性格真。

　　有诗赞文东性格：

　　逍遥本是天然成，返璞归真自风流。玉石出自昆仑山，原来蛟龙戏大川。

　　再后乃天狮星烟台隋建人：身材凛凛，相貌堂堂。一双大眼放金光，两道弯眉浑似苍。胸脯起伏，肩扛重物共逾千斤；仗义豪爽，齐鲁大汉武松二郎。真是山东太岁神，飞沙走石第一人。诗赞建人：

　　若在战国为大将，威风凛凛真门神。银河浩荡天狮星，八五硬汉第一人。

　　旁边站定天鼎星福建黄加国。此人曾在长安街与轿车迎面相撞，轿车损坏肉身无恙。正是：

长安街头惊天撞，撞瘪横梁撞破钢。惊天动地坦然来，清清白白登高台。

身边又是两人，犹自探讨不休。左边那位谈吐大方、磊落自然，乃天贵星陈革非，如今定居智利。诗曰：

春风一夜安第斯，可有云台梵净长？万里江山万里景，他乡好时亦故乡。

右边一位博览群书、出口成章，乃天博星帝都李炜。诗曰：

自古国士论春秋，帝都才子渊博心。修身治国平天下，九方风云海浪深。

好汉群中闪出凛凛一人，乃天织星莆田姚明，厦大著名慈善家。此人意气风发，壁立千仞；万里"双反"，叱咤风云，真豪杰也！诗赞姚明：

东海骑蛟龙，出阵霹雳鼓。英雄乃天生，豪气剑飞舞。万里入虎穴，大志终不负。所幸在风尘，班超踏征途。

后面堂堂一人，乃天豪星王国初。国初当年被分到北京，又被发回厦门，人生几次与京都擦肩而过，从此定居鹭岛。有诗赞王国初：

看透生死与荣辱，茫茫漫漫不自伤。羽林纵横玉京仗，壮观奇景在鹭江。

国初记忆惊人，每周随笔均发感想，厦大往事、同学情分，思如涌泉，细细道来。诗赞：

笔下涓涓流，细诉当年事。从北又到南，国初忆校史。

又有一人，乃天曲星陈霖。此公双目朗朗，目光深邃。行万里，见诸侯使者，络绎不绝。诗赞陈霖：

自幼丧母殊可悲，逆境奋起震天雷。寒门将相真进士，身有羽翼九天飞。

陈霖身后，是花团锦簇、云鬓婀娜三员女将，桃花飞马，英姿飒爽。定睛望去，乃天湘星邵阳肖健、天毅星闽西杨桂兰、天医星齐鲁刘艾林。

湖南人特立独行，务实倔强，路见不平，不胜不归。有道是：

荆湘风秀多坚忍，湖南人才半中国。楚遗三户必亡秦，自古无湘不成军。

诗赞肖健：

湘绣征袍自裁成，桃花马上飘长缨。巾帼胭脂清平乐，女将沙场万里行。

客家人坚忍卓绝，崇文尚武，勤劳务实，开拓进取。桂兰为人，真水无香。诗赞杨桂兰：

越王勾践破吴剑，三千铁甲克秦关。闽西坚忍奇女子，不负家乡不负天。

山东古有孔孟，诸子百家出其一半。诗曰：

自古山东观沧海，蓬莱阁上看浪来。岱宗高耸镇安宁，日锁云莽琅琊台。

诗赞刘艾林：

生是北国齐鲁身，学贯中西知识深。囊萤映雪万卷书，国家科研栋梁人。

艾林身后，又有一员女将，明眸流光，灿如春华，正是天晖星朱晖是也。
诗赞天晖星朱晖：

弯弓征战乃巾帼，梦里淡妆升玉盘。红灯俏影赴戎机，苍茫大海星阑珊。

再后又是众多豪杰巾帼。
中间两位，左边是天义星丽水陈伟强。在同学周耕烟最后时刻，伟强陪伴好友，尽心尽力，功德大焉。诗赞陈伟强：

英雄自古出寒门，将军沙场万人敌。十万旌旗十万里，伟强情深真仁义。

右边一人乃天紫星南通单桂华。诗赞单桂华：

吴越昔有陶朱公，如今陶朱在南通。高士云林踏苏堤，泛舟五湖波浪中。

后面乃天贞星福州陈晓东，眉清目秀，宛如当年。大学时圆形餐厅化妆舞会中寻得真爱，此后一生爱情忠贞矢志不渝。诗赞陈晓东：

长发飘飘踏浪花，丝丝香鬓吹细沙。昔日知音今犹在，下阶细赏樱桃花。

远处走来一人，乃天芒星厦门林胜。此人曾赴柬埔寨加工杧果干，因疫情海外滞留，遇奇人奇事，归国后产品大卖。诗曰：

江湖胜哥厦门郎，千里海外千里忙。金边暹粒奇遇多，手持杧果归故乡。

之后是天雄星土楼游子卢祯铃。诗赞其半生轨迹：

永定土楼圆又圆，走出万里跳出圈。英雄救美叙佳话，如今茶里做神仙。

有诗叹土楼游子父亲卢老爹：

老爹一辈汗如雨，人生幻真有几许？闽西茶具今犹在，不见当年慈父人。

后面有天水星上海钱江。此人善泳，曾只身前往湖里借来几十套时装，这才有建南大礼堂厦大五彩缤纷时装展。诗曰：

厦大曾做时装展，借来湖里时装衣。潮似熊罴戏浪急，壮士踏水凌波里。

再后有天杰星福州赵金华。金华才华横溢，曾作诗《读〈周耕烟〉有感》，语皆悲悯，心怀慈悲：

德化有深山，山中藏神仙。神仙不可见，但有周耕烟！山高更有山，少年运多蹇。两度战科场，芳名落孙山。家贫叹奈何，乡野执教鞭。哭我命何乖，终老户牖间。发奋苦攻读，刺股更悬梁。一朝登榜眼，令名动胪传！

又有天伟星厦门黄志伟阵前闪出，就见此人意气风发、风度翩翩。

诗赞天伟星黄志伟：

当年社团风云中，精卫填海皆雄兴。天地万物君子聚，男儿到此是豪情。

那边站出天孝星闽西孝子熊庆海和天瑰星陕西孝女赵英鸽。诗曰：

孝子贤孙贵自多，寸草之心报春晖。人伦风化自孝始，忠贞爱国乃心归。

更有无数厦大豪杰，星罗棋布席卷而来。计有：天哲星海南洪文兴、天诚星福州董诚杰、天宗星西州白宗山、天意星漳州蔡秋仲、天阔星惠州朱创雄、天毅星厦门黄毅、天忠星四川曹勇、天隆星上海任鹏、天奋星惠州侯红兵、天立星江西侯明强、天睿星洛阳于博、天舒星同安叶天舒、天昇星江峰、天胜星上海陈绍胜、天聪星四川孙远毅、天严星苏州严峰、天智星北京胡凯、天荣星三明黄荣杰、天宫星紫金廖晓林、天宁星漳州蔡秋枫、天辽星沈阳谭宏东、天洋星福建谢海、天东星泉州张学东、天朝星厦门陈朝军、天目星广州申煌煊、天南星汕头林长新、天勤星福建卓勤、天捷星泉州陈宏、天志星南宁温志甫、天信星广州吴李等。

诗赞洪文兴：

胸怀坦荡皆幽默，绿水青山最有情。月在天际云深处，照向人间分外明。

只见一队人马，俱是大将风度，骁勇善战，威风凛凛。计：天短星锦马超三明阿苞、天武星常胜将温州何正一、天将星吐谷浑青海曾学军、天烈星霹雳火京都陈雷、天聪星忠义郎惠州陶蔚天、天战星小张辽盐城单小兵。

诗赞众将星曰：

足踏四海任逍遥，英雄一怒披战袍！江湖本有英豪气，欲与天公试比高。

再下来是天勇星北京孙长勇，诗曰：

曾游泰山，绿酒春浓。现如今，此意谁同？流水潺潺，叠嶂无穷。有几枝梅、几棵树、几阵风？上弦乘兴，南普陀钟。望过去，斜阳匆匆。京都海南，其乐融融。便唱渔歌、戴渔笠，作渔翁。

又有天慧星广东蔡永健、天超星漳州李如林、天川星成都李江、天书星莆田梁志坚、天剑星深圳沈剑、天杰星石狮卢俊杰、天辰星深圳张红秋、天华星福州黄广田、天景星福州萧峰、天瑞星上海林健、天锦星纽约李坚、天长星连江吴长远、天穗星广东罗杰、天平星长泰张美法、天兴星北京李文革、天凌星清远凌东、天辩星大连张潮，还有86级天盈星澳门林晓白、天璀星龙岩王木长、天歌星山东杜铮等人。

诗赞天璀星王木长：

自古英雄皆寂寞，碧海惊涛波澜惊。犹记当年大风歌，银鞍白马月流星。

诗赞天歌星杜铮：

猛士轩昂渡大江，天远地阔云飞扬。我随此歌悲素心，君吟一曲三千丈。

那边鼓乐处，簇拥一员女将，乃是天皎星厦门梁薇，古装打扮，楚楚动人。有诗赞曰：

楚楚动人第一枝，婉转天际步玉堂。风吹杨柳曲中柔，绝妙清平世无双。

阵中一群美女，俱是婀娜多姿，各有仙女风采：天冠星江西许文斌、天琴星厦门王励红、天道星泉州宋迎春、天乐星南平陈菲、天芳星福州潘小芳、天秀星广州张秀明、天贤星五常金升日、天冰星福建郑玉、天淑星广州朱晓红、天澈星泉州罗丹、天窈星江西叶萍、天月星昆明张援、天怡星成都庞文庆、天丽星莆田柯丽艳、天沪星上海曹磊、天皇星泉州于小央、天兰星宜兴孙玉兰、天影星厦门张红美、天惠星永安许慧瑛、天玉星南平陈娟、天清星泉州黄萍、天金星广东周湛文、天文星浙江娄开文、天铃星三明夏鸿铃、天法星北京李晓、天宇星厦门涂宇明、天翠星上海宋翠红、天涵星常州于玉芳、天丹星福州琳芳、天曦星福州周春秀、天才星厦门吴秋、天瑶星福州王燕、天唐星北京王晓辉等。

诗赞天冠星许文斌：

当年状元入厦门，冠军徜徉在回廊。春风十里桃花浪，石井千阶桂花香。去湖里，升朝阳，书剑映雪路茫茫。清尘玉树蓬莱阁，却笑人间举子忙。

诗赞王励红：

广电一奶弹丝篁，天高地远任飞扬。听伊激扬婉转曲，起身湿衣泪彷徨。

诗赞宋迎春：

宇宙几重天？人间几层云？不为浮名累，乾坤妙无穷。

诗赞陈菲：

九曲黄河万里沙，海浪颠簸自天涯。豁达直随银河去，大浪滔滔又一春。

诗赞潘小芳：

美人开口世无尘，明眸细观知主恩。纵然千里风吹去，悠悠清溪度世人。

诗赞张红美：

泥燕潇潇芙蓉，映画中。又是一年春风，意无穷。横秋水，意玲珑，临镜中。月影花颜皆生，舞清影。

再往后看，更有多员女将，锦衣绣马，大旗飘飘，远道而来。原来是天泉星澳大利亚曾彬彬、天雅星休斯敦李欣、天情星东京钟雪梅、天香星加拿大董遂、天佳星新加坡鄢敏、天银星新加坡吴玉婷、天彤星日本谢蓓红、天婉星加拿大查梅梅、天柔星新西兰周倩等。

诗赞曾彬彬：

芙蓉不及巾帼妆，群贤楼前珠翠香。秋水精神心慈悲，天生丽质在远方。

此时星河灿烂，群星闪耀。
后面不甚分明，隐约一颗流星划过，见法律系京都S某，怀揣《芙蓉二的情人》，左手握雨果《悲惨世界》，右手持大宋刻本《洗冤集录》，似在沉思，又似奋起。有诗叹曰：

  千言写下手抄本，错送心中所爱人。派出所里不思春，辛来苦去为谁陈。

不远处东边社站立几人，不停地张望，乃天裸星宗伯、天穷星陈伯、天骂星珍姐和芙蓉八杂货店两兄弟之哥哥天冷星裘德洛、弟弟天慢星笑脸猫。角落深处，则是深夜于竹林痛哭的天哭星古田妹夫。

有诗叹上有老、下有小的天裸星宗伯：

  飒飒海风满地开，鳏夫无奈裸身来。三尺厅堂煮稀饭，冲天香透黄金台。

有诗叹百般求、千般乞借来100元，开炒面店安身立命的天穷星陈伯，曰：

  秦时明月汉时关，百姓衣食大于天。陈伯手持一百元，凛然面对阎王关。

还有诗赞天骂星珍姐：

  闽南女子胆气豪，珍姐开口盖临挠！巾帼不卖一枝花，红尘日里身单薄。

珍姐天资聪颖，仗义爽朗，若受一定教育，能为巾帼，时乎命也！特作《虞美人·珍姐》：

  长夜西风半生吼，散装葡萄酒。五老峰中任谁忙？落花流水遗恨问周郎。三家村里有芙蓉，花无百日红。奴家卖烟总凄惶，臭小子们见面说宋唐。

有诗叹芙蓉八裘德·洛杂货店兄弟二人：

一毛两毛算得清，再多一文便心惊。教育兴邦才树人，农夫可成陈景润。

再往后躲躲闪闪一人，乃天哭星古田妹夫。有诗叹高考未过的农民户籍古田妹夫：

君本天上一文曲，奈何落地无声息。走南闯北剪刀差，祝君一生不种地。

此刻全场将星云集，五六百人欢声雷动。东南西北各处，凝聚无数泪水欢笑。众人细思半生，潮起潮落，大浪击天。有道是：

赤橙黄绿青蓝紫，茶米油盐酱醋茶。年过五旬回首望，方知五味是陈杂。

大阵后面，遥遥两人，王宝庆持笔，王子阳握卷，洋洋洒洒，每周一篇，记下厦大85爱恨情仇、时代沧桑——第一卷书名《那年，海风吹过厦大》。

宝庆85年遥望金门，在沙滩大书一诗：

吾爱天上云，万里起鹏程。微丝细如语，浑厚凌空行。更有云中海，大浪击天鸣。云起山河阔，壮哉人间景。

几十年过去，东南西北万里漂泊，内心归于平静。束笔之时，方悟人生转了大半圈，最终回到原点。想来大部分85兄弟姐妹，感慨亦是相同。于是轻轻拎过35年前所写旧诗，作为本书结尾：

九天里路一指遥，落日横涛呼尔曹。万舰拥层云，天涯凝雁群。少年登高楼，无意觅封侯。乱浪鼓声中，凝目望穿空。

正是：

　　人生何急，匆匆！多少志向，尚在筹划中。转眼间，白头翁，可纵横？原来一切繁华，隐于暮鼓晨钟。起五更，微熏梦；见白云远去，乃知心曲；花中影，壁上禅。茶无意，酒有情。看遍东南西北，记得那年海风。

致谢

本书的出版得到众多校友和厦大前校长朱崇实老师的鼎力支持。

朱校长欣然命笔，为本书作序。他言辞恳切、发自肺腑，饱含深情而又高屋建瓴，言简意赅地阐释了厦大的理念与情怀、文化与格局，解读了厦大校友为什么如此热爱母校的原由。在此向朱校长深表谢意！

肖健同学第一时间慷慨解囊，出资赞助本书出版，对母校的拳拳之心、殷殷之情，尽在不言之中。杨桂兰同学、姚明同学、刘艾林同学、蔡茹虹同学也纷纷出手襄助，在此一并致谢！

还要感谢傅红梅同学，她为把厦大85级校友凝聚在一起，尽心尽力，默默付出。

本书的出版，也得到中国报业协会原秘书长胡怀福师兄的大力帮助，在此致以谢忱。同时感谢人民日报出版社林薇主任，她的用心细致为本书增色添彩。

适逢厦大百年华诞，这本书既是85级全体校友对逝去青春的感怀与追忆，亦是对母校的感恩和礼赞。感谢所有厦大85级校友！

王宝庆　王子阳